tutameia
(terceiras estórias)

joão guimarães rosa
tutameia
(terceiras estórias)

São Paulo
2021

Copyright dos Titulares dos Direitos Intelectuais de JOÃO GUIMARÃES ROSA: "V Guimarães Rosa Produções Literárias"; "Quatro Meninas Produções Culturais Ltda." e "Nonada Cultural Ltda."
10ª Edição, Editora Nova Fronteira, Rio de Janeiro 2017
1ª Edição, Global Editora, São Paulo 2021

Jefferson L. Alves – diretor editorial
Gustavo Henrique Tuna – gerente editorial
Flávio Samuel – gerente de produção
Juliana Campoi – coordenadora editorial
Aline Araújo e Tatiana Souza – revisão
Araquém Alcântara – foto de capa (Águia-serrana no Parque Nacional da Serra da Canastra, Minas Gerais, 2015)
Victor Burton – capa
Tathiana A. Inocêncio – projeto gráfico
Valmir S. Santos – diagramação

Agradecemos a Gilberto Mendonça Teles pela autorização de reprodução de seu texto "O pequeno 'sertão' de *Tutameia*", publicado originalmente na revista *Navegações*, de Porto Alegre, em 2009.

DADOS INTERNACIONAIS DE CATALOGAÇÃO NA PUBLICAÇÃO (CIP)
(CÂMARA BRASILEIRA DO LIVRO, SP, BRASIL)

Rosa, João Guimarães, 1908-1967
  Tutameia : terceiras estórias / João Guimarães Rosa. -- 1. ed. -- São Paulo : Global Editora, 2021.

  ISBN 978-65-5612-174-1

  1. Contos brasileiros I. Título.

21-78874   CDD-B869.3

Índices para catálogo sistemático:
1. Contos : Literatura brasileira   B869.3
Cibele Maria Dias - Bibliotecária - CRB-8/9427

---

global
editora

Global Editora e Distribuidora Ltda.
Rua Pirapitingui, 111 — Liberdade
CEP 01508-020 — São Paulo — SP
Tel.: (11) 3277-7999
e-mail: global@globaleditora.com.br

 globaleditora.com.br   /globaleditora

 blog.globaleditora.com.br   /globaleditora

 /globaleditora   /globaleditora

 /globaleditora

 Direitos reservados.
Colabore com a produção científica e cultural.
Proibida a reprodução total ou parcial desta obra sem a autorização do editor.

Nº de Catálogo: **4402**

Nota da Editora

A Global Editora, coerente com seu compromisso de disponibilizar aos leitores o melhor da literatura em língua portuguesa, tem a satisfação de ter em seu catálogo o escritor João Guimarães Rosa. Sua obra literária segue impressionando o Brasil e o mundo graças ao especial dom do escritor de engendrar enredos que têm como cenário o Brasil profundo do sertão.

A segunda edição de *Tutameia (Terceiras estórias)*, publicada pela Livraria José Olympio Editora em 1969, foi o norte para o estabelecimento do texto da presente edição. Mantendo em tela a responsabilidade de conservar a inventividade da linguagem por Rosa concebida, foi realizado um trabalho minucioso, contudo pontual, no que tange à atualização da grafia das palavras conforme as reformas ortográficas da língua portuguesa de 1971 e de 1990.

Como é sabido, Rosa tinha um projeto linguístico próprio, o qual foi sendo lapidado durante os anos de escrita de seus livros. Sobre sua forma ousada de operar o idioma, o escritor mineiro chegou a confidenciar em entrevista a Günter Lorenz, em Gênova, em janeiro de 1965:

> Nunca me contento com alguma coisa. Como já lhe revelei, estou buscando o impossível, o infinito. E, além disso, quero escrever livros que depois de amanhã não deixem de ser legíveis. Por isso acrescentei à síntese existente a minha própria síntese, isto é, incluí em minha linguagem muitos outros elementos, para ter ainda mais possibilidade de expressão.

Diante dessa missão que o autor tomou para si ao longo de sua carreira literária e que o levou a ser considerado, por muitos, um dos mais importantes ficcionistas do século XX, nos apropriamos de outra missão na presente edição: a de honrar, zelar e manter a força viva que constitui a escrita rosiana.

> *"Daí, pois, como já se disse, exigir a primeira leitura paciência, fundada em certeza de que, na segunda, muita coisa, ou tudo, se entenderá sob luz inteiramente outra."*
>
> SCHOPENHAUER.

Sumário

Os prefácios de *Tutameia* — Paulo Rónai 13
As estórias de *Tutameia* — Paulo Rónai 19

Aletria e hermenêutica 25
Antiperipleia 35
Arroio-das-Antas 39
A vela ao diabo 43
Azo de Almirante 47
Barra da Vaca 51
Como ataca a sucuri 55
Curtamão 59
Desenredo 63
Droenha 67
Esses Lopes 71
Estória nº 3 75
Estoriinha 79
Faraó e a água do rio 83
Hiato 87
Hipotrélico 91

Intruge-se 97

João Porém, o criador de perus 101

Grande Gedeão 105

Reminisção 109

Lá, nas campinas 113

Mechéu 117

Melim-Meloso 121

No Prosseguir 127

Nós, os temulentos 131

O outro ou o outro 135

Orientação 139

Os três homens e o boi 143

Palhaço da boca verde 147

Presepe 151

Quadrinho de estória 155

Rebimba, o bom 159

Retrato de cavalo 163

Ripuária 167

Se eu seria personagem 171

Sinhá Secada 175

Sobre a escova e a dúvida 179

Sota e barla 199

Tapiiraiauara 203

Tresaventura 207

— Uai, eu? 211

Umas formas 215

Vida ensinada 219

Zingarêsca 223

Índice de releitura 227

O pequeno "sertão" de *Tutameia* — Gilberto Mendonça Teles 229

Cronologia 247

tutameia
(terceiras estórias)

Os prefácios de *Tutameia*

Toda pessoa, sem dúvida, é um exemplar único, um acontecimento que não se repete. Mas poucas pessoas, talvez nenhuma, lembravam essa verdade com tamanha força como João Guimarães Rosa. Os testemunhos publicados depois de sua morte repentina refletiam, todos, como que um sentimento de desorientação, de pânico ante o irreparável. Desejaria ter-lhes acrescentado o meu depoimento, e no entanto senti-me inibido de fazê-lo. Não estava preparado para sobreviver a Guimarães Rosa: preciso de tempo para me compenetrar dos encargos dessa sobrevivência.

Aqui está porém o último livro do escritor, *Tutameia,* publicado poucos meses antes da sua morte, a exigir leitura e reflexão. Por mais que o procure encarar como mero texto literário, desligado de contingências pessoais, apresenta-se com agressiva vitalidade, evocando inflexões de voz, jeitos e maneiras de ser do homem e amigo. A leitura de qualquer página sua é um conjuro.

Como entender o título do livro? *No Pequeno Dicionário Brasileiro da Língua Portuguesa* encontramos tuta-e-meia definida por Mestre Aurélio como "ninharia, quase nada, preço vil, pouco dinheiro". Numa glosa da coletânea, o próprio contista confirma a identidade dos dois termos, juntando-lhes outros equivalentes pitorescos, tais como "nonada, baga, ninha, inânias, ossos de borboleta, quiquiriqui, mexinflório, chorumela, nica".

Atribuiria ele realmente tão pouco valor ao volume? ou terá adotado a fórmula como antífrase carinhosa e, talvez, até supersticiosa? Inclino-me para esta última suposição. Em conversa comigo (numa daquelas conversas esfuziantes, estonteantes, enriquecedoras e provocadoras que tanta falta me hão de fazer pela vida fora), deixando de lado o recato da despretensão, ele me segredou que dava a maior importância a este livro, surgido em seu espírito como um todo perfeito não obstante o que os contos necessariamente tivessem de fragmentário. Entre estes havia inter-relações as mais substanciais, as palavras todas eram medidas e pesadas, postas no seu exato lugar, não se podendo suprimir ou alterar mais de duas ou três em todo o livro sem desequilibrar o conjunto. A essa confissão verbal acresce outra, impressa no fim da lista dos equivalentes do título, como mais uma equação: *"mea omnia"*. Essa etimologia, tão sugestiva quanto inexata, faz de *tutameia* vocábulo mágico tipicamente rosiano, confirmando a asserção de que o ficcionista pôs no livro muito, se não tudo, de si. Mas também em nenhum outro livro seu cerceia o humor a esse ponto as efusões, ficando a ironia em permanente alerta para policiar a emoção.

— Por que *Terceiras estórias* — perguntei-lhe — se não houve as segundas?

— Uns dizem: porque escritas depois de um grupo de outras não incluídas em *Primeiras estórias*. Outros dizem: porque o autor, supersticioso, quis criar para si a obrigação e a possibilidade de publicar mais um volume de contos, que seriam então as *Segundas estórias*.

— E que diz o autor?

— O autor não diz nada — respondeu Guimarães Rosa com uma risada de menino grande, feliz por ter atraído o colega a uma cilada.

Mostrou-me depois o índice no começo do volume, curioso de ver se eu lhe descobria o macete.

— Será a ordem alfabética em que os títulos estão arrumados?

— Olhe melhor: há dois que estão fora da ordem.

— Por quê?

— Senão eles achavam tudo fácil.

"Eles" eram evidentemente os críticos. Rosa, para quem escrever tinha tanto de brincar quanto de rezar, antegozava-lhes a perplexidade encontrando prazer em aumentá-la. Dir-se-ia até que neste volume quis adrede submetê-los a uma verdadeira corrida de obstáculos.

Seria esse o motivo principal da multiplicação dos prefácios, de que o livro traz não um, mas quatro? Atente-se: o primeiro índice, que encabeça o volume, relaciona quarenta e quatro "estórias"; o segundo, pois há um segundo, "de releitura", no fim do volume, quatro títulos são separados dos demais e apontados como prefácios.

Prefácio por definição é o que antecede uma obra literária. Mas no caso do leitor que não se contenta com uma leitura só, mesmo um prefácio colocado no fim poderá ter serventia. Ora, Guimarães Rosa esperava, reclamava até essa segunda leitura, esteando a exigência em trechos de Schopenhauer, a abrir e fechar o volume.

Estórias à primeira vista, num segundo relance os prefácios hão de revelar uma mensagem. Juntos compõem ao mesmo tempo uma profissão de fé e uma arte poética em que o escritor, através de rodeios, voltas e perífrases, por meio de alegorias e parábolas, analisa o seu gênero, o seu instrumento de expressão, a natureza da sua inspiração, a finalidade da sua arte, de toda arte.

Assim "Aletria e hermenêutica" é pequena antologia de anedotas que versam o absurdo; mas é, outrossim, uma definição de "estória" no sentido especificamente guimarães-rosiano, constante de mostruário e teoria que se completam. Começando por propor uma classificação dos subgêneros do conto, limita-se o autor a apontar germes de conto nas "anedotas de abstração", isto é, nas quais a expressão verbal acena a realidades inconcebíveis pelo intelecto. Suas estórias, portanto, são "anedóticas" na medida em que certas anedotas refletem, sem querer, "a coerência do mistério geral que nos envolve e cria" e faz entrever "o supra-senso das coisas".

"Hipotrélico" aparece como outra antologia, desta vez de divertidas e expressivas inovações vocabulares, não lhe faltando sequer a infalível anedota do português. E é a discussão, às avessas, do direito que tem o escritor de criar palavras, pois o autor finge combater "o vezo de palavrizar", retomando por sua conta os argumentos de que já se viu acossado como deturpador do vernáculo e levando-os ao absurdo: põe maliciosamente à vista as inconsequências dos que professam a partenogênese da língua e se pasmam ante os neologismos do analfabeto, mas se opõem a que "uma palavra nasça do amor da gente", assim "como uma borboleta sai do bolso da paisagem". A "glosação em apostilas" que segue esta página reforça-lhe a aparência pilhérica, mas em Guimarães Rosa zombaria e *pathos* são como o reverso e o anverso da mesma medalha. O primeiro "prefácio" bastou para nos fazer compreender que em suas mãos até o trocadilho vira em óculo para espiar o invisível.

"Nós, os temulentos" deve ser mais que simples anedota de bêbedo, como se nos depara. Conta a odisseia que para um borracho representa a simples volta a casa. Porém os embates nos objetos que lhe estorvam o caminho envolvem-no em uma sucessão de prosopopeias, fazendo dele, em rivalidade com esse outro temulento que é o poeta, um agente de transfigurações do real.

Finalmente confissões das mais íntimas apontam nos sete capítulos de "Sobre a escova e a dúvida", envolvidas não em disfarces de ficção, como se dá em tantos narradores, mas, poeticamente, em metamorfoses léxicas e sintáticas.

É o próprio ficcionista que entrevemos de início num restaurante *chic* de Paris a discutir com um *alter ego,* também escritor, também levemente chumbado, que lhe censura o alheamento à realidade. "Você evita o espirrar e o mexer da realidade, então foge-não-foge." Surpreendidos de se encontrarem face a face, os dois eus encaram-se reciprocamente como personagens saídas da própria imaginativa, perturbados e ao mesmo tempo encantados com a sua "sosiedade" (*sic*), tecendo uma palestra rapsódica de ébrios em que o tema do *engagement* ressurge volta e meia como preocupação central. O Rosa comprometido sugere ao Rosa alheado escreverem um livro juntos; esse não lhe responde a não ser através da ironia discreta com que sublinha o contraste do ambiente luxuoso com o ideal "da rude redenção do povo".

Mas a resposta à acusação de alheamento deve ser buscada também e sobretudo nos capítulos seguintes. Em primeiro lugar, põe-se em dúvida a natureza da realidade através da parábola da mangueira, a fruta da qual reproduz em seu caroço o mecanismo de outra mangueira; e o inacessível nos elementos mais óbvios do cotidiano real é aduzido, afirmado, exemplificado. Depois de tentar encerrar em palavras o cerne de uma experiência mística, sua, o autor procura captar e definir os eflúvios de um de seus dias "aborígines" a oscilar incessantemente entre azarado e feliz, até enredá-lo numa decisão irreparável. Possivelmente há em tudo isto uma alusão à reduzida influência de nossa vontade nos acontecimentos, às decorrências totalmente imprevisíveis de nossos atos. A seguir, evoca o escritor o seu primeiro inconformismo de menino em discordância com o ambiente sobre um assunto de somenos, o uso racional da escova de dentes; o que explicaria a sua não participação numa época em que a participação do escritor é palavra de ordem. Nisto passa a precisar (ou antes a circunscrever) a natureza subliminar e supraconsciente da inspiração, trazendo como exemplo a gênese de várias de suas obras, precisamente as de mais valor, antes impostas do que projetadas de dentro para fora.

Para arrematar a série de confidências, faz-se o contista intermediário da lição de arte que recebeu de um confrade não sofisticado, o vaqueiro poeta em companhia de quem seguira as passadas de uma boiada. Ao contar ao trovador sertanejo o esboço de um romance projetado, este lhe exprobrou decididamente o plano (talvez excogitado de parceria com o sósia de Montmartre), numa condenação implícita da intencionalidade e do realismo: "Um livro a ser certo devia de se confeiçoar da parte de Deus, depor paz para todos."

Arrependido de tanto haver revelado de suas intuições, o escritor, noutro esforço de despistamento, completou o quarto e último prefácio com um glossário de termos que nele nem figuram, mas que representam outras tantas idiossincrasias suas, ortográficas e fonéticas, a exigir emendas nos repositórios da língua.

Absorvidos pelos prefácios, eis-nos apenas no limiar dos quarenta contos, merecedores de outra tentativa de abordagem. Quantas vezes mesmo nesta breve cabra-cega preliminar, terei passado ao lado das intenções esquivas do contista, quantas vezes as suas negaças me terão levado a interpretações erradas? Só poderia dizê-lo quem não mais o pode dizer; mas será que o diria?

O Estado de S. Paulo, 16 de março de 1968.

PAULO RÓNAI

As estórias de *Tutameia*

Descontados os quatro prefácios, *Tutameia*, de Guimarães Rosa, contém quarenta "estórias" curtas, de três a cinco páginas, extensão imposta pela revista em que a maioria (ou todas) foram publicadas. Longe de constituir um convite à ligeireza, o tamanho reduzido obrigou o escritor a excessiva concentração. Por menores que sejam, esses contos não se aproximam da crônica; são antes episódios cheios de carga explosiva, retratos que fazem adivinhar os dramas que moldaram as feições dos modelos, romances em potencial comprimidos ao máximo. Nem desta vez a tarefa do leitor é facilitada. Pelo contrário, quarenta vezes há de embrenhar-se em novas veredas, entrever perspectivas cambiantes por trás do emaranhado de outros tantos silvados. Adotando a forma épica mais larga ou o gênero mais epigramático, Guimarães Rosa ficava sempre (e cada vez mais) fiel à sua fórmula, só entregando o seu legado e recado em troca de atenção e adesão totais.

A unidade dessas quarenta narrativas está na homogeneidade do cenário, das personagens e do estilo. Todas elas se desenrolam diante dos bastidores das grandes obras anteriores: as estradas, os descampados, as matas, os lugarejos perdidos de Minas, cuja imagem se gravara na memória do escritor com relevo extraordinário. Cenários ermos e rústicos, intocados pelo progresso, onde a vida prossegue nos trilhos escavados por uma rotina secular, onde os sentimentos, as reações e as crenças são os de outros tempos. Só por exceção aparece neles alguma pessoa ligada ao século XX, à civilização urbana e mecanizada; em seus caminhos sem fim, topamos com vaqueiros, criadores de cavalos, caçadores, pescadores, barqueiros, pedreiros, cegos e seus guias, capangas, bandidos, mendigos, ciganos, prostitutas, um mundo arcaico onde a hierarquia culmina nas figuras do fazendeiro, do delegado e do padre. A esse mundo de sua infância o narrador mantém-se fiel ainda desta vez; suas andanças pelas capitais da civilização, seus mergulhos nas fontes da cultura aqui tampouco lhe forneceram temas ou motivos; o muito que vira e aprendera pela vida afora serviu-lhe apenas para aguçar a sua compreensão daquele universo primitivo, para captar e transmitir-lhe a mensagem com mais perfeição.

Através dos anos e não obstante a ausência, o ambiente que se abrira para seus olhos deslumbrados de menino conservou sempre para ele suas cores frescas e mágicas. Nunca se rompeu a comunhão entre ele e a paisagem, os bichos e as plantas e toda aquela humanidade tosca em cujos espécimes ele amiúde se encarnava, partilhando com eles a sua angústia existencial. A cada volta do caminho suas personagens humildes, em luta com a expressão recalcitrante, procuram definir-se, tentam encontrar o sentido da aventura humana: "(…) viver é obrigação sempre imediata." "Viver seja talvez somente guardar o lugar de outrem, ainda diferente, ausente." "A gente quer mas não consegue furtar no peso da vida." "Da vida, sabe-se: o que a ostra percebe do mar e do rochedo." "Quem quer viver faz mágica."

A transliteração desse universo opera-se num estilo dos mais sugestivos, altamente pessoal e, no entanto, determinado em sua essência pelas tendências dominantes, às vezes contraditórias, da fala popular. O pendor do sertanejo para o lacônico e o sibilino, o pedante e o sentencioso, o tautológico e o eloquente, a facilidade com que adapta o seu cabedal de expressões às situações cambiantes, sua inconsciente preferência pelos subentendidos e elipses, seu instinto de enfatizar, singularizar e impressionar são aqui transformados em processos estilísticos. Na realidade, o neologismo desempenha nesse estilo papel menor do que se pensa. Inúmeras vezes julga-se surpreender o escritor em flagrante de criação léxica; recorra-se, porém, ao dicionário, lá estará o vocábulo insólito (*acamonco, alarife, avejão, brujajara, carafuz, chuchorro, esmar, ganjã, grinfo, gueta, jaganata, marupiara, nómina, panema, pataratesco, quera, sáfio, seresma, séssil, uca, voçoroca*, etc.) rotulado de regionalismo, plebeísmo, arcaísmo ou brasileirismo, outras vezes, não menos frequentes, a palavra nova representa apenas uma utilização das disponibilidades da língua, registrada por uma memória privilegiada ou esguichada pela inspiração do momento (*associoso, borralheirar, convidatividade, de extraordem, inaudimento, infinição, inteligentudo, inventação, mal-entender-se, mirificácia, orabolas deles!, reflor, reminisção*, etc.). Com frequência bem menor há, afinal, as criações de inegável cunho individual, do tipo dos amálgamas *abusufruto, fraternura, lunático de mel, metalurgir, orfandante, psiquepiscar, utopiedade* com que o espírito lúdico se compraz em matizar infinitamente a língua. Porém, as maiores ousadias desse estilo, as que o tornam por vezes contundente e hermético, são sintáticas: as frases de Guimarães Rosa carregam-se de um sentido excedente pelo que não dizem, num jogo de anacolutos, reticências e omissões de inspiração popular, cujo estudo está por fazer.

Estonteado pela multiplicidade dos temas, a polifonia dos tons, o formigar de caracteres, o fervilhar de motivos, o leitor naturalmente há de, no fim do volume, tentar uma classificação das narrativas. É provável que a ordem alfabética de sua colocação dentro do livro seja apenas um despistamento e que a sucessão delas obedeça a intenções ocultas. Uma destas será provavelmente a alternância, pois nunca duas peças semelhantes se seguem. A instantâneos mal-esboçados de estados de alma sucedem densas microbiografias; a patéticos atos de drama rápidas cenas divertidas; incidentes banais do dia a dia alternam com episódios lírico-fantásticos.

Entre os muitos critérios possíveis de arrumação vislumbra-se-me um sugerido pelo que, por falta de melhor termo, denominaria de antonímia metafísica. Essa figura estilística, de mais a mais frequente nas obras do nosso autor, surge em palavras que não indicam manifestação do real e sim abstrações opostas a fenômenos percebíveis pelos sentidos, tais como: *antipesquisas, acronologia, desalegria, improrrogo, irreticência; desverde, incogitante; descombinar* (com alguém)*, desprestar* (atenção)*, inconsiderar, indestruir, inimaginar, irrefutar-se,* etc., ou em frases como *"Tinha o para não ser célebre"*. Dentro do contexto, tais expressões claramente indicam algo mais do que a simples negação do antônimo: aludem a uma nova modalidade de ser ou de agir, a manifestações positivas do que não é.

Da mesma forma, na própria contextura de certos contos o inexistente entremostra a vontade de se materializar. Em conversa ociosa, três vaqueiros inventam um boi cuja ideia há de lhes sobreviver consolidada em mito incipiente ("Os três homens e o boi"). Alguém, agarrado a um fragmento de frase que lhe sobrenada na memória, tenta ressuscitar a mocidade esquecida ("Lá, nas campinas"). Ameaça demoníaca de longe, um touro furioso se revela, visto de perto um marruás manso ("Hiato").

Noutras peças, o que não é passa a influir efetivamente no que é, a moldá-lo, a mudar-lhe a feição. O amante obstinado de uma megera, ao morrer, transmite por um instante aos demais a enganosa imagem que dela formara ("Reminisção"). A ideia da existência, longe, de um desconhecido benfazejo ajuda um desamparado a safar-se de suas crises ("Rebimba, o bom"). Um rapaz ribeirinho consome-se de saudades pela outra margem do rio, até descobrir o mesmo mistério na moça que o ama ("Ripuária").

As estórias de Tutameia

Alguém ("João Porém, o criador de perus") cria amor e mantém-se fiel a uma donzela inventada por trocistas.

Num terceiro grupo de estórias por trás do enredo se delineia outra que poderia ter havido, a alternativa mais trágica à disponibilidade do destino. O povo de um lugarejo livra-se astutamente de um forasteiro doente em que se descobre perigoso cangaceiro ("Barra da Vaca"). Um caçador vindo da cidade com intuito de pesquisas escapa com solércia às armadilhas que lhe prepara a má vontade do hospedeiro bronco ("Como ataca a sucuri"). Enganado duas vezes, um apaixonado prefere perdoar à amada e, para depois viverem felizes, reabilita a fugitiva com paciente labor junto aos vizinhos ("Desenredo").

Noutros contos o desenlace não é um "desenredo", mas uma solução totalmente inesperada. Atos e gestos produzem resultados incalculáveis num mundo que escapa às leis da causalidade: daí a multidão de milagres esperando a sua vez em cada conto. Por entender de través uma frase de sermão, um lavrador ("Grande Gedeão") para de trabalhar: e melhora de sorte. Um noivo amoroso que sonhava com um lar bonito é abandonado pela noiva; mas o sonho transmitiu-se ao pedreiro ("Curtamão") e nasce uma escola. Para que a vocação de barqueiro desperte num camponês é preciso que uma enchente lhe desbarate a vida ("Azo de almirante").

Nessa ordem de eventos, uma personagem folclórica ("Melim--Meloso"), cuja força consiste em desviar adversidades extraindo efeitos bons de causas ruins, apoderou-se da imaginação do escritor a tal ponto que ele promete contar mais tarde as aventuras desse novo Malasarte. Infelizmente não mais veremos essa continuação que, a julgar pelo começo, ia desabrochar numa esplêndida fábula; nem a grande epopeia cigana de que neste livro afloram três leves amostras ("Faraó e a água do rio", "O outro ou o outro", "Zingaresca"), provas da atração especial que exercia sobre o erudito e o poeta esse povo de irracionais, ébrios de aventura e de cor, refratários à integração social, artistas da palavra e do gesto.

Muito tempo depois de lidas, essas histórias, e outras que não pude citar, germinam dentro da memória, amadurecem e frutificam, confirmando a vitória do romancista dentro de um gênero menor. Cada qual descobrirá dentro das quarenta estórias a sua, a que mais lhe desencadeia a imaginação. Seja-me permitido citar as duas que mais me subjugaram pela sua conden-sação, dois romances em embrião que fazem descortinar os horizontes mais amplos. "Antiperipleia" é o relatório feito em termos ambíguos por um aleijado, ex-guia de cego, do acidente em que seu chefe e protegido perdeu a vida. Confidente, alcoviteiro e rival do morto, o narrador ressuscita-o aos olhos dos ouvintes, enquanto tenta fazê-los partilhar seus sentimentos alternados de ciúme, compaixão e ódio. "Esses Lopes" é a história, também contada pela protagonista, de um clã de brutamontes violentos que perecem um após outro, vítimas da mocinha indefesa a quem julgavam reduzir a amante e escrava. Duas obras-primas em poucas páginas que bastavam para assegurar a seu autor uma posição excepcional.

O Estado de S. Paulo, 23 de março de 1968.

PAULO RÓNAI

Prefácio

ALETRIA E HERMENÊUTICA

A ESTÓRIA NÃO QUER SER HISTÓRIA. *A estória, em rigor, deve ser contra a História. A estória, às vezes, quer-se um pouco parecida à anedota.*

A anedota, pela etimologia e para a finalidade, requer fechado ineditismo. Uma anedota é como um fósforo: riscado, deflagrada, foi-se a serventia. Mas sirva talvez ainda a outro emprego a já usada, qual mão de indução ou por exemplo instrumento de análise, nos tratos da poesia e da transcendência. Nem será sem razão que a palavra "graça" guarde os sentidos de gracejo, de dom sobrenatural, *e de atrativo. No terreno do* humour, *imenso em confins vários, pressentem-se mui hábeis pontos e caminhos. E que, na prática de arte, comicidade e humorismo atuem como catalisadores ou sensibilizantes ao alegórico espiritual e ao não-prosáico, é verdade que se confere de modo grande. Risada e meia? Acerte-se nisso em Chaplin e em Cervantes. Não é o chiste rasa coisa ordinária; tanto seja porque escancha os planos da lógica, propondo-nos realidade superior e dimensões para mágicos novos sistemas de pensamento.*

Não que dê toda anedota evidência de fácil prestar-se àquela ordem de desempenhos; donde, e como naturalmente elas se arranjam em categorias ou tipos certos, quem sabe conviria primeiro que a respeito se tentasse qualquer razoável classificação. E há que, numa separação mal debuxada, caberia desde logo série assaz sugestiva — demais que já de si o drolático responde ao mental e ao abstrato — a qual, a grosso, de cômodo e até que lhe venha nome apropriado, perdoe talvez chamar-se de: anedotas de abstração.

Serão essas — as com alguma coisa excepta — as de pronta valia no que aqui se quer tirar: seja, o leite que a vaca não prometeu. Talvez porque mais direto colindem com o não-senso, a ele afins; e o não-senso, crê-se, reflete por um triz a coerência do mistério geral, que nos envolve e cria. A vida também é para ser lida. *Não literalmente, mas em seu supra-senso. E a gente, por enquanto, só a lê por tortas linhas. Está-se a achar que se ri. Veja-se Platão, que nos dá o "Mito da Caverna".*

Siga-se, para ver, o conhecidíssimo figurante, que anda pela rua, empurrando sua carrocinha de pão, quando alguém lhe grita: — "Manuel, corre a Niterói, tua mulher está feito louca, tua casa está pegando fogo!..." *Larga o herói*

a carrocinha, corre, voa, vai, toma a barca, atravessa a Baía quase... e exclama:
— "Que diabo! eu não me chamo Manuel, não moro em Niterói, não sou casado e não tenho casa..."

Agora, ponha-se em frio exame a estorieta, sangrada de todo burlesco, e tem-se uma fórmula à Kafka, o esqueleto algébrico ou tema nuclear de um romance kafkaesco por ora não ainda escrito.

De análogo pathos, *balizando posição-limite da irrealidade existencial ou de estática angústia — e denunciando ao mesmo tempo a goma-arábica da língua quotidiana ou círculo-de-gis-de-prender-peru — será aquela do cidadão que viajava de bonde, passageiro único, em dia de chuva, e, como estivesse justo sentado debaixo de goteira, perguntou-lhe o condutor por que não trocava de lugar. Ao que, inerme, humano, inerte, ele respondeu:* — "Trocar... com quem?"

Menos ou mais o mesmo, em ethos *negativo, verseja-se na copla:*

> "Esta sí que es calle, calle;
> calle de valor y miedo.
> Quiero entrar y no me dejan,
> quiero salir y no puedo."

Movente importante símbolo, porém, exprimindo possivelmente — e de modo novo original — a busca de Deus (ou de algum Éden pré-prisco, ou da restituição de qualquer de nós à invulnerabilidade e plenitude primordiais) é o caso do garotinho, que, perdido na multidão, na praça, em festa de quermesse, se aproxima de um polícia e, choramingando, indaga: — "Seo guarda, o sr. não viu um homem e uma mulher sem um meninozinho assim como eu?!"

Entretanto — e isso concerne com a concepção hegeliana do erro absoluto? — aguda solução foi a de que se valeu o inglês, desesperado já com as sucessivas falsas ligações, que o telefone lhe perpetrava: — "Telefonista, dê-me, por favor, um 'número errado' errado..."

Sintetiza em si, porém, próprio geral, o mecanismo dos mitos — sua formulação sensificadora e concretizante, de malhas para captar o incognoscível — a maneira de um sujeito procurar explicar o que é o telégrafo-sem-fio:

— "Imagine um cachorro *basset*, tão comprido, que a cabeça está no Rio e a ponta do rabo em Minas. Se se belisca a ponta do rabo, em Minas, a cabeça, no Rio, pega a latir..."

— "E é isso o telégrafo-sem-fio?"

— "Não. Isso é o telégrafo com fio. O sem-fio é a mesma coisa… mas sem o corpo do cachorro."

> *Já de menos invenção — valendo por "fallacia non causae pro causa" e a ilustrar o: "ab absurdo sequitur quodlibet", em aras da Escolástica — é a facécia do diálogo:*
> — "Em escavações, no meu país, encontraram-se fios de cobre: prova de que os primitivos habitantes conheciam já o telégrafo…"
> — "Pois, no meu, em escavações, não se encontrou fio nenhum. Prova de que, lá, pré-historicamente, já se usava o telégrafo-sem-fio."

> *E destoa o tópico, para o elementar, transposto em escala de ingênua hilaridade, chocarrice, neste:*
> — "Joãozinho, dê um exemplo de substantivo concreto."
> — "Minhas calças, Professora."
> — "E de abstrato?"
> — "As suas, Professora."

Por aqui, porém, vai-se chegar perto do nada *residual, por sequência de operações subtrativas, nesta outra, que é uma definição "por extração"* — "O nada é uma faca sem lâmina, da qual se tirou o cabo…" *(Só que, o que assim se põe, é o argumento de Bergson contra a ideia do "nada absoluto":* "… porque a ideia do objeto 'não existindo' é necessariamente a ideia do objeto 'existindo', acrescida da representação de uma exclusão desse objeto pela realidade atual tomada em bloco." *Trocado em miúdo: esse "nada" seria apenas um ex-nada, produzido por uma ex-faca.)*

Ou — agora o motivo lúdico — fornece-nos outro menino, com sua também desitiva definição do "nada": — "É um balão, sem pele…"

E com isso está-se de volta à poesia, colhendo imagens de eliminação parcial, como, exemplo à mão, as estrelas, que no "Soir Religieux" de Verhaeren:

> "Semblent les feux de grands cierges, tenus en main,
> Dont on n'aperçoit pas monter la tige immense."

Ou total, como nesta "adivinha", que propunha uma menina do sertão.
— "O que é, o que é: que é melhor do que Deus, pior do que o diabo, que a gente morta come, e se a gente viva comer morre?" Resposta: — "É nada."

Ou seriada, como na universal estória dos "Dez pretinhos" ("Seven little Indians" *ou* "Ten little Nigger boys"*;* "Dix petits négrillons"*;* "Zwölf kleine Neger")[1] *ou na quadra de Apporelly, citada de memória:*

> "As minhas ceroulas novas,
> ceroulas das mais modernas,
> não têm cós, não têm cadarços,
> não têm botões e não têm pernas."

E é provocativo movimento parafrasear tais versos:

> Comprei uns óculos novos,
> óculos dos mais excelentes:
> não têm aros, não têm asas,
> não têm grau e não têm lentes…

Dissuada-se-nos porém de aplicar — por exame de sentir, balanço ou diverti-mento — a paráfrase a mais íntimos assuntos:

> Meu amor é bem sincero,
> amor dos mais convincentes:
> ……………… (etc.).

---

[1] *Tentativamente adaptando:*

> Eram dez negrinhos
> dos que brincam quando chove.
> Um se derreteu na chuva,
> ficaram só nove.
>
> Eram nove negrinhos,
> comeram muito biscoito.
> Um tomou indigestão,
> ficaram só oito.
>
> *(E, assim, para trás.)*

Com o que, pode o pilheriático efeito passar a drástico desilusionante.

Como no fato do espartano — *nos* Apophthégmata lakoniká *de Plutarco* — *que depenou um rouxinol e, achando-lhe pouca carne, xingou:* — "Você é uma voz, e mais nada!"

Assim atribui-se a Voltaire — *que, outra hora, diz ser a mesma amiúde "o romance do espírito"* — *a estrafalária seguinte definição de "metafísica":* "É um cego, com olhos vendados, num quarto escuro, procurando um gato preto... que não está lá."

Seja quem seja, apenas o autor da blague não imaginou é que o cego em tão pretas condições pode não achar o gato, que pensa que busca, mas topar resultado mais importante — *para lá da tacteada concentração. E vê-se que nessa risca é que devem adiantar os koan do Zen.*

E houve mesmo a áquica e eficaz receita que o médico deu a cliente neurótico: "R. / Uso int.º / Aqua fontis, *30 c.c.* / Illa repetita, *20 c.c.* / Eadem stillata, *100 c.c.* / Nihil aliunde, q. s." *(E eliminou-se de propósito, nesta versão, o* "Hidrogeni protoxidis", *que figura noutras variantes.)*

Tudo portanto, o que em compensação vale[2] *é que as coisas não são em si tão simples, se bem que ilusórias.* "O erro não existe: pois que enganar-se seria pensar ou dizer o que não é, isto é: não pensar nada, não dizer nada" — *proclama*

---

[2]   *Ainda uma adivinha "abstrata", de Minas:* "O trem chega às 6 da manhã, e anda sem parar, para sair às 6 da tarde. Por que é que não tem foguista?" *(Porque é o sol.) Anedótica meramente.*

Outra, porém, fornece vários dados sabre o trem: velocidade horária, pontos de partida e de chegada, distância a ser percorrida; e termina: — "Qual é o nome do maquinista?" *Sem reposta, só ardilosa, lembra célebre* koan: "Atravessa uma moça a rua; ela é a irmã mais velha, ou a caçula?" *Apondo a mente a problemas sem saída, desses, o que o zenista pretende é atingir o* satori, *iluminação, estado aberto às intuições e reais percepções.*

genial Protágoras; nisto, Platão é do contra, querendo que o erro seja coisa positiva; aqui, porém, sejamos amigos de Platão, mas ainda mais amigos da verdade; pela qual, aliás, diga-se, luta-se ainda e muito, no pensamento grego.

Pois, o próprio Apporelly, em vésperas da nacional e política desordem, costumava hastear o refrão:

"Há qualquer coisa no ar
além dos aviões da Panair…"

Ainda, por azo da triunfal chegada ao Rio do aviador Sarmento de Beires em raid transatlântico, estampou ele no "A Manha"… uma foto normal da Guanabara, Pão de Açúcar, sob legenda: "O Argos, à entrada da barra, quando ainda não se o via…" *Mas um capítulo sobre o entusiasmo, a fé, a expectação criadora, podia epigrafar-se com a braba piada.*

Deixemos vir os pequenos em geral notáveis intérpretes, convocando-os do livro "Criança diz cada uma!", *de Pedro Bloch:*

O TÚNEL. *O menino cisma e pergunta:* — "Por que será que sempre constroem um morro em cima dos túneis?"

O TERRENO. *Diante de uma casa em demolição, o menino observa:* — "Olha, pai! Estão fazendo um terreno!"

O VIADUTO. *A guriazinha de quatro anos olhou, do alto do Viaduto do Chá, o Vale, e exclamou empolgada:* — "Mamãe! Olha! Que buraco lindo!"

A RISADA. *A menina — estavam de visita a um protético — repentinamente entrou na sala, com uma dentadura articulada, que descobrira em alguma prateleira:* — "Titia! Titia! Encontrei uma risada!"

O VERDADEIRO GATO. *O menino explicava ao pai a morte do bichinho:* — "O gato saiu do gato, pai, e só ficou o corpo do gato."

Recresce que o processo às vezes se aplica, prática e rapidamente, a bem da simplificação. Entra uma dama em loja de fazendas e pede:

— "Tem o Sr. pano para remendos?"

— "E de que cor são os buracos, minha senhora?"

Ao passo que a nada, ao "nada privativo", teve aquele outro, anti-poeta, de reduzir a girafa, que passava da marca: — "Você está vendo esse bicho aí? Pois ele não existe!…" — *como recurso para sutilizar o excesso de existência dela, sobre o comum, desimaginável. Dissesse tal:* — Isto é o-que-é que mais e demais há, do que nem não há…

Ora, porém, a idêntica niilificação enfática recorre Rilke, trazendo, de forte maneira, do imaginário ao real, um ser fabuloso, que preexcede — o Licorne:

"Oh, este é o animal que não existe…"

Todavia desdeixante rasgo dialético foi o do que, ao reencontrar velho amigo, que pedia-lhe o segredo da aparente e invariada mocidade, respondeu: — "Mulheres…" — *e, após suspensão e pausa:* — "Evito-as…!"

Tudo tal a "hipótese de trabalho" na estória dos soldados famintos que ensinaram à velha avarenta fazer a "Sopa de Pedra". Mistura também a gente interina clara de ovo ao açúcar a limpar-se no tacho; e junta folhas de mamoeiro e bosta de vaca à roupa alva sendo lavada.

Remite-se a mulher. Omita-se igual o homem. Ora. Que o homem é a sombra de um sonho, referia Píndaro, skías ónar ánthropos; e — vinda de outras eras… — Augusto dos Anjos.[3]

Dando, porém, passo atrás: nesta representação de "cano": — "É um buraco, com um pouquinho de chumbo em volta…" — *espritada de verve em impressionismo, marque-se rasa forra do lógico sobre o cediço convencional.*

---

[3]   *Pelo menos, no Tártaro, umbrário de sub-abstratos, de chalaça:*

"J'ai vu l'ombre d'un cocher
Qui, avec l'ombre d'une brosse,
Frottait l'ombre d'une carrosse"

(Versos dos irmãos Perrault, paródia ao VI$^{\underline{e}}$ livro da Eneida, *que Dostoiévski dá em francês, no meio do original russo de* Os Irmãos Karamázov.)

Mas, na mesma botada, puja a definição de "rede": — "Uma porção de buracos, amarrados com barbante…" — *cujo paradoxo traz-nos o ponto-de-vista do peixe.*

Já esperto arabesco espirala-se na "explicação": — "O açúcar é um pozinho branco, que dá muito mau gosto ao café, quando não se lho põe…" — *apta à engendra poética ou para artifício-de-cálculo em especulação filosófica; e dando, nem mais nem menos, o ar de exegese de versos de Paul Valéry… os quais, mal à la manière de, com perdão, poderiam, quem sabe, ser:*

> Blanche semence, poussière,
> l'ombre du noir est amère
> trempée de ton absence…

E realista verista estoutra "definição", abordando o grosseiro formal, externo à coisa, e dele, por necessidade pragmática, saltando a seu apologal efeito fulmi-nante: — "Eletricidade é um fio, desencapado na ponta: quem botar a mão… h'm… finou-se!"

Mas reza pela erística o capiau que, tentando dar a outro ideia de uma electrola, em fim de esforço se desatolou com esta intocável equação: — "Você sabe o que é uma máquina de costura? Pois a victrola é muito diferente…"[4]

Acima agora do vão risilóquio, toam otimismo e amor fati *na conversa fiada:*
— "Vou-me encontrar, às 6, com uma pequena, na esquina de Berri-beiro e Santaclara…"
— "Quem?"
— "Sei lá quem vai estar nessa esquina a essa hora?!"

Enquanto, com desconto, minimiza nota opressiva o exemplo de não-senso dado por Vinicius de Moraes, que o traduziu do inglês:

> "Sobre uma escada um dia eu vi
> Um homem que não estava ali;
> Hoje não estava à mesma hora.
> Tomara que ele vá embora."

---

[4] *Corolário, em não-senso: O que respondeu o anspeçada, em exame para sua promoção a cabo-de-esquadra:* —"Parábola? É precisamente a trajetória do vácuo no espaço."

Nem é nada excepcionalmente maluco o gaio descobrimento do paciente que, com ternura, Manuel Bandeira nos diz em seu livro "Andorinha, Andorinha":

"Quando o visitante do Hospício de Alienados atravessava uma sala, viu um louquinho de ouvido colado à parede, muito atento. Uma hora depois, passando na mesma sala, lá estava o homem na mesma posição. Acercou-se dele e perguntou: 'Que é que você está ouvindo?' *O louquinho virou-se e disse:* 'Encoste a cabeça e escute.' *O outro colou o ouvido à parede, não ouviu nada:* 'Não estou ouvindo nada.' *Então o louquinho explicou intrigado:* 'Está assim há cinco horas.'"

Afinal de contas, a parede são vertiginosos átomos, soem ser. Houve já até, não sei onde ou nos Estados-Unidos, uma certa parede que irradiava, *ou* emitia *por si ondas de sons, perturbando os rádios-ouvintes etc. O universo é cheio de silêncios bulhentos. O maluquinho podia tanto ser um cientista amador quanto um profeta aguardando se completasse séria revelação. Apenas, nós é que estamos acostumados com que as paredes é que tenham ouvidos, e não os maluquinhos.*

Por onde, pelo comum, poder-se corrigir o ridículo ou o grotesco, até levá-los ao sublime; seja daí que seu entre-limite é tão tênue. E não será esse um caminho por onde o perfeitíssimo se alcança? Sempre que algo de importante e grande se faz, houve um silogismo inconcluso, ou, digamos, um pulo do cômico ao excelso.

Conflui, portanto, que:

Os dedos são anéis ausentes?

Há palavras assim: desintegração…

O ar é o que não se vê, fora e dentro das pessoas.

O mundo é Deus estando em toda a parte.

O mundo, para um ateu, é Deus não estando nunca em nenhuma parte.

Copo não basta: é preciso um cálice ou dedal com água, para as grandes tempestades.

O O é um buraco não esburacado.

O que é — automaticamente?

O avestruz é uma girafa; só o que tem é que é um passarinho.

Haja a barriga sem o rei. (Isto é: o homem sem algum rei na barriga.)

Entre Abel e Caim, pulou-se um irmão começado por B.

Se o tolo admite, seja nem que um instante, que é nele mesmo que está o que não o deixa entender, já começou a melhorar em argúcia.

A peninha no rabo do gato não *é apenas "para atrapalhar".*

Aletria e hermenêutica

Há uma rubra ou azul impossibilidade no roxo (e no não roxo).
O copo com água pela metade: está meio cheio, ou meio vazio?
Saudade é o predomínio do que não está presente, diga-se, ausente.
Diz-se de um infinito — rendez-vous das paralelas todas.
O silêncio proposital dá a maior possibilidade de música.
Se viemos do nada, é claro que vamos para o tudo.
Veja-se, vezes, prefácio como todos gratuito.

Ergo:

O livro pode valer pelo muito que nele não deveu caber.

Quod erat demonstrandum.

Antiperipleia

— E O SENHOR QUER ME LEVAR, DISTANTE, ÀS CIDADES? Delongo. Tudo, para mim, é viagem de volta. Em qualquer ofício, não; o que eu até hoje tive, de que meio entendo e gosto, é ser guia de cego: esforço destino que me praz.

E vão me deixar ir? Em dês que o meu cego seô Tomé se passou, me vexam, por mim puxam, desconfiam discorrendo. Terra de injustiças.

Aqui paramos, os meses, por causa da mulher, por conta do falecido. Então, prendam a mulher, apertem com ela, o marido rufião, aí esses expliquem decerto o que nem se deu. A mulher, terrível. Delegado segure a alma do meu seô Tomé cego, se for capaz! Ele amasiava oculto com a mulher, Sa Justa, disso alguém teve ar? Eu provia e governava.

Mas não cismo como foi que ele no barranco se derrubou, que rendeu a alma. Decido? Divulgo: que as coisas começam deveras é por detrás, do que há, recurso; quando no remate acontecem, estão já desaparecidas. Suspiros. Declaro, agora, defino. O senhor não me perguntou nada. Só dou resposta é ao que ninguém me perguntou.

Mulheres dôidas por ele, feito Jesus, por ter barba. Mas ele me perguntava, antes. — *"É bonita?"* Eu informava que sendo. Para mim, cada mulher vive formosa: as roxas, pardas e brancas, nas estradas. Dele gostavam — de um cego completo — por delas nem não poder devassar as formas nem feições? Seô Tomé se soberbava, lavava com sabão o corpo, pedia roupas de esmola. Eu, bebia.

Deandávamos, lugar a lugar, sem prevenir que já se estava no vir para aqui. Tenho culpas retapadas. A gente na rua, puxando cego, concerne que nem se avançar navegando — ao contrário de todos.

Patrão meu, não. Eu regia — ele acompanhava: pegando cada um em ponta do bordão, ocado com recheios de chumbo. Bebo, para impor em mim amores dos outros? Ralhavam, que, passado já de idade de guiar cego, à mão cuspida, mesmo eu assim, calungado, corcundado, cabeçudão. Povo sabe as ignorâncias. Então, eu, para também não ver, hei-de recordar o alheio? Bebo.

Tomo, até me apagar, vejo outras coisas. Ele carecia de esperar, quando eu me perfazia bêbedo deitado. Me dava conselhos. Cego suplica de ver mais do que quem vê.

Tinha inveja de mim: não via que eu era defeituoso feioso. Tinha ódio, porque só eu podia ver essas inteiras mulheres, que dele gostavam! Puxar cego é feito tirar um condenado, o de nenhum poder, mas que adivinha mais do que a gente? Amigos. O roto só pode mesmo rir é do esfarrapado. Me dava vontade de leve nele montar, sem freio, sem espora...

A gente cá chegou, pois é. A mulher viu o cego, com modos de não--digas, com toda a força guardada. Essa era a diversa, muito fulana: feia, feia apesar dos poderes de Deus. Mas queria, fatal. Ajoelhou para me pedir, para eu ao meu Seô Cego mentir. Procedi. — *"Esta é bonita, a mais!"* — a ele afirmei, meus créditos. O cego amaciou a barba. Ele passeou mão nos braços dela, arrojo de usos. Soprou, quente como o olho da brasa. Tive nenhum remorso. Mas os dois respiravam, choraram, méis, airosos.

Se encontravam, cada noite, eu arrumando para eles antes o redor, o amodo e o acômodo, e estava de longe, tomando conta. O marido desgostava dela, druxo homem, de estrambolias, nem vinha em casa. Alguém maldou? Cego esconde mais que qualquer um, qualquer logro. E quem vigia como eu? Ela me dava cachaças, comida. Ele me fiava a féria. Me tratavam. O que podia durar, assim, às estimas fartas?

A vida não fica quieta. Até ele se despenhar no escuro, do barranco, mortal. Vinha de em-delícias. A mulher aqui persiste — para miar aos cães e latir aos gatos. Que é que eu tenho com o caso... Todos fazem questão de me chamar de ladrão. Cego não é quem morre?

Todos tendo precisão de mim, nos intervalos. A mulher, maluca, instando que eu a ele reproduzisse suas porvindas belezas. Seô Tomé dessas sozinhas nossas não contrárias conversas tirando ciúme, com porfias e más zangas. Mas eu reportava falseado leal: que os olhos dela permitiam brilhos, um quilate dos dentes, aquelas chispas, a suma cor das faces. Seô Tomé, às barbas de truz, sorvia também o deleite de me descrever o que o amor, ele não desapaixonava. Só sendo cego quem não deve ver? Mas o marido, imoral, esse comigo bebia, queria mediante meus conluios pegar o dinheiro da sacola... Eu, bêbedo e franzino, ananho, tenho de emendar a doideira e cegueira de todos?

Deixassem — e eu deduzia e concertava. Mas ninguém espera a esperança. Vão ao estopim no fim, às tantas e loucas. Por mais, urjo; me entenda.

36   *João Guimarães Rosa*

Aqui, que ele se desastrou, os outros agravam de especular e me afrontar, que me deparo, de fecho para princípio, sem rio nem ponte.

Dia que deu má noite. Ele se errou, beira o precipício, caindo e breu que falecendo. Não pode ter sido só azares, cafifa? De ir solitário bravear, ciumado, boi em bufo, resvalou... e, daí, quebrado ensanguentado, terrível, da terra.

Ou o marido, ardido por matar e roubar — empuxou o outro abaixo no buracão — seu propósito? Cego corre perigo maior é em noites de luares...

E seô Tomé, no derradeiro, variava: falando que começava a tornar a enxergar! Delírios, de paixão, cobiçação, por querer, demais, avistar a mulher — os traços — aquela formosura que, nós três, no desafeio, a gente tinha tanto inventado. Entrevendo que ela era real de má-figura, ele não pode, desiludido em dor, ter mesmo suicidado, em despenho? O pior cego é o que quer ver... Deu a ossada.

Ou, ela, visse que ele ia ver, havia de mais primeiro querer destruir o assombroso, empurrar o qual, de pirambeira — o visionável! Caráter de mulher é caroços e cascas. Ela, no ultimamente, já se estremecia, de pavores de amor, às vezes em que ele, apalpador, com fortes ânsias, manuseava a cara dela, oitivo, dedudo. Ar que acontece...

Se na hora eu estava embriagado, bêbedo, quando ele se despencou, que é que sei? Não me entendam! Deus vê. Deus atonta e mata. A gente espera é o resto da vida.

A mulher diz que me acusa do crime, sem avermelhação, se com ela eu não for ousado... O marido, terrível, supliquento, diz que eu é que fui o barregão... Terríveis, os outros, me ameaçam, às injúrias... O senhor não diz nada. Tenho e não tenho cão, sabe? Me prendam! Me larguem! A mulher esteja quase grávida. Me chamo Prudencinhano. Agora o cego não enxerga mais... A culpa cai sempre é no guiador?

Só se inda hei outras coisas, por ter, continuadas de recomeçar; então Deus não é mundial? Temo que eu é que seja terrível.

E o senhor ainda quer me levar, às suas cidades, amistoso?

Decido. Pergunto por onde ando. Aceito, bem-procedidamente, no devagar de ir longe. Voltar, para fim de ida. Repenso, não penso. Dou de xingar o meu falecido, quando as saudades me dão. Cidade grande, o povo lá é infinito.

Vou, para guia de cegos, servo de dono cego, vagavaz, habitual no diferente, com o senhor, Seô Desconhecido.

Antiperipleia

Arroio-das-Antas

E eu via o gado todo branco
minha alma era de donzelas.

PORANDIBA.

AONDE — O DESPOVOADO, O POVOADOZINHO palustre, em feio o mau sertão — onde podia haver assombros? Trouxe-se lá Drizilda, de nem quinze anos, que mais não chorava: firme delindo-se, terminavelmente, sozinha viúva. Descontado que a esquecessem. Ela era quase bela; e alongavam-se-lhe os cabelos. A flor é só flor. A alegria de Deus anda vestida de amarguras.

De déu em doendo, à desvalença, para no retiramento ficar sempre vivendo, desde desengano. O irmão matara-lhe o marido, irregrado, revelde, que a desdenhava. De não ter filhos? Estranhos culpando-a, soante o costume, e o povo de parentes: fadada ao mal, nefandada. Tanto vai a nada a flor, que um dia se despetala.

Mandaram-na e quis, furtadamente, para não encarar com ninguém, forrar-se a reprovas, dizques, piedade. Toda grande distância pode ser celeste. Trás a dobrada serrania, ao último lugar do mundo, fim de som, do ido outro-lado. Arroio-das-Antas — onde só restavam velhos, mais as sobejas secas velhinhas, tristilendas. Pois era assim que era, havendo muita realidade. Que faziam essas almas?

Rodearam-na — solertes, duvidando, diversas — até ao coaxar da primeira rã. Nem achavam o acervo de perguntas, entre outroras. Seus olhos punham palavras e frases. Viera-lhes a moça, primor, mais vaga e clara que um pensamento; tinham, à fria percepção, de tê-la em mal ou em bem.

Dali — recanto agarrado e custoso, sem aconteceres — homens e mulhe-res cedo saíam, para tamanho longe; e, aquela, chegava? Tão não sabida nem possível, o comum não a minguando: como todo ser, coagido a calar-se, comove.

Sós, após, disputavam ainda, a bisbilhar, em roda, as candeias acesas. Nenhuma delas ganhara da vida jamais o muito — que ignoravam que queriam — feito romance, outra maneira de alma. O que a gente esperava era a noite. Mas a velhice era-lhes portentosa lanterna, arrulhavam ao Espírito-Santo.

Senão que, uma, avó Edmunda, sob mínima voz, abençoou-a: — *"Meu cravinho branco…"* Outra por ela puniu, afetando-se áspera: — *"Gente invencioneira!"* Suspiraram mor, em giro doce, enfim entreentendidas, aguadas as vistas, com uma ternura que era quase uma saudade.

Drizilda depôs-se, sacudidos os cabelos, quisesse um parar — devagarzinho quietante — no limbo, no olvido, no não abolido. Fez tenção: de trabalhar, sobre só, ativa inertemente; sarado o dó de lembranças, afundando-se os dias, fora já de sobressaltos.

Sofria, sofria, enquanto a noite. Culpa capital — em escrúpulo e recato, o delicado sofrimento, breve como uma pena de morte, peso de ninguém levantar. O marido, na cova; o irmão, preso condenado; rivais, os dois, por uma outra mulher, incerta ditosa, formosa… Deus é quem sabe o por não vir. A gente se esquece — e as coisas lembram-se da gente.

Por maiormente, o lugar — soledade, o ar, longas aves em curto céu — em que, múrmuras, nos fichus, sábias velhinhas se aconselhavam. Aqui, não deviam de estender notícias, o muito vulgado. Calava-se a ternura — infinito monossílabo. O que não pudera, nem soubera; não havendo um recomeçar. Pagava o mourejo, fado, sumida em si, vendo o chão, mentindo para a alma. Sem senhor, sem sombras, tão lesada; como as mais do campo, amarelas ou roxas, florzinha de má sorte? Um cachorro passava por ali, de volta para alguma infância. Desse tempo para a frente. Vigiavam-na as velhas, sem palavras.

Tramavam já com Deus, em bico de silêncio, as quantas criaturas comedidas. De vê-la a borralheirar, doíam-se, passarinho na muda, flor, que ao fim se fana; nem podendo diverti-la, dentro em si, desse desistir. Mas, pretendiam mais. Tomavam, todas juntas, a fé de mortificadas orações, novenas, nôminas, setêmplices. — *"Deus e glória!"* — adivinhavam, sérias de amor, se entusiasmavam. Elas, para o queimar e ferver de Deus, decerto prestassem — feixe de lenhazinha enxuta. Para o forçoso milagre!

Falava-se de uma ternura perfeita, ainda nem existente; o bem-querer sem descrença. Enquanto isso, o tempo, como sempre, fingia que passava. As velhinhas pactuavam a alegria de penar e mesmo abreviadas irem-se — a fito de que neste sertão vingassem ao menos uma vez a graça e o encanto.

Drizilda estremunhava-se, na disquietação, ainda com medrosas pálpebras primitivas. Aqui ninguém viesse — o mundo todo invisível — só a virtude demorã, senhas de Maria e de Cristo, os cães com ternura nas narinas, borboletas terra-a-terra. Ela queria a saudade. Ora chovia ou sol, nhoso lazer, enfadonhação, lutas luas de luar, nuvens nadas. Sua saudade — tendência secreta — sem memória. Ela, maternal com suas velhinhas, custódias, menina amante: a vovozinha… Moviam-na adiante, sob irresistíveis eflúvios, aspergiam-na, persignavam-lhe o travesseiro e os cabelos. Comutava-se. Olhos de receber, a cabeça de lado feito a aceitar carinho — sorria, de dom.

Sua saudade cantava na gaiolazinha; não esperar inclui misteriosas certezas. Vinham as velhas, circulavam-na. Alguma proferia: — *"Todo dia é véspera…"* — e muito quando. Viam-na em rebroto — o ardente da vida — que, a tanto, um dia, ao fim, da haste se quebra. Rezavam, jejuavam, exigiam, trêmulas, poderosas, conspiravam.

A avó Edmunda, de repente, então. — *"Morreu, morreu de penitências!"* — a triunfar, em ordem, tão anciãs, as outras jubilavam.

Saía o enterro — Drizilda adiante, com a engrinaldada cruz — murchas, finais, as velhinhas, à manhã, mais almas.

E vinha de lá um cavalo grande, na ponta de uma flecha — entrante à estrada. Em galope curto, o Moço, que colheu rédea, recaracolando, desmontou-se, descobriu-se. Senhorizou-se: olhos de dar, de lado a mão feito a fazer carícia — sorria, dono. Nada; senão que a queria e amava, trespassava-se de sua vista e presença.

Ela percebeu-o puramente; levantou a beleza do rosto, reflor. Ia. E disse altinho um segredo: — *"Sim"*. Só o almejo débil, entrepalpitado, que em volta as velhinhas agradeciam.

Assim são lembrados em par os dois — entreamor — Drizilda e o Moço, paixão para toda a vida. Aqui, na forte Fazenda, feliz que se ergueu e inda hoje há, onde o Arroio.

A vela ao diabo

E se as unhas roessem os meninos?

ESTÓRIA IMEMORADA.

ESSE PROBLEMA ERA POSSÍVEL. Teresinho inquietou-se, trás orelha saltando-
-lhe pulga irritante. Via espaçarem-se, e menos meigas, as cartas da nôiva,
Zidica, ameninhamente ficada em São Luís. As mulheres, sóis de enganos…
Teresinho clamou, queixou-se — já as coisas rabiscavam-se. Ele queria a
profusão. Desamor, enfado, inconstância, de tudo culpava a ela, que não
estava mais em seu conhecer. Tremefez-se de perdê-la.

Embora, em lógico rigor, motivo para tanto não houvesse ou houvesse,
andara da incerteza à ânsia, num dolorir-se, voluntário da insônia. Até bebeu;
só não sendo a situaçãozinha solúvel no álcool. Amava-a com toda a fraqueza
de seu coração. Saiu-se para providência.

A de que se lembrou: novena, heroica. Devia, cada manhã, em igreja,
acender vela e de joelhos ardê-la, a algum, o mesmo, santo — que não podia
saber nem ver qual, para o bom efeito. O método moveria Deus, ao som de sua
paixão, por mirificácia — dedo no botão, mão na manivela — segurando-lhe
com Zidica o futuro.

Sem pejo ou vacilar, começou, rezando errado o padre-nosso, porém
afirmadamente, pio, tiriteso. Entrava nessa fé, como o grande arcanjo Miguel
revoa três vezes na Bíblia. Havia-de.

Ia conseguindo, e reanimava-se; nada pula mais que a esperança.
Difícil — pueris humanos somos — era não olhar nem conhecer o seu
Santo. Na hora, sim, pensava em Zidica; vezes, outrossim, pensasse um
risquinho em Dlena.

No terceiro dia, retombou, entretanto, coração em farpa de seta,
odiando janelas e paredes. São Luís não lhe mandara carta. Quem sabe,
cismou, vela e ajoelhar-se, só, não dessem — razoável sendo também
uma demão, ajudar com o agir, aliar recursos? Deus é curvo e lento. E
ocorreu-lhe Dlena.

Tão recente e inteligente, de olhos de gata, amiga, toda convidatividade, a moça esvoaçadora. Ela mesma, lindo modo, de início picara-lhe em Z a dúvida, mas pondo-se para conselhos — disso Teresinho quase se recordava. Realegrou-se, em imo, coração de fibra longa. Veio vê-la.

Dlena o acolheu, com tacto fino de aranha em jejum. Seu sorriso era um prólogo. E a estória pegou psicologia.

Teresinho — todos gostariam de narrar sua vida a um anjo — seus embaraços mentais. Dlena ouviu-o. Instruiu-o. — *"Mulheres? Desprezo…"* — muxoxo; ela isso dizia tão enxuto. Ela e cujo encanto.

Ele, dócil à sua graça, em plástico estado de suspenso, como um bicho inclina o ouvido. Apaziguavam-no seus olhos-paisagem. Sim, o que devia, e ora: não censuras e mágoas perturbadas, nenhum afligir-se, de gato sob pata, mas aguentar tempo, pagar na moeda! Descarregado das más suspeitas, já cienciado: dos poros da pele às cavidades do coração. Foi saindo do doendo.

Prosseguia na novena — ao infalir de Deus, por Santo incógnito; seguido, porém, o de Dlena, de cor — o que recordava, fonográfico. A Zidica, enviou curta carta, sem parte emotiva, traída a brasa do amor, entrouxada em muita palha. Voltava a Dlena, tanto quanto e tanto, caminhando sutilmente. Reenchia-se a lua, por aqueles dias.

Mostrou-lhe as de Zidica, após e pois. Simplórias simples cartinhas, reles ternas. Dlena, aliás, nelas leve notava as gentis faltas de gramática. Tinha ela olhos que nem seriam mesmo verdes, caso houvesse nome para outra igual e mais bela cor. Seu parecer provava-se sagaz tática, não há como Deus, d'ora-em-ora. Seu picadinho de conversa, razões para depois-de-amanhã.

Sentados os dois, ombro com ombro, a fim de arredondados suspiros ou vontade de suspirar. Ternura sem tentativa — fraternura. Teresinho se embriagando miudinho, feliz feito caranguejo na umidade, aos eflúvios dessa emoção. Seu coração e cabeça pensavam coisas diversas.

Valia divertir-se, furtar o tempo ao tormento — *apud* Dlena. Foram, a abrandar o caso, a festa e cinema. Num muito mais; prorrogavam-se. Teresinho, repartido, fino modo, que mais um escorpião em pica em sua consciência. Zidica bordando o enxoval… Zidica, a doçura insípida da boa água, produtora de esperanças… Tão quieto, São Luís, tão certo… Seu coração batia como uma doença, ele tinha medo.

Não iam desnamorar-se! A vida, vem se encaminhava. A novena completara-se, a derradeira vela, ele genuflexo. Fez o que pôde com aquele pensamento.

Ou começava a interrogar-se, desestruturando-se sua defesa. Frescura, quase felicidade; e espinhos perseverantes. Ideia tonta pousou nele. Tornou à igreja, espiou enfim o Santo, data vênia. Mal e nada no escuro viu, santo muda muito de figura.

Veio a Dlena — a seu suavizamento — com o coração na mão, algemada; caiu-lhe a alma aos pés dela. Apalpou os bolsos, contradesfeito. De Zidica, a última carta, esquecera-se de trazê-la. Ocorreu-lhe espirrar. Do nada, nada obteve.

Tudo, quanto há, é saudade, alternando-se com novidades: diagrama matemático, em calor de laboratório. O diabo não é inteiro nem invento. Teresinho desconjurava-se, imaginava-se chorando morno, por fechado desespero. Zidica — desconversas escrevera, volúvel, vaga?

Correu ele a Dlena, ao súbito último ato, açorado, asas nos sapatos. De fato. O Santo não lhe valera.

Dlena, ei-la — jeitinho, sorrisinho, dolo — estampada no vestido, amarelo com malhas castanho-vermelhas. Foi ela quem abriu o envelope; o iá-iá-iá de rir — riu de modo desusado. Mas franziu-se, então que então.

Ela era: seus olhos sem cinzas, rancordiosa. A carta rasgou, desfaçava-se. — *"Viva, esta!"* — voz de festa; o que maldisse. Soou, e fez-se silepse.

Teresinho recuou, de surpresa, susto, queimados os dedos. Seu coração se empacotou. Decidiu-se, de vez, de ombros, não preso. Ali algo se apagava. Dlena, ente. Nada disse, e disse mal. Só o que doeu: sorriso do amarelo mais belo. Teresinho arredou olhos.

Saiu-se — e tardara — de lá, dela, de vê-la. Voou para Zidica, a São Luís, em mês se casaram.

Foram infelizes e felizes, misturadamente.

A vela ao diabo   45

Azo de Almirante

LONGE, ATRÁS UMA DE OUTRA, passaram as mais que meia dúzia de canoas, enchusmadas e em celeuma, ao empuxo de remos, a toda a voga. O sol a tombar, o rio brilhando que qual enxada nova, destacavam-se as cabeças no resplandecer. Iam rumo ao Calcanhar, aonde se preparava alguma desordem. De um Hetério eram as canoas, que ele regia. Despropósito? O caso tem mais dúvida.

Eventos vários. Em fatal ano da graça, Hetério sobressaíra, a grande enchente de arrasar no começo de seus caminhos. Fora homem de família, merecedor de silêncio, só no fastio de viver, sem hálito nem bafo. O gênio é punhal de que não se vê o cabo. Não o suspeitavam inclinado ou apontado ao êxito no século.

Na cheia, por chuvas e trombas, desesperara-se o povo, à estraga, em meio ao de repente mar — as águas antepassadas — por cima o Espírito Solto. Hetério teve então a suscitada.

Ajuntou canoas e acudiu, valedor, dado tudo, sabendo lidar com o fato, o jeito de chefe. Ímpetos maiores nunca houve, coisa que parecia glória. Salvou, quantidade. Voltado porém da socorreria, não achou casa nem corpos das filhas e mulher, jamais, que o rio levara.

Não exclamou. Não se pareceu mais com ninguém, ou ébrio por dentro, aquela novidade de caráter. Sacudia, com a cabeça, o perplexo existir, de dó sem parar, em tanta maneira. E nem a bola de bilhar tem caprichos cinemáticos. De modo ou outro, já estava ele adquirindo as boas canoas, de que precisava.

Para o que de efeito. Destruíra-se a ponte da Fôa, cortando a estrada, ali de movimento. Hetério despachou-se para lá, tripulantes ele e os filhos, e outros moços, e arranjaram-se ao travessio. Durado mais de ano, versaram aquilo, transpondo gente e carga, de banda para banda. Até cortejos de nôivos passaram, sob baldaquim, até enterros, o bispo em pastoral, troços de soldados. Foi tudo justo. Obedeciam os outros a Hetério — o em posição personificada — o na maior, canoa barcaçosa, a caravela com caveiras.

Ao certo, nada explicava, ainda que de humor benigno, homem de cabeça perpétua; cerrando bem a boca é que a gente se convence a si mesmo. Morriam-lhe os inimigos, e ele nem por isso se alegrava, ao menos. Segue-se ver o que quisesse.

A ponte nova repronta, o bom ofício tocava a termo. Hetério, entretanto, se reaviara. Descobrira-se, rio acima, uma mulher milagreira jejuadora, a quem os crentes acorriam. Vieram também, para passadores, ele e os seus; todo o mundo é, de algum modo, inteligente. Travessavam, com acuração, os peregrinos da santa, aleijados, cegos, doentes de toda loucura e lepra, o rico triste e o próximo precisado.

Semi-ator, Hetério, em mãos o rosário e o remo amarelo-venado de taipoca, tivesse mudado talvez a lembrança da enchente e de sua ocasião de herói, que já era apenas virtude sem fama, um fragmento de lenda. Ao adiante, assim às águas — outras e outras. No rio nada durava.

Agora, ao pôr-do-sol, desciam as canoas — de enfia-a-fino, serenas, horizonteantes, cheias de rude gente à grita, impelidas no reluzente — de longe, soslonge.

Ainda não.

Seguindo-se antes outros atos. Desaparecida de lá a mulher beata, Hetério com os dele saíram-se imediatamente a mascatear, revendendo aos ribeirinhos mercadorias e miudezas, em faina de ciganos regatões. Sobe e descendo, nessa cabotagem trafegaram até a águas sãofranciscas, ou abocando a outros rios, as canoas mercantes separadas ou juntas, como de estanceio chegaram ao porto de Santo Hipólito e ao Porto-das-Galinhas, abaixo de Traíras, lugares de negócio, no das Velhas, de praias amarelas. Trazia ele então lápis e uma grande caderneta, em que assentava e repassava difíceis contas. Os que o seguiam, pensavam na riqueza.

Daí, vai, começou a construir-se barragem para enorme usina, a do Governo, em tumulto de trabalhadores, mil, totalmente, de dezenas de engenheiros. Rearvorado, logo Hetério largou-se para lá, com seu loide de canoas. Vales, a bacia, convertiam-se em remanso de imenso lago, em que podiam navegar com favor e proveito. Empreitaram-se, por fim, a contrato daqueles. Máquinas e casas, nas margens, barracões de madeira — e foi que um dos filhos de Hetério o deixou, para namorar e se casar. Hetério, ora, em oferecido tempo, encontrou um Normão, homem apaixonado, na maior imaginação. A paisagem ali tomava mais luz: fazia-se mais espelho — a represa, lisa — que não retinha, contudo, corpos de afogadas.

E esse Normão, propício, queria reaver sua mulher, que o pai guardava, prudente, de refém, na Fazenda-do-Calcanhar, beiradeã. Enquanto anos; e a usina deu-se por pronta. O rio não deixa paz ao canoeiro.

Assim ao de longe, contra raso sol, viu-se a fila de canoas, reta rápida, remadas no brilhar, com homens com armas, de Normão, que rumavam a rixa e fogo. Hetério comandava-as, definitivo severamente decerto, sua figura apropriada, vogavante.

Certo, soube-se.

Aproaram aos fundos da do-Calcanhar, numa gamboa, e atacaram, de faca em polpa. Troou, curto, o tiroteio. Normão, vencedor, raptada em paz a mulher, no ribanceiro acendeu fogueira de festa. As canoas todas entanto se perderam. Só na sua, Hetério continuou, a esporte de ir, rio abaixo, popeiro proezista, de levada, estava ferido, não a conduzia de por si, vogavagante; e seu outro filho na briga terminara, baleado.

Adiante, no travessão do Fervor, itaipava perigosa, a canoa fez rombo. Ainda ele mesmo virou-a então, de boca para baixo, num completamente. Safo, escafedeu-se de espumas, braceante, alcançou o brejo da beira, onde atolado se aquietou. Acharam-no — risonho morto, muito velho, velhaco — a qualidade de sua pessoa.

Azo de Almirante   49

Barra da Vaca

*Quando eu morrer, que me enterrem na
beira do chapadão
— contente com minha terra,
   cansado de tanta guerra,
   crescido de coração.*

Too.

SUCEDEU ENTÃO VIR O GRANDE SUJEITO entrando no lugar, capiau de muito longínquo: tirado à arreata o cavalo raposo, que mancara, apontava de noroeste, pisando o arenoso. Seus bigodes ou a rustiquez — roupa parda, botinões de couro de anta, chapéu toda a aba — causavam riso e susto. Tomou fôlego, feito burro entesa orelhas, no avistar um fiapo de povo mas a rua, imponente invenção humana. Tinha vergonha de frente e de perfil, todo o mundo viu, devia também de alentar internas desordens no espírito.

Sem jeito para acabar de chegar, se escorou a uma porta, desusado forasteiro. Requeria, pagados, comida e pouso, com frases pálidas, se discerniu por nome Jeremoavo. Mesmo lá era a Domenha, da pensão, o velho deu à aldrava. Desalongou-se, porém, e — de tal sorte que dos lados dobrava em losango as côxas e pernas de gafanhoto — se amoleceu, sem serenar os olhos.

Lhe acudiram, que alquebreirado tonteava, decerto pela cólica dos viajantes. Isso lhes dava longa matéria. Senoitava. Era ali ribanceiro arraial de nem quinhentas almas, suas pequenas casas com os quintais de fundo e onde o rio é incontestável: um porto de canoas, Barra da Vaca, sobre o Urucúia.

Jeremoavo, pois quem. Em aflito caminho para nenhuma parte, aquele logradouro dregava-se-lhe mal e tarde, as pernas lhe doendo nervosas, a cabeça em vendaval, as ideias sacudindo-o como vômitos. Ia fazer ali pouca parada.

Largara para sempre os dele, parentes, traiçoeira família, em sua fazenda, a Dã, na Chapada de Trás, com fel e veemências. Mulher e filhos,

Barra da Vaca   51

tal ditos, contra ele achados em birba de malícias, e querendo-o morto, que o odiavam. Sumiu-se de lá, então, em fúria, pensado. Deixara-lhes tudo, a desdém, aos da medonha ingratidão. Só pegara o que vale, saco e dobros do diário, as armas. Saía ao desafio com o mundo, carecia mais do afeto de ninguém. Invés. Preferia ser o desconhecido somenos. Quanta tristeza, quanta velhacaria...

Ah, prestes vozes. — *"O Sr. se agrada?"* — era a Domenha, dando-lhe num caneco tisanas de chá, ele estirado em catre. Também o lugar podia ser o para a cama, mesa e cova — repouso — doce como o apodrecer da madeira. Doeu e dormiu.

Doente e por seguintes dias, rogava pragas das brenhas, numa candura de delírio de com ele apiedarem-se, seria febre malignada. Tratavam-no, e por caridade pura, a que satisfaz e ocupa. Não que desvalido: com rolo de dinheiro e o revólver de cano de palmo. Representado homem de bem e posses, quando por mais não fora, e a ele razão era devida. Se'o Vanvães disse, determinou. Visitavam-no.

Melhorou, perguntando pelo cavalo. Se perturbava, pelo já ou pelo depois, nos mal-ficares. Suspirava, por forma breve. Domenha segurava a lamparina — para ver-lhe os olhos raiados de vermelho — a cara na dele quase encostada.

O tempo era todo igual, como a carne do boi que a gente come. Sem donde se saber, teve-se aí sobre ele a notícia. Era brabo jagunço! um famoso, perigoso. Alguém disse.

Se estarreceu a Barra da Vaca, fria, ficada sem conselho. Somente alto e forte, seria um Jerê, par de Antônio Dó, homem de peleja. Encolhido modorroso, agora, mas desfadigado podendo se desmarcar, em qualquer repelo, tufava. Se'o Vanvães disse a Seo Astórgio, que a Seô Abril, que a Siô Cordeiro, que a Seu Cipuca: — *"Que fazer?!"* — nessas novas ocasiões. Se assentou que, por ora, mais o honrassem.

Jeremoavo sarara, fraco, pesava os pecados males, restado o ganho de nada querer, um viver fora de engano. Não podia abreviar com a saída, tinha de ir ficando naquele lugar, até às segundas ou terceiras nuvens. Domenha olhando-o: — *"Felicidade se acha é só em horinhas de descuido..."* — disse, o trestanto.

Se'o Vanvães, dada a mão, levou-o a conhecer a Barra da Vaca — o rio era largo, defronte — povoação desguardada, no desbravio. Seo Astórgio

52   *João Guimarães Rosa*

convidava-o. Estimou a boa respondência, por agrado e por respeito. Estava ali em mansão, não desfaçado ou rebaixado. Seus filhos e a mulher, sim, isso haviam de saber, se viessem renegri-lo.

Reportou-lhe mais a gente velha da terra, seus bons diabos, vendo como as coisas se davam. Era o danado jagunço: por sua fortíssima opinião e recatado rancor, ensimesmudo, sobrolhoso, sozinho sem horas a remedir o arraial, caminhando com grandes passos. Não aluía dali, porque patrulho espião, que esperava bando de outros, para estrepolirem. Parecia até às vezes homem bom, sério por simpatia com integridades. Mas de não se fiar. Em-adido que no repente podia correr às armas, doidarro.

Jeremoavo em fato rondava o povoado, por esse enquanto. Adiante ou para trás — o rio lá faz muitos luares — sentia o bafo da solidão. Não se animava a traçar do bordão e a reto ir embora, mas esbarrava, como se para melhorar fortuna ou querer os achegos do mundo, e quebrava a ordem das desordens. Ora se descarnava, se afrontava disso, por decisão de homem, resolvido às redobradas. Vir a vez, ia, seguiço; não se deve parar em meio de tristeza. Na família não pensava, nem para condená-los de mal. — *"Aqui é quase alegre..."* — no portal Domenha dizia.

Torceu mais o espírito. Viu. Ali era o tempo, em trechos, entre a cruz e a cantação, e contemplar vivas águas, vagaroso o rio corre com gosto de terra. Não o podia atravessar? — no amarasmeio, encabruado, fazendo o já feito.

Permanecia e ameaçava. Mais o obsequiavam, os do lugar, o tom geral, em sua espaçada precisão. Se admiravam: eles e ele — na calada da consciência. Sendo que já para uns era por igual o velho da galhofa. Andava pé diante de pé, como as antas andam. Os meninos tinham medo e vontade de bulir com ele.

E aquela aldeiazinha produziu uma ideia.

De pescaria, à rede, furupa, a festa, assaz cachaças, com honra o chamaram, enganaram-lhe o juízo. Jeremoavo, vai, foi. O rio era um sol de paraíso. Tão certo. Tão bêbado, depois, logo do outro lado o deixaram, debaixo de sombra. Tinham passado também, quietíssimo, o cavalo raposo.

Só de tardinha Jeremoavo espertou, com cansaços de espírito. Viu o animal, que arreado, amarrado, seus dele dobros e saco, até garrafa de cerveja. Entendeu, pelo que antes; palpou a barba, de incontido brio. Não podia torcer o passo. Topava com o vento, às urtigas aonde se mandava, cavaleiro distraído, sem noção de seu cavalo, em direitura. Desterrado, desfamilhado — só com

Barra da Vaca 53

a alta tristeza, nos confins da ideia — lenta como um fim de fogueira. Saudade maior eram: a Barra, o rio, o lugar, a gente.

Lá, os homens todos, até ao de dentro armados, três dias vigiaram, em cerca e trincheira. Voltasse, e não seria ele mais o confuso hóspede, mas um diabo esperado, o matavam. Veio não. Dispersou-se o povo, pacífico. Se riam, uns dos outros, do medo geral do graúdo estúrdio Jeremoavo. Do qual ou da Domenha sincera caçoavam. Tinham graça e saudades dele.

Deu seca na minha vida
e os amores me deixaram
tão solto no cativeiro.

Das Cantigas de Serão de João Barandão.

Como ataca a sucuri

O HOMEM QUERIA IR PESCAR? Pajão então levava-o ao certo lugar, poço bom, fundo, pesqueiro. O resto, virava com Deus... Inda que penoso o caminhar, dava gosto guiar um excomungado, assim, hum, a mais distante, no fechado da brenha.

E aquele nem estranhava o sujo brejão, marimbu de obrar medo. Sozinho chegara, na véspera, a cavalo, puxado à-destra o burro cargueiro; tinha ror de canastras e caixas, disparate de trens, quilos de dinheiro, quem sabe, até ouro. Falava que seus camaradas também ainda vinham vir? Quê! Sem companheiro nenhum, parava era todo perdido, cá, nas santas lonjuras, fora de termo.

Aqui, Pajão agora o largava, ao pé do poço oculto, quieto, conforme ele mesmo influído pedira. Ife! pescasse. Entendia o mundo de mato, usos, estes ribeirões de águas cinzentas?

Drepes entendia, porém. Deixou passar tempo, não à beira, mas cauto encostado em árvore. Deu tiro, para o alto, ao acaso. E escutou resposta: o ronco, quase gemer, que nem surdo berro de gado. Ah, seu aleijado hospedeiro tivera manha e motivo, para o sorrisão com caretas! Sim — serpente gigante ali se estava, saída de sob a água, sob folhas. Drepes ia esperar, trepado à árvore, havia a ver.

À noitinha, um dos filhos de Pajão o veio buscar; taciturno, bronco, só matéria e eventual maldade. — *"De que jeito é que sucuri pega capivara?"* — Drepes indagou, curioso, irônico. O moço nem sacudiu cabeça, dado um hã, mastigado o nome do pai.

Na casa, que fedia a couros podres, à boca da floresta, Pajão caranguejava. — *"Sucruiú? Aqui nunca divulguei..."* — e em roda tornava a coxear, torto, estragando muito espaço. Armou o candeeiro, sem fitar Drepes; seu ódio se derramava pelos cantos.

— *"Ela morde a presa, mas fica com o rabo enganchado num pau? Se aquela corre, larga-lhe trela, estirada, afinada, depois repuxa e mata, tomando-lhe o fôlego das ventas?"* — Drepes insistia.

Pajão, de boca retorcida: — *"O senhor está dizendo."*

O candeeiro era para Drepes, no apertado quarto, sua fortaleza. — *"Você já viu sucuri?!"* Acolá, no escuro, os do Pajão, a família não se movesse.

O terrível homem cidadão, azougado da cabeça, xê, pensando ferros e vermelhos. Não deixava mão da carabina e revólver, por entre o engenho de suas trenheiras malditas. A ele a gente tinha de responder, ver ensinar o que vige no desmando, nhão, as outras coisas da natureza. E não é que um repisa, e crê, é o que ouve contar, em vez do verdadeiro avistado?

— *"De jeito nenhum. Não pode se esticar afinada, ela tem espinha, também… Adonde! Quebra osso nenhum, do bicho que come. Pega boi não, só pato, veado, paca…"* — a gente emendava.

— *"Pega homem?!"* Desaforo. E o cujo, eh, botava para rodar os carretéis daquele cego relógio.

Saía, aventado, no outro dia, para o dormido poço do marimbu, hum, com receio nenhum, seguro de tudo. Sozinho, xê. Delatava a ele o caminho uma caixeta redonda, que tinha, boceta de herege. Zanzava, mexia, vai ver não voltava! *"Sucruiú come homem?"* Deus querendo, come. Mas o danado levara também o Pacamã, cachorro sério, decerto por trapaça cedia a ele parte da matula, farinha e carne…

Voltaram, cão e homem. Drepes pisava forte. No prato de comer, esparziu pitada de um pó branco: — *"Instrui de qualquer veneno: formicida, feitiço, vidro moído. Tendo, o remédio fica azul…"* — falou, aquilo ainda oferecendo.

Pajão recuou cara, a ira enchia-o de linhas retas. Os filhos meio que comiam, os olhos tão duros quanto os narizes e queixos. Drepes se palpava os joelhos, não ia relaxar sua cautela. A velha, de pé, quase de costas, suspirou alto.

Drepes disse: — *"Deus dê a todos boa noite!"* — tinha pinchado também do pó na cuia de água.

Aquele homem zureta, atentado! Agora dava corda no relógio sem números nem ponteiros, a gente escutava: a voz guardada, dele mesmo, Pajão, depondo relato:

— *"Sucruiú agride de açoite, feito o relâmpago, pula inteira no outro bicho… Aquilo é um abalo! Um vê: ela já ferrou dente e enrolou no outro o laço de suas voltas, as duas ou três roscas, zasco-tasco, no soforçoso… O bicho nem grita, mal careteia, debate as pernas de trás, o aperto tirou dele o ar dos bofes. Sucruiú sabe o prazo, que é só para sufocar, tifetrije… Aí, solta as laçadas de em redor do bicho morto, que ela tateia todo, com a linguazinha. Começa a engolir…"*

Drepes sabia, aprovava a desfábula. O ogro conhecia bem a cobra-grande! Aquele rude ente, incompleto, que sapejava, se arrimando às paredes do casebre, no andar defeituoso, de tamanduá, já pronto para pesadelo. Se de repente se apagasse o candeeiro, Drepes cerrava com todos, disparava a pistola — em rumo, ruído e bafejo.

De manhã, quis partir dali, mesmo só. Deram porém o cavalo e o burro como fugidos, disseram-lhe. O empulho. Pajão cravando-lhe os olhos como dentes, e os três filhos, à malfa, com as foices, zarrões homens, capazes de saltarem com ele, ruindadeiros, de dar de garrucha ou faca.

Drepes, descorado, sentou-se contudo a cômodo no jirau, pernas abertas. A carabina e, na outra mão, o barômetro, dele saindo fio, que se sumia numa caixa. Com força de tom, começou a falar — como se a um pé-de-exército — a inventados camaradas seus... — *"...Aqui, no que é de um Pajão, brejos da Sumiquara!"*

Pajão rodava com o pescoço, jurava que os animais iam já aparecer. Os filhos, simplesmente, saíam para cortar mato.

Eh, fosse embora! Pajão mesmo, ao entardecer, vinha ao poço, com o aviso, que cavalo e burro estavam já achados. Ouviu os tiros! Viu o demo do homem, revólver na mão, a cara de fera... O cachorro, salvo, tremia demais, deitado, babado, arrepiado. A sucuriju, cabeça espatifada, movia corpo, à beira do aguaçal.

Pajão fez pé atrás. — *"Acho razão no senhor..."* — soava a oco. Ladino, avançou, quase quadrumanamente, desembainhado o facão, feio, tão antigo, que parecia uma arma de bronze. Ele queria o couro, do bicho dragonho. — *"P'ra a sucruiú, a gente não tem piedade!"* — ringiu. A cobra, esfolada, ainda se mexia.

Drepes saiu-se indo, dali a hora, pagara-lhes bem a hospedagem. Acenavam-lhe vivo adeus.

Como ataca a sucuri

Curtamão

Convosco, componho.

Revenho ver: a casa, esta, em fama e ideia. Só por fora, com efeito; prédio que o Governo comprou, para escola de meninos, quefazer vitalício. Dizendo, formo é a estória dela, que fechei redonda e quadrada. Mas o mundo não é remexer de Deus? — com perdão, que comparo. Minha será, no que não se tasca nem aufere, sempre, em fachada e oitão, de cerces à cimalha. Olhem. O que conto, enquanto; ponto. Olhos põem as coisas no cabimento.

Oficial pedreiro, forro, eu era, nem ordinário nem superior; de chegar a mais, me impedia esse contra mim de todos, descrer, desprezo. Minha mulher mesma me não concedia razão, questionava o eu querer: o faltado, corçoos do vir a ser, o possível. Todos toleram na gente só os dissabores do diário e pouco sal no feijão. Armininho possuía o terreno — alto — espaço de capim, sol e arredor… Em três, reparto quina pontuda, no errado narrar, no engraçar trapos e ornatos? Sem custoso, um explica é as lérias ocas e comuns, e que não são nunca. Assim, tudo num dia, nada, não começa. Faço quando foi que fez que começou.

Saí, andei, não sei, fio que numa propositada, sem saber. Dei com o Armininho; eu estava muito repelido. Ele, desapossado, pior, por desdita. Voltado da cidade, a nôiva mais não achou em pé de flor: aquém a tinham casado, com um Requincão. Agora, de tão firme ele cambaleava, pelos ses e quases, tirado de qualquer resolver. Tratavam de o escorraçar do arraial, os do Requincão, o marido desnaturado. Armininho só ansiava. Igualei com ele — para restadas as confidências.

Me disse: tinha bastante dinheiro. E que lhe ganhava? Seria para fazerem antes casa, a que sonhava a nôiva. — *"A mais moderna…"* — ela queria constante, ah: escutei, de um pulo.

— *"Pois então"* — o que estudei e rebatidamente. — *"Vamos propor, à revelia desses, dita casa…"* — disse e olhei, de um trago.

— *"O sr.? Amigo…"* — ele, vem, me espreitou nos centros, ele suspirava pelos olhos.

Suspirei junto: — *"Estou para nascer, se isso não faço!"* — rouqueei — desfechada decisão.

Mas ele recedia, ao triste gosto, como um homem vê de frente e anda de costas. Teso em mente forcejei — por de mim arredar desânimo pegador. Enquanto o que, eu percebia: a sina e azo e hora, de cem uma vez: da vida com capacidade. — *"A casa levada da breca, confrontando com o Brasil"* — e parti copo, também o dele, me pondo em pé, o pé em chão, o chão de cristão. Armininho, só então. Só riu ou entendeu, comigo se adotou. De lá a gente saiu, arrastando eu aquele peso alheio, paixão, de um coração desrespeitado.

Deserto do mais, tranquei minha presença, com lápis, régua e papel, rodei a cabeça. Minha mulher a me supor; desrespondi a quem me ilude. Tantas quantas vezes hei-de, tracei planta — só um solfejo, um modulejo — a minha construção, desconforme a reles usos. Assim amanheci.

De alvenel a mestre-de-obras, apareci frente ao Armininho. Tresnoitado, espinhoso, eu, ardente; ele, sonhado com felizes idos. Porque, quem sabe. Confirmou, o caso era fato. Tudo a favor e seguro: escritura, carta-branca, tempo bom, nem chuvas. Dinheiro — o que serve principalmente, mesmo ao sofrido amargurado.

Encomendei: pedra e cal. A moça, daquela futura casa padroeira, tanto fazendo solteira que casada! Tirada a licença completa; e o que não digo. Tijolaria areias cimento, logo. Eu tinha o Dés, ajudante correto, e servente o Nhãpá, cordato; mas ainda outros reuni, por motivos. O lugar e o povo temíveis em paz. De carpinteiro tão bem entendo: para o travejável, de lei, esteios de madeira serrada. O Requincão em praça se certificou, tarde.

Não há como um tarde demais — eu dizendo — porque aí é que as coisas de verdade principiam. Amor? Dele e fé, o Armininho consumia, pesaroso; contanto cobrava era aqui, esperança organizada. E o que não digo, meço palavra.

Vinham avispar, os do Requincão; logo aborrecidos do que olhado. A cova — sete palmos — que antes de tudo ali cavei, a de qualquer afoito defunto, estreamento, para enxotar iras e orgulho. Primeiro o sotaque, depois a signifa — eu redizendo; com meu Tio o Borba, ajudador, e nosso um Lamenha dando serventia. Nhãpá e o Dés cavavam os profundamentos; o risco mudamente eu caprichava. Um alvo ali em árvore preguei, e tiros de aviso-de-amigo atirávamos. Eu, que a mais valentes não temo, não haviam de me pôr grosa.

— *"Dôido diacho monstro!"* — minha mulher e praga. Desentendia minha fundura. Empiquei: a fio-a-prumo. Ela indo-se embora para sempre — e botados o assento e o soco em o baldrame. A obra abria.

Suave o Armininho: — *"Vai, vou…"* — referia o montante de suspiros, durante cada fiada de tijolos. Enviava o amor a vales e campos, isto é, a certa rua e morada. Saiba eu o que não digo, eu, alarife, trolha na mão, espingarda à bandoleira. A nôiva em lua-de-mel cativa — ninguém via — vigiada. Tomara, o extrato desse amor, para ingerir no projeto exato. Perfiz a primeira quadrela.

Rondeavam os do Requincão, muito mais retrocediam: de ante meu Tio o Borba, dunga jagunço, e o Lamenha nosso, quera curimbaba. O mau resolve — estando-se em empresas. Mas, escarniam nossos andaimes era o povo, inglório. De invejas ainda não bastante — esta minha terra é igual a todas. Despique e birra contra desfeita: — *"Boto edifício ao contrário!"* — então, mandei; e o Armininho concorde. Votei, se fechou, refiz traço. Descrevo o erguido: a casa de costas para o rual, respeitando frente a horizonte e várzeas.

Armininho, mas, conjunto, chorava já por um olho só, o homem. Me prezou, pelo meu engenho, o quanto alguém me creditava. Mirava o quê: sem açamouco, diferençado, vistoso, o pé-direito de moda. Ah, e a moça? Mulher, o que quer, ouve, tão mal, tão bem; todo-o-mundo neste mundo é mensageiro.

Em que, até, para igreja, o lugar o padre cobiçou. Minhas mãos de fazer a ele mostrei — mandato — por invenção de sentimento. — *"Deus do belo sofrido é servido…"* — conveio. Mas não assim as pessoas, umas e outras, atiçadas.

Tive começo de ameaço de medo. Então eu disse: — *"Redobrar tudo, mais alto! sobrado!"* — tive'de. A madre, meu construído, casa-grande de quantos andares aguentando, no se subir, lanço a lanço, à risca feita. Mas: a casa sem janelas nem portas — era o que eu ambicionava.

Sem no tempo terminar? Vindo o osso, o caroço, as rijezas amargosas. O dinheiro: água, que faltando. Armininho, rapaz, pois sim. Vi. Sua parte ele ainda fiado me cedendo, firmei clareza; desmanchada nossa sociedade. Tão de lado, comum, sofri nos dentes, nos dedos, mesmo nem comigo eu pudesse, sentado chorava. Mas para adiante. Tal o que meu, sangue ali amassei, o empenho e dívidas. Se avessavam os companheiros, desistidos entes, sem artes. — *"Morro, na soleira e no reboco!"* — anunciei. — *"Eu, não morro…"* — ou nem nada.

Me culpavam desta à-sozinha casa, infinito movimento, sem a festa da cumeeira. Seja agora a simplicidade, pintada de amarelo-flor em branco, o alinhamento, desconstrução de sofrimento, singela fortificada. Sem parar — e

Curtamão   61

todo ovo é uma caixinha? Segui o desamparo, conforme. Só me valendo o extraordinário.

Surpresa azul: à-del-rei, a matinas, se soube, o confusório. As coisas só me espantam de véspera. Se foram, no caminhão das telhas, em horas da noite, de amor, bem idos! Assim fugido o par — Armininho e ela — mulher do Requincão, mas nôiva dele. Sem nem haver perseguição. Solertes em breve longe estavam, alegres na nuca e na barriga, entre os tebas parentes dele surungangas.

Sozinho fiquei, aqui esperei, os requincães. Vieram, as pessoas, umas atrás das outras, certa multidão. Revólver meu no bolso, aqueles recebi, disse: — *"É para não entrarem! A casa é vossa..."* — por não romper a cortesia.

Ventanias em fubás: assaz destorciam os rostos, vi como é que o povo muda. Agora, comigo e por pró estavam, vivavam: — *"A casa é progresso do arraial!"* — instantes arras. Outras aí alturas me a rodear, desfechos de um calor me percorriam.

A mim, por fim, de repletos ganhos, essas frias sopas e glória. A casa, porém de Deus, que tenho, esta, venturosa, que em mim copiei — de mestre arquiteto — e o que não dito.

Desenredo

Do narrador a seus ouvintes:

— Jó Joaquim, cliente, era quieto, respeitado, bom como o cheiro de cerveja. Tinha o para não ser célebre. Com elas quem pode, porém? Foi Adão dormir, e Eva nascer. Chamando-se Livíria, Rivília ou Irlívia, a que, nesta observação, a Jó Joaquim apareceu.

Antes bonita, olhos de viva mosca, morena mel e pão. Aliás, casada. Sorriram-se, viram-se. Era infinitamente maio e Jó Joaquim pegou o amor. Enfim, entenderam-se. Voando o mais em ímpeto de nau tangida a vela e vento. Mas muito tendo tudo de ser secreto, claro, coberto de sete capas.

Porque o marido se fazia notório, na valentia com ciúme; e as aldeias são a alheia vigilância. Então ao rigor geral os dois se sujeitaram, conforme o clandestino amor em sua forma local, conforme o mundo é mundo. Todo abismo é navegável a barquinhos de papel.

Não se via quando e como se viam. Jó Joaquim, além disso, existindo só retraído, minuciosamente. Esperar é reconhecer-se incompleto. Dependiam eles de enorme milagre. O inebriado engano.

Até que — deu-se o desmastreio. O trágico não vem a conta-gotas. Apanhara o marido a mulher: com outro, um terceiro... Sem mais cá nem mais lá, mediante revólver, assustou-a e matou-o. Diz-se, também, que de leve a ferira, leviano modo.

Jó Joaquim, derrubadamente surpreso, no absurdo desistia de crer, e foi para o decúbito dorsal, por dores, frios, calores, quiçá lágrimas, devolvido ao barro, entre o inefável e o infando. Imaginara-a jamais a ter o pé em três estribos; chegou a maldizer de seus próprios e gratos abusufrutos. Reteve-se de vê-la. Proibia-se de ser pseudopersonagem, em lance de tão vermelha e preta amplitude.

Ela — longe — sempre ou ao máximo mais formosa, já sarada e sã. Ele exercitava-se a aguentar-se, nas defeituosas emoções.

Enquanto, ora, as coisas amadureciam. Todo fim é impossível? Azarado fugitivo, e como à Providência praz, o marido faleceu, afogado ou de tifo. O tempo é engenhoso.

Soube-o logo Jó Joaquim, em seu franciscanato, dolorido mas já medicado. Vai, pois, com a amada se encontrou — ela sutil como uma colher de chá, grude de engodos, o firme fascínio. Nela acreditou, num abrir e não fechar de ouvidos. Daí, de repente, casaram-se. Alegres, sim, para feliz escândalo popular, por que forma fosse.

Mas.

Sempre vem imprevisível o abominoso? Ou: os tempos se seguem e parafraseiam-se. Deu-se a entrada dos demônios.

Da vez, Jó Joaquim foi quem a deparou, em péssima hora: traído e traidora. De amor não a matou, que não era para truz de tigre ou leão. Expulsou-a apenas, apostrofando-se, como inédito poeta e homem. E viajou fugida a mulher, a desconhecido destino.

Tudo aplaudiu e reprovou o povo, repartido. Pelo fato, Jó Joaquim sentiu-se histórico, quase criminoso, reincidente. Triste, pois que tão calado. Suas lágrimas corriam atrás dela, como formiguinhas brancas. Mas, no frágio da barca, de novo respeitado, quieto. Vá-se a camisa, que não o dela dentro. Era o seu um amor meditado, a prova de remorsos. Dedicou-se a endireitar-se.

Mais.

No decorrer e comenos, Jó Joaquim entrou sensível a aplicar-se, a progressivo, jeitoso afã. A bonança nada tem a ver com a tempestade. Crível? Sábio sempre foi Ulisses, que começou por se fazer de louco. Desejava ele, Jó Joaquim, a felicidade — ideia inata. Entregou-se a remir, redimir a mulher, à conta inteira. Incrível? É de notar que o ar vem do ar. De sofrer e amar, a gente não se desafaz. Ele queria apenas os arquétipos, platonizava. Ela era um aroma.

Nunca tivera ela amantes! Não um. Não dois. Disse-se e dizia isso Jó Joaquim. Reportava a lenda a embustes, falsas lérias escabrosas. Cumpria-lhe descaluniá-la, obrigava-se por tudo. Trouxe à boca-de-cena do mundo, de caso raso, o que fora tão claro como água suja. Demonstrando-o, amatemático, contrário ao público pensamento e à lógica, desde que Aristóteles a fundou. O que não era tão fácil como refritar almôndegas. Sem malícia, com paciência, sem insistência, principalmente.

O ponto está em que o soube, de tal arte: por antipesquisas, acronologia miúda, conversinhas escudadas, remendados testemunhos. Jó Joaquim, genial, operava o passado — plástico e contraditório rascunho. Criava nova, transformada realidade, mais alta. Mais certa?

Celebrava-a, ufanático, tendo-a por justa e averiguada, com convicção manifesta. Haja o absoluto amar — e qualquer causa se irrefuta.

Pois, produziu efeito. Surtiu bem. Sumiram-se os pontos das reticências, o tempo secou o assunto. Total o transato desmanchava-se, a anterior evidência e seu nevoeiro. O real e válido, na árvore, é a reta que vai para cima. Todos já acreditavam. Jó Joaquim primeiro que todos.

Mesmo a mulher, até, por fim. Chegou-lhe lá a notícia, onde se achava, em ignota, defendida, perfeita distância. Soube-se nua e pura. Veio sem culpa. Voltou, com dengos e fofos de bandeira ao vento.

Três vezes passa perto da gente a felicidade. Jó Joaquim e Vilíria retomaram-se, e conviveram, convolados, o verdadeiro e melhor de sua útil vida.

E pôs-se a fábula em ata.

Droenha

AMANHECENDO O SOL DAVA EM DESVERDE de rochedos e pedregulho, fazia soledade, de repente, silêncio. Ventava, porém. Era ali lugar para pasmos; estava-se também perto das nuvens. Ele é que não podia retroceder. Voavam gaviões. Jenzirico nunca imaginara ter de matar um homem e vir se esconder na Serra.

De noite Izidro ao topo escalvado o guiara, dizendo que lá em seguro viviam certos fugidos criminosos; surpreendia-o agora ser um deles. Muito fino respirava. Tinha de resguardar mochila e saco, para descanso, dormir mesmo pudesse; numa reentrância, quase gruta, se agasalhara do ar. Diante avistava penhasqueira, a pique, prateleiras de pedra. Só perigos o esperassem, repelia pensamentos, ninguém está a cobro da doideira de si e dos outros. Ali era um alpendre.

Das fendas do paredão, a intervalos, apareciam pequenos entes, à espreita, os mocós. Jenzirico preservava chapéu na cabeça. Dispunha apenas de espingarda e faca, o revólver botara fora, após o susto do ato. Izidro voltaria, certo, com mais coisas, conselhos, comida, pelo tempo que lhe cabia parar aqui. Mesmo a Serra estava nos arrabaldes do mundo. Seu ânimo se sombreou. Zèvasco, tranca-ruas, ele tivera de a tiro acabar, por própria justa defesa, é quando a gente se estraga. Viu que temia menos a lei que caso de desforra dos parentes; aprumou-se e andou. Os mocós assoviavam sumindo-se nas luras.

Precisava de conhecer o situado: o chão, em que permeio os burgaus rareava grama, o facheiro, cardos; tufos de barbacena e arnica cerrando o adro pedrento. De lá devia um pouco descer. Sobrestado, tardador, quis escolher qual rumo, mão em arma. *Jenzirico…* — ele súbito se advertiu, vez primeira atentava em seu nome, vasqueiro, demais despropositado. Se benzeu, sacou de ombros, tudo sucedia por modo de mentira.

Depassou volumes de rochas erguidas e lajes em empilho, pisava alecrins, o sassafrás-serrano, abeirava despenhadeiros. Ia topar de perto os outros defini-dos foragidos, se dizia que plantavam mandiocal, milhos, deparando com esses não havia de estranhar o acaso. De pau em-pé, só se notando ainda candeias, bolsas-de-pastor, alguma que uma tipuana. Pássaros cantavam feito sabiás, vai ver sabiás mesmos. Em mente de olhos ele aprendia o caminho, ali era já chão mole, catou para provar mangabas caidiças. Entanto estranhava o que avistava — não o feitio dos espaços, mas o jeito dele mesmo enxergar — afiado desenrolado. Até assim ramas e refolhagem verdeando com luz de astúcias. Agora, altas árvores.

Sustou-se por rumor, mas só de espavento: as brujajaras. Teve de querer rir simples. Desaprazível a Serra não era, piava o lindo-azul, jeojeou o bico--miúdo; embora convindo voltar: caçadores e seus cachorros frequentavam os campestres das vertentes. Entortado espiava. De temer a gente tinha de fazer costume.

Inda então andou mais. Deu com miriquilho de vala, ajoelhou-se, bebia água e sol. Mas — no relancear — viu! Desregulado enxergara, a sombra, assomo de espectro? Por trás de buranhém e banana-brava, um homem, nu, em pelo.

Ninguém, nem. O ruído nenhum, rastro não se dando de achar. Correu, de través levantada a espingarda, rolou quase por pirambeira, chegou à meia--gruta frente ao mocozal. Caindo se sentou, com restos de tremer, sentia no oco da boca o tefe do coração. Só apalpou a cabeça: o chapéu, de toda aba, ele perdera.

Jenzirico mais nem pôde que assar em brasas carne-seca; faltava café, tomou cachaça. Virava falseio, divago, a visão de antes: senão as brujajaras, as aves pintadas e listradas de amarelo ou branco, fracas no esvoaçar, rabos trescompridos. Apurado caçou e não achou o chapéu, pouca sorte. Devia já arrancar feixes de capim, para cama, enrolado em cobertor, noite por noite. Precavia-se ficando no limpo do pedregal, mesmo lá divisara cobra, por essas é que revinham a acauã e o enorme gavião-roxo: um perto dele pousou em penha, escuro, escancaradas as asas.

Dormitou. Desagrado eram os guinchos dos mocós, por igual agadanhados, no bico das águias aves. Tudo se despercebia. O mocó, bicho esquisito, que sai a meio de entre pedras: — *Có, có, có...* — sem defesa. Tonteava a velocidade das nuvens para oeste ou este. De fatos mal acontecidos, de jeito nenhum queria lembrar, com farinha também comeu dentada de rapadura. Trepou em árvore, deixando em baixo o paletó; desceu — ele ali mais não estava.

Houvesse aí reinadios macacos, esses qualquer trem surripiam! De tantas tramoias Izidro nem lhe dera esboço, a Serra avultava, esconderija, negando firmeza. As estrelas mesmas se aproximavam. De dia o calor, na regência do sol, as fragas amareladas alumiavam, montanhitância, só em madrugadas e tardes se sofria o enfrio e vento. Os homiziados outros prosperavam quilombo, em confim de macegal e matos, velhacoutos; tivesse um o ousio de aqueles ir procurar, por companhia? A gente tem de temer a gente. Jenzirico sempre receava acender o fogo, alguém se instruísse do lumaréu. Mas rebém as lava-redas de canela-de-ema e candeia o aquentavam, permanecido no esconso. Despertou — ouvindo espirro humano.

Salteado avançou derredor os vultos pedrouços, seguia o que não via, por trás de qualquer instante, inimigo o observava. O chão nenhuma calca-dura marcava, aquele nem era chão, pedroenga, ondeonde os chatos cactos, dependuradas as vagens secas da tipuã, o jacarandá-de-espinho balançando douradas grandes flores. De novo o mocoal, pedreira cinzenta. — *Cooó! cóoo...* — escutando. Teria disposição de repetir morte? Matar era a burra ação, tão repentina e incerta, que fixe quase não se crê nem se vê, semelha confuso ato de espetáculo, procedido longe, por postiças mãos. Bateu-lhe o arrepio, doentemente, a sede, o sol; acabara a cachaça. Então, ele mesmo era quem tinha espirrado?

Veio, penoso se despiu, entrado na lagoazinha, água-de-grota. Em febre se esqueceu, desconheceu as horas, até outra calafriagem. Concebia um pres-sentir. Deu fé: roupa, espingarda, alpercatas — tudo desaparecido.

Jenzirico molhado se arrastou, doía de amedrontado, até a suas pedras moradias. Nu chorando ele fechava os olhos, com vergonha da solidão. Medo. Esperou o de vir, pavor, era como os transes. Ele remexia no podre dos pensamentos.

Tão então. — *Matei, sim...* — gritou, padecidamente, confessava: ter atirado no perverso Zèvasco, que na rua escura o agredira, sem eis nem pois; e fugido, imediato, mais de nada se certificando... Escutasse-o o ermo, ninguém? Clamou, assim mesmo alto e claro falou, repetia, o quanto de si mesmo o livrasse, provia algum perdão.

Porém, para repuxo e sobressalto. Viu, enfim, no sacudimento: aquele, o qual! Semelhante homem — trajado sabido, enchapelado — de suspapés, olhava-o, bugiava? O indivíduo — solerte vivo de curiosidades. Ia investir. Mas inesperado se afastou, com passos, expedido, campou no mundo. Virou o já acontecido.

Tornado a si, após, Jenzirico tiritou, variava de querer qualquer calhau pontudo ou um pau: pelos mocós, que à noitinha descem das frinchas pedredas

Droenha   69

para caminhar, os coelhos-ratos. Vai, o frio de grimpa fazia o tamanho do medo. Ventava por um canudo.

Até que, a retorno do tempo, chamavam-lhe o nome. Izidro e Pedroandré, eram os dois, mesmo montando mulas: — *Que há?* Introduzido nos capins o achavam. E diziam o desassombro: Zèvasco não morrera, na ocasião. — *Agora, sim...* — morto estava. Sujeito sandeu aparecera, direto para o exterminar, a toda a lei. Semelhante antigo homem, um Jinjibirro, em engraçadas encurtadas roupas, chapelão; o que, de havia muitos anos, levara sumiço, desertor serrão, revel por intimado de crime, ainda que se sabendo, depois, que nem não era o exato assassino.

— *Tòvasco vingou o irmão, à faca ainda pegou o estúrdio reaparecido, o derribou, porém se foi também, com muito barulho...* De vez e revez, os terríveis estavam terminados.

Jenzirico pedia o de que se revestir, e voltar para o mundo sueto, ciente só de mais fortes fazeres, trouxesse um mocó, por estripar, trem único que aqueles dias caçara, num dali e dalém, coitado, alto, no meio da Serra, em pedra e brenha.

Esses Lopes

MÁ GENTE, DE MÁ PAZ; DELES, quero distantes léguas. Mesmo de meus filhos, os três. Livre, por velha nem revogada não me dou, idade é a qualidade. Amo um homem, ele vive de admirar meus bons préstimos, boca cheia d'água. Meu gosto agora é ser feliz, em uso, no sofrer e no regalo. Quero falar alto. Lopes nenhum me venha, que às dentadas escorraço. Para trás, o que passei, foi arremedando e esquecendo. Ainda achei o fundo do meu coração. A maior prenda, que há, é ser virgem.

Mas, primeiro, os outros obram a história da gente.

Eu era menina, me via vestida de flores. Só que o que mais cedo reponta é a pobreza. Me valia ter pai e mãe, sendo órfã de dinheiro? Mocinha fiquei, sem da inocência me destruir, tirava junto cantigas de roda e modinhas de sentimento. Eu queria me chamar Maria Miss, reprovo meu nome, de Flausina.

Deus me deu esta pintinha preta na alvura do queixo — linda eu era até a remirar minha cara na gamela dos porcos, na lavagem. E veio aquele, Lopes, chapéu grandão, aba desabada. Nenhum presta; mas esse, Zé, o pior, rompente sedutor. Me olhava: aí eu espiada e enxergada, no ter de me estremecer.

A cavalo ele passava, por frente de casa, meu pai e minha mãe saudavam, soturnos de outro jeito. Esses Lopes, raça, vieram de outra ribeira, tudo adquiriam ou tomavam; não fosse Deus, e até hoje mandavam aqui, donos. A gente tem é de ser miúda, mansa, feito botão de flor. Mãe e pai não deram para punir por mim.

Aos pedacinhos, me alembro.

Mal com dilato para chorar, eu queria enxoval, ao menos, feito as outras, ilusão de noivado. Tive algum? Cortesias nem igreja. O homem me pegou, com quentes mãos e curtos braços, me levou para uma casa, para a cama dele. Mais aprendi lição de ter juízo. Calei muitos prantos. Aguentei aquele caso corporal.

Fiz que quis: saquei malinas lábias. Por sopro do demo, se vê, uns homens caçam é mesmo isso, que inventam. Esses Lopes! — com eles, nenhum capim, nenhum leite. Falei, quando dinheiro me deu, afetando ser bondoso: — *"Eu tinha três vinténs, agora tenho quatro…"* Contentado ele ficou, não sabia que eu estava abrindo e medindo.

Para me vigiar, botou uma preta magra em casa, Si-Ana. Entendi: a que eu tinha de engambelar, por arte de contas; e à qual chamei de madrinha e comadre. Regi de alisar por fora a vida. Deitada é que eu achava o somenos do mundo, camisolas do demônio.

Ninguém põe ideia nesses casos: de se estar noite inteira em canto de catre, com o volume do outro cercando a gente, rombudo, o cheiro, o ressonar, qualquer um é alheios abusos. A gente, eu, delicada moça, cativa assim, com o abafo daquele, sempre rente, no escuro. Daninhagem, o homem parindo os ocultos pensamentos, como um dia come o outro, sei as perversidades que roncava? Aquilo tange as canduras de nôiva, pega feito doença, para a gente em espírito se traspassa. Tão certo como eu hoje estou o que nunca fui. Eu ficava espremida mais pequena, na parede minha unha riscava rezas, o querer outras larguras.

Tracei as letras. Carecia de ter o bem ler e escrever, conforme escondida. Isso principiei — minha ajuda em jornais de embrulhar e mais com as crianças de escola.

E dê-cá dinheiro.

O que podendo, dele tudo eu para mim regrava. Mealhava. Fazia portar escrituras. Sem acautelar, ele me enriquecia. Mais, enfim que o filho dele nasceu, agora já tinha em mim a confiança toda, quase. Mandou embora a preta Si-Ana, quando levantei o falso alegado: que ela alcovitava eu cedesse vezes carnais a outro, Lopes igual — que da vida logo desapareceu, em sistema de não-se-sabe.

Dito: meio se escuta, dobro se entende. Virei cria de cobra. Na cachaça, botava sementes da cabaceira-preta, dosezinhas; no café, cipó timbó e saia--branca. Só para arrefecer aquela desatada vontade, nem confirmo que seja crime. Com o tingui-capeta, um homem se esmera, abranda. Estava já amarelinho, feito ovo que ema acabou de pôr. Sem muito custo, morreu. Minha vida foi muito fatal. Varri casa, joguei o cisco para a rua, depois do enterro.

E os Lopes me davam sossego?

Dois deles, tesos, me requerendo, o primo e o irmão do falecido. Mexi em vão por me soltar, dessas minhas pintadas feras. Nicão, um, mau me emprazou: — *"Depois da missa de mês, me espera…"* Mas o Sertório, senhor, o outro, ouro e punhal em mão, inda antes do sétimo dia já entrava por mim a dentro em casa. Padeci com jeito. E o governo da vida? Anos, que me foram, de gentil sujeição, custoso que nem guardar chuva em cabaça, picar fininho a couve.

Tanto na bramosia os dois tendo ciúme. Tinham de ter, autorizei. Nicão a casa rodeava. Ao Sertório dei mesmo dois filhos? Total, o quanto que era dele, cobrei, passando ligeiro já para minhas posses; até honra. Experimentei finuras novas — somente em jardim de mim, sozinha. Tomei ar de mais donzela.

Sorria debruçada em janela, no bico do beiço, negociável; justiçosa. Até que aquela ideia endurecesse. Eu já sabia que ele era Lopes, desatinado, fogoso, água de ferver fora de panela. Vi foi ele sair, fulo de fulo, revestido de raiva, com os bolsos cheios de calúnias. Ao outro eu tinha enviado os recados, embebidos em doçuras. Ri muito útil ultimamente. Se enfrentaram, bom contra bom, meus relâmpagos, a tiros e ferros. Nicão morreu sem demora. O Sertório durou, uns dias. Inconsolável chorei, conforme os costumes certos, por a piedade de todos: pobre, duas e meio três vezes viúva. Na beira do meu terreiro.

Mas um, mais, porém, ainda me sobrou. Sorocabano Lopes, velhoco, o das fortes propriedades. Me viu e me botou na cabeça. Aceitei, de boa graça, ele era o aflitinho dos consolos. Eu impondo: — *"De hoje por diante, só muito casada!"* Ele, por fervor, concordou — com o que, para homem nessa idade inferior, é abotoar botão na casa errada. E, este, bem demais e melhor tratei, seu desejo efetuado.

Por isso, andei quebrando metade da cabeça: dava a ele gordas, tempera- das comidas, e sem descanso agradadas horas — o sujeito chupado de amores, de chuchurro. Tudo o que é bom faz mal e bem. Quem morreu mais foi ele. Daí, tudo tanto herdei, até que com nenhum enjoo.

Entanto que enfim, agora, desforrada. O povo ruim terminou, aqueles. Meus filhos, Lopes, também, provi de dinheiro, para longe daqui viajarem gado. Deixo de porfias, com o amor que achei. Duvido, discordo de quem não goste. Amo, mesmo. Que podia ser mãe dele, menos me falem, sou de me constar em folhinhas e datas?

Que em meu corpo ele não mexa fácil. Mas que, por bem de mim, me venham filhos, outros, modernos e acomodados. Quero o bom-bocado que não fiz, quero gente sensível. De que me adianta estar remediada e entendida, se não dou conta de questão das saudades? Eu, um dia, fui já muito menininha… Todo o mundo vive para ter alguma serventia. Lopes, não! — desses me arrenego.

Esses Lopes 73

Estória nº 3

Conta-se, comprova-se e confere que, na hora, Joãoquerque assistia à Mira frigir bolinhos para o jantar, conversando os dois pequenidades, amenidades, certezas. Sim, senhor, senhora, o amor. Cercavam-nos anjos-da-guarda, aos infinilhões.

E estrondeou aí foi então do pacato do ar o: — *Ô de casa!* — varando-a até à cozinha onde sobreditamente se fitavam Joãoquerque e Mira, que tremeram tomando rebate.

Ô! Renovou-se abrupto o brado, esmurrada a porta, ouvida também correria na rua, após estampido de arma, provável à boca do beco. Mira deixando cair a escumadeira trouxe ante rosto as mãos, por ímpeto de ato, pois já as retorcia e apertava-as contra os seios; sozinha ela residia ali, viúva recém, sem penhor de estado nem valedio pronto. Joãoquerque encostou o peito à barriga, no brusco do fato, mesmo seu nariz se crispou meticuloso.

Porque a voz era a do vilão Ipanemão, cruel como brasa mandada, matador de homens, violador de mulheres, incontido e impune como o rol dos flagelos. De que assim lhes sobreviesse, mediante o medonho, era para não se aceitar, na ilusão, nesses brios. Mas o destino pulava para outra estrada. Mira e Joãoquerque e Ipanemão cada qual em seu eixo giravam, que nem como movidos por tiras de alguma roda-mestra.

Deus meu, maior mal à maior detença ou a subiteza, *a, a, a,* o Ipanemão! dele era o que se passava, dono das variedades da vida, mandava no arraial inteiro. Mira via o instante e adiante, desenhos do horror: até hoje por isso não pode deixar de querer ainda mais, com históricos carinhos, o seu hoje mais que ex-amante, Joãoquerque, avergado homenzarrinho, que ora se gelava em azul angústia, retornados os beiços, mas branco de laranja descascada, pálido de a ela lembrar os mortos.

Ele — o nada a se fazer — pegado pelos entremeios, seus órgãos se movendo dentro do corpo, amarga grossa em fel e losna a língua, o coração a se estourar feito uma muita boiada ou cachoeira. — *Pai do Céu!* — e o Ipanemão era do tamanho do mundo — repetia, falto de mais alma, no descer do suor. Ia-se o dia em última luz. Onde estava sua cabeça?

Agora, porém, portintim, ele a quem queira ouvir inesquecivelmente narra, retintim, igual ao do que os livros falam, e três tantos. Joãoquerque diz tudo.

De que primeiro nada pensou, nulo, sem ensejo de ser e de tempo, nem vergonha, nem ciúme, condenado, mocho, empurrado, pois. Mira mesma mandou-o ir-se, com fechado cochicho, salvava-o; em finto tinha-se apagado o fogo, reinava só no borralho o ronrom do gato. Ela se ajoelhara, rezava, com numa mão a faca, pontuda, amolada, na outra o espeto, de comprimento de metro.

Teria ele de ganhar o nenhum rumo, para vastidão — *Pai-do-Céu!* — não se lhe dando de largada cá a Mira, sem porto e paz, podia nem com o vozeiro do Ipanemão, rompedor da harmonia, demoniático. E se debatia já à porta dos fundos, custou-lhe rodar a tramela, no triz de escape. Pôs-se para fora.

Pelo escuro quintal corre Joãoquerque, com árvores diversamente e moitas em incuido, nelas topava ou relava, às tortas de labirinto, traspassoso o quintal que nunca se terminava, se é que só lá em baixo, tão além, na cerca, onde houvesse depois o valezinho de um riacho, Joãoquerque corria e, quase no fim — já desabalado milagre era ele vencer o terreno, não conhecido — derrubou-se: no tentar estacar, entrevendo acolá injustos vultos, decerto de uns dos duros do Ipanemão, mas explicados mais tarde como sendo apenas o touro e vacas, atrasados noturnos ainda pastando, de Nhô Bertoldo.

Joãoquerque, caído, um pouco se ajuntou, devia de ter quebrado osso, não aventurando apalpar-se, teimava em se esconder mais que as minhocas, deu-lhe voltas a cabeça, os dentes como rato em trapos ou um tremer maleitas, pelo frio, pelo quente, ofegava num esbafo de vertido esforço sob os desapiedados pensamentos. Pior, errava o pensar, que nem uma colher de pau erra o tacho; diz que se esquecera de tudo nesta vida.

Isto é, isso foi depois.

Por ora, seca a goela e amargume, o doer de respirar, como um bicho frechado. A vão querer escapulir, seguir derrota, imundo de vexame. O Ipanemão não consentia, parecia ter-lhe já pulado por cima, às distâncias — aonde que viesse, esse havia de o escafuar — nem lhe valesse o fraquejo. *Valia era sossegado morrer...* — foi o alívio que propôs-se, suando produzidamente. Ipanemão, cão, seguro em enredo de maldade da cobra grande, dele ninguém se livrava, nem por forte caso. O mais era com a noite — isto é, os abismos, os astros. Joãoquerque prostrou-se, como um pavio comprido.

Estava deitado de costas, conforme num buraco, analfabeto para as estrelinhas. Foi nesta altura que ele não caiu em si. Tenho tempo, se disse. Teve o esquecimento, máquinas nos ouvidos.

Veio-lhe a Mira à mente; embuçou a ideia. Via: quem vivia era o Ipanemão, perseguindo-o a ele mesmo, Joãoquerque, valentemente. Até os grilos silenciavam. O silêncio pipocava. As corujas incham os olhos. *Diabo do inferno!* — se representou, sem ser do jeito de vítima. Remedava de ele próprio se ser então o Ipanemão, profundo. Tudo era leviano, satisfeito desimportante. O medo depressa se gastava? — caíra nas garras do incompreensível. Então, se levantou, e virou volta.

Do mais, enquanto, muito não se sabe.

Joãoquerque remontava o quintal, desatento a tudo, mas de cauteloso modo: o sapo deu mais sete pulos: se arrastava com fiel desonra. Não à porta da cozinha, à casa, senão que à longa mão direita, renteava o outro quintal, para o beco. Frouxos latiam uns cachorros.

Diante, o galinheiro velho; e ele, ali, de palpa treva. Tirou risco o fino de alguma luz: em machado, encabado, encostado, talvez até enferrujado terrível. Ele não podia pegar em nada, pois com cerrados os punhos, *diabo-do-inferno!* E o pé que continuou no ar. O machado, tal, para tangimento, relatado em sua razão.

E, *então, que então,* o que nenhuma voz disse, o que lhe raiou pronto no ânimo. Mais já não parava assim, em al, alhures, alheio, absorto, entrado no raro estado pendente, exilando-se de si. Por modo de não hábito, pegou o machado. *Diabo do Céu!...* — queria dar um assovio. A noite repassava escuro sobre escuros. Caminhou, catou adiante.

Com firme indireção, para maior coragem, pés de lobo. Como se fosse, *diabo-do-céu!,* brincar de matar, de verdade, o chão na base do passo. Passou-lhe o nada pela cabeça. Na rua, à vista de Deus e de todo-o-mundo — cometeu- -se. O resto, em parte, é contado pelos outros.

De que o Ipanemão lá dentro não se achava, mas, com mais dois, defronte da casa, acocorado, à beira de foguinho, bebia e assava carne, sangui- naz, talvez sem nem real ideia de bulir com a Mira. Ou se distraía como o gato do rato, d'ora-a-agora.

Desreconheceram o vindo Joãoquerque, por contra que tanto sabido e visto. Mais o viam desvirado convertido.

Estória nº 3

Foi aliás de modo imoderado, que ele se chegou, rodeando um perigo, com cara de cão que não rosna, em sua covarde coerência: no não querer contenda. Saudou, parou, pasmoso, como um gesto detém a orquestra inteira.

Diz-se que era o dia do valente não ser; ou que o poder, aos tombos dos dados, emana do inesperado; ou que, vezes, a gente em si faz feitiços fortes, sem nem saber, por dentro da mente.

Ipanemão pendeu o rosto, desditado, os instantes hesitosos; aí foi revirando, rodou-se, mesmo agachado, de moventes cócoras — pondo-se inteiro de costas para o outro, do qual a esquivar olhar e presença.

Joãoquerque, porém, o rodeou, também, lhe pediu — *Olhe!* — baixo, e, erguendo com as duas mãos o machado, braz!, rachou-lhe em duas boas partes os miolos da cabeça. Ipanemão, enfim, em paz. Até aquele dia ele tinha sido imortal; perdeu as cascas. Os outros, viu-se, nem de leve fugiram, gritaram somente por misericórdias, consoante não deviam proceder.

Joãoquerque se sentou, fez porção de caretas. Nunca aprendera a não cuspir, não podia mais com tantas causas. Quer que dizer: os pés no chão, a mão na massa, a cabeça em seu lugar, os olhos desempoeirados, o nariz no que era de sua conta.

O padre e Mira, dali a dois meses, o casaram. Conte-se que uma vez.

Estoriinha

SENÃO QUANDO O VAPOR APITOU e se avistou subindo o rio, aportava da Bahia cheio de pessoas.

Mearim viu-a e viu que de bem desde a adivinhara, estava para cada hora, por fatalidade de certeza. Sempre de qualquer escuro ou confuso ela se aproximava, apontada. Ele não estremeceu, provado para o silêncio e engasgo. Se entregava a afinal — ao de Deus a acontecer.

Dez passos, de lado, vigiava o Rijino também o vapor chegar, como os bichos olham o fogo. Rijino inteirado se quadrava, escondendo essas mãos de costas peludas. Mearim abaixou o rosto, com as ideias e culpas. Se dava de cansado, no impossível de se ser ciente das próprias ações.

Mesma, passageira, ela, alta, saía pintada, irrevogável, bonita como uma jiboia, os cabelos cor de égua preta.

Foi ver, foi visto. Não adiantava ter-se soltado, deciso deixando-a, não podia fugir para os fins da terra. Lá fez ela aceno, linda a mão de paixão ou ameaça, porquanto o vapor zoava, as fumaças se desenfeixando. Mearim não a abarcava — da memória, que é o que sem arrumo há, das muitas partes da alma — a cada sete batidas um coração discorda. Saudosa, por cheiro, tato, sabor, a voz às vezes branda, cochicho que na orelha dele virava cócegas, no fúrio aconchego. De repente, à má bruxa, a risada. O remorso tira essas roupagens. A gente tem de existir — por corpo, real, continuado — condenado. Ela chupava-lhe a respiração das ventas.

Ao Rijino, ele bem que citara avisos, quando retornando: — *"Aqui, convém eu não ficar, o Sãofrancisco todo é alertamente…"* — temia ela viesse, pleiteava vasto socorro. Rijino duro remordia, os dentes apertava, para nem no instante se envergonhar, o queixo afirmado; nem a gente tem poder de se afinar nas feições. — *"Não pense na fulana…"* só para a obediência. Rijino não dava conselhos, situado positivo.

Atual ali entanto ela estava, o vapor a entrar, recebido, por meio de zoeira, novidade, grita, deduzido dos extremos do Juazeiro. Seguro o Rijino pontual soubesse que um dia ela aparecia, havia de vir, com isso ele contava, que a desunião faz as enormes forças. Ela era a de não se desvanecer.

Tudo — total, o balanço dos anos — tem horas se percebe, ligeiro demais, lumiado se concebe. Que era que o Rijino propositava? Ela se pertencia.

Mearim direto a ele, mano mais velho, viera, devido o que havido, depois, cheio de duvidar, doente de despojo. Mas no espaço das Três-Marias o Rijino mais contudo não laborava — de uns e outros ouviu; e, a ele mesmo, o reprovaram, lá, informadamente. Se mudara, o enganado Rijino, sempre por aí — em rumo que Mearim tomou — o rio, escorreito.

Topou-o no porto. Subido da surpresa, frente a ele se propôs, faltoso e irmão, cara à cara: — *"Me mate. Errei, enxerguei, me puni. Seja pelo leal, que não fui…"* — e esperou o novo. Sem em-de sentenciar, o Rijino fechou as mãos, em par, socava o ar, feito o boneco tãomente. Declarou, custoso: — *"Nossa mãe essas mais lágrimas não houvera de carpir…"* Se encostou, sinaladamente envelhecera, o mais velho. Mas não estava amotinado. Antes, tivera sabendas de que Mearim contrito a largara. Definiu: — *"Tu tivesses flagelos…"*

Sincero com afeto, quis que Mearim ali em Maria-da-Cruz parasse, onde em fatos ganhava, com caber para companheiro. Deu a ele cama e lugar em mesa, na casa. Lhe cedia revólver ou rifle: conforme que ninguém prospera sem inimigos achados. Mearim entendia. Mas, o que reteve, sentiu, ainda não pedindo perdão. Rijino imaginava em alguém ausente — escarrava. Outramaneira por dentro devia de curtir resumos, de tanta espécie. Dela, de Elpídia, mais nunca nada referia, tirante o de abafo. Ia, a cada vez, exato, ficava vendo vapores. Todo o mundo — rio-abaixo, rio-acima — acaba algum dia passando por estes cais.

Mearim ia, tal, também, com pena, espiava o ar aberto, ora com nojos de tão fácil se arrepender, desmentia os pensamentos.

O vapor manobrava em o se encostar, ela outro instante desaparecia. Mulher de atentada vontade. Rijino a trouxera e esposara, brejeira do Verde-Grande, quebradora de empecilhos. Do Rijino não gostou — nem os anjos-da-guarda.

Dele, Mearim, sim, querido, marcado, convivido. Entre o que, moço, ele sentia, sem saber olhar: só menção de responder, amor a futura vista. Ela fez que feliz oprimido a levasse; saídos escondidos, levara-o, para parar em Paulo-Afonso. Meses que passar, o quanto, despropósitos de vida. Essa ação de estar, ele acaba calcado não aguentara: o susto, uns medos, em madrugada, desgostosura, à voz de reprova, neste mundo tão sujeito.

Sem hoje nem onde, então ele se escapara, para qualquer comarca. Antes carecesse de concórdia, outras pausas, a natureza dele sendo mais quieta. Do que agora mudava. Dela tendo saudades, certas. Somente assim — sozinha e triste imaginada, sempre não enxergada, sua formosura em vai-vem, a jovem dormida nas florestas.

Ela, vem, que decidida, desastrada. E era o que o Rijino pelo jeito aprovava. Movendo drede para isso que ele Mearim ali em Maria-da-Cruz ficasse, para chamar atraído aquele açoite de amor. Rijino o ponto arrumara, não temendo o que fero se gera — na separação das pessoas. Mearim desentendia, returbado. Estimava, por dó ou grato expor, Rijino, que dele com agarrada e estúrdia afeição cuidava, como um pai, aborrecido, odioso. Mesmo a ela Rijino decerto notícias enviara, a fim de que viesse, e dinheiro! Há o fechado e o aberto. Havia.

A hora era cedo. O povo, influído, mais se ajuntava. Esses vapores aqui chegavam corretos no horário. Aí estavam desembarcando.

Ela, direita — uns meninos carregando o baú e trouxas. Só via a ele, Mearim, receava nada, os brincos balançando, tocando-lhe as faces, vinha com a felicidade. Ele no tolhimento; acolá o Rijino; o silêncio triplicado. Aquele perfume chegava ao sangue da gente. O Rijino deu passo.

Rijino em chofre segurara-a por um braço. — *"Tu!"* — demo, doloroso. — *"Tu, não!"* — ela renitiu, os dois em enrolamento, curto esforço. Ela puxara por um punhal, no mesmo lance, revirava-o, isso, o chiar de água em brasas. Rijino, pafo, caído, uma toda vez, findado. Só ela e o irremediado intervalo. Seja como se outra, destorcido o rosto, claro, à lástima arregalada, espiava para o alto e para o chão, por tudo o completo cansaço.

Ela estava ajoelhada.

Mearim, seus olhos se abriram muito, então, brilhados, tanto destapavam. Com que aí chegava povo, o excesso, as justiças e os soldados.

Mearim se levantou, de ajoelhado também, o sangue respingara-o. Seu coração entendeu. Iria, desde que enterrado o morto, à Lapa do Santuário do Santo-Senhor-Bom-Jesus, por um perdão, pela dor de todos. Depois, a vida dele era só aquela mulher, e mais, sofrida tida e achada, livre ou entre grades, mas que lhe pertencia, em reprofundo, mediante amor.

Faraó e a água do rio

VIERAM CIGANOS CONSERTAR as tachas de açúcar da Fazenda Crispins, sobre cachoeira do Riachão e onde há capela de uma Santa rezada no mês de setembro. Dois, só, estipulara o dono, que apartava do laço o assoviar e a chuva da enxurrada, fazendeiro Senhozório; nem tendo os mais ordem de abarracar ali em terras.

Eram os sobreditos Güitchil e Rulú, com arteirice e utensílios — o cobre, de estranja direto trazido, a pé, por cima de montanhas. Senhozório tratara-os à empreita, podiam mesmo dormir no engenho; e pôs para vigiá-los o filho, Siozorinho.

Sua mulher, fazendeira Siantônia, receava-os menos pela rapina que por estranhezas; ela, em razão de enfermidade, não saía da cama ou rede. Sinhalice e Sinhiza, filhas, ainda que do varandão, de alto, apreciaram espiar, imaginando-lhes que cor os olhos: o moço, sem par no sacudir o andar; o mais velho se abanando vezes com ramo de flor. À noite, em círculo de foguinho, perto do chiqueiro, um deles tocava violão.

Já ao fim de dia, Siozorinho relatou que forjavam com diligência. Senhozório, visse desplante em ciganos e sua conversa, se bem crendo poupar dinheiro no remendo das tachas, só recomendou aperto. Sinhiza porém e Sinhalice ouviram que aqueles enfiavam em cada dedo anéis, e não criavam apego aos lugares, de tanto que conhecessem a ligeireza do mundo; as cantigas que sabiam, eram para aumentar a quantidade de amor.

O moço recitava, o mais velho cabeceando qual a completar os dizeres, em romeia, algaravia de engano senão de se sentir primeiro que entender. O mais velho tinha cicatrizes, contava de rusga sem mortes em que um bando inteiramente tomara parte, até os cavalos se mordiam no meio do raivejar.

Siantônia, que sofria de hidropisias e dessuava retendo em pesadelo criaturas com dobro de pernas e braços, reprovou se acomodasse o filho a feitorar hereges. Senhozório de todos discordava, a taque de sílabas, só o teimosiar e raros cabelos a idade lhe reservara, mais o repetir que o lavrador era escravo sem senhor.

Faraó e a água do rio   83

Não era verdade que, de terem negado arrimo a José, Maria e Jesus, pagassem os gitanos maldição! — Siozorinho no domingo definiu, voltado de onde fora-de-raia esses acampavam, com as velhas e moças em amarelos por vermelhos. Mas, para arranjar o alambique, de mais um companheiro precisavam, perito em serpentinas. Senhozório àquilo resistiu, dois dias. Veio ao terceiro o rapaz Florflor: davam-lhe os cachos pelo meio lado da cara, e abria as mãos, de dedos que eram só finura de ferramentas. Dessa hora mais no engenho operaram, à racha, o dia em bulha. Sinhalice e Sinhiza pois souberam que Florflor ao entardecer no Riachão se banhava. Outra feita, ria-se, riam, de estrépitas respostas: — *Cigano non lava non, ganjón, para non perder o cheiro...* — certo o que as mulheres deles estimavam, de entre os bichos da natureza.

Ousaram pedir: para, trajados cujos casacões, visitarem a Virgem. Siantônia cedeu, ela mesma em espreguiçadeira recostada, pé do altar, ao aceso de velas. Os três se ajoelharam, aqueles aspectos. Outro tanto veneravam a fazendeira: — *Sina nossa, dona, é o descanso nenhum, em nenhuma parte* — arcavam nucas de cativos. — *O rei faraó mandou...* — decisão que não se terminava. Siantônia, era ela a derivada de alto nome, posses; não Senhozório, só de míngua aprendedor, de aflições. Avós e terras, gado, as senzalas; agora, sombria, ali, tempo abaixo, a curso, sob manta de vexame, para o fôlego cada dia menos ar, em amplo a barriga de sapa. As filhas contudo admiraram-lhe o levantado gesto, mão osculosa, admitindo que todos se afastassem.

— *Tristes, aá, então estamos!* — a seguir os três na tarefa martelavam, tanto quanto adjurando a doença da senhora. E alfim: se buscassem as parentas, lembraram, as das drogas? A cigana Constantina, a cigana Demétria; ainda que a quieto, dessas provinha pressa sem causa. A outra — moça — pêssega, uma pássara. Dela vangloriavam-se: — *Aníssia...* — pendiam-lhe as tranças de solteira e refolhos cobrissem furtos e filtros, dos alindes do corpete à saia rodada, a roçagar os sapatos de salto.

Siantônia em prêmito de ofego a quis perto. Era também palmista, leu para Sinhiza e Sinhalice a boa-ventura. Siozorinho nela dera com olhos que fácil não se retiravam. Senhozório contra quentes e brilhos forçava-se a boca. Ceca e meca e cá giravam os ciganos; mas quem-sabe o real possuir só deles fosse? — e de nenhum alqueire.

Senhozório, Siantônia o espiava — no mundo tudo se consumia em erro, tirante ver o marido envelhecido igual — vizinhalma. Esquecera ela as

84   *João Guimarães Rosa*

pálpebras, deixava que as gringas benzeduras lhe fizessem; fortunosas aquelas, viventes quase à boca dos ventos.

— *Aqui todos juntos estamos…* — Siantônia extremosa ansiosa se segurava aos seus, outra vez dera de mais arfar, piorara. As paredes era que ameaçavam. A gente devia estar sempre se indo feito a Sagrada Família fugida.

Com tal que o conserto rematavam os ciganos, *eeé, bré!* Senhozório agora via: o belo metal, o belo trabalho. A esquisita cor do cobre. — *Vosmicê, gajão patrão, doradiante aumente vossos canaviais!* — os cujos botavam alarde. Crer que, aqueles, lavravam para o rei, a gente não os podendo ali ter sempre à mão, para quanto encanto. As tachas pertenciam à Fazenda Crispins, de cem anos de eternidade.

E houve a rebordosa. Concorridos de repente, a cavalo todos, enchiam a beira do engenho, eram o bando, zingaralhada. — *Mercês!* — perseguidos, clamavam ajuda; e pela ganjã castelã prometiam rezar em matrizes e ermidas. — *Ah, manucho!* — vocavam Siozorinho.

À frente, montadas de banda, as ciganas Demétria e Constantina. Rulú, barba em duas pontas. Güitchil o com topete. Aníssia, de escanchadas pernas, descalça, como um deleite e alvor. Recordavam motes: — *Vós e as flores…* — em impo, finaldo entoou Florflor, o Sonhado Moço. Vinha de um romance, qual que se suicidado por paixão, pulando no rio, correntezas o rodavam à cachoeira… — Sinhalice caraminholava.

Já armada vinha a gente da terra, contra eles, denunciados: porquanto os ladinos, tramposos, quetrefes, tudo na fingitura tinham perfeito, o que urdem em grupo, a fito de pilharem o redor, as fazendas. Diziam assim. Sanhavam por puni-los, pegados.

— *Vós…* — os quicos apelavam para o Senhor. Senhozório ficou do tamanho do socorro.

— *Aqui, não buliram em nada…* — em fim ele resolveu, prestava-lhes proteção, já se viu, erguido o pulso. Mais não precisava. Tiravam atrás os da acossa, desfazendo-se, por maior respeito. Senhozório mandava. Os ciganos eram um colorido. Louvavam-no, tão, à rapa de guais, xingos, cantos, incutiam festa da alegre tristeza.

Saíam embora agora, adeus, adeus, à farrapompa, se estugando, aquela consequência, por toda a estrada. Siantônia queria: se um dia eles voltavam à Terra-Santa… Sinhiza sozinha podia descer, aonde em fogo de sociedade à noite antes tangiam violão, ao olor odor de laranjeiras e pocilgas, já de longe

Faraó e a água do rio   85

mesclados. Indo tanto a certo esmo, se salvos, viver por dourados tempos, os ciganos, era fim de agosto, num fechar desapareciam.

A Fazenda Crispins parava deixada no centro de tantas léguas, matas, campos e várzeas, no meio do mundo, debaixo de nuvens.

Senhozório, sem se arreminar, não chamou o filho, da melancolia: houvesse este ainda de invejar bravatas. Ia porém preto lidar, às roças, às cercas, nas mãos a dureza do calejo. Cabisbaixado, entrequanto. Perturbava-o o eco de horas, fantasia, caprichice. Dali via o rumo do Riachão, vão, veio à beira, onde as árvores se usurpam. A água — nela cuspiu — passante, sem cessação. — *Quando um dia um for para morrer, há-de ter saudade de tanta coisa...* — ele só se disse, pegou o mugido de um boi, botou no bolso. Andando à-toa, pisava o cheiro de capins e rotas ervas.

Hiato

Redeando rápido, com o jovem vaqueiro Põe-Põe e o vaqueiro velho Nhácio, chegava-se à Cambaúba, que é um córrego, pastos, onde se vê voam o saí-xê, o xexéu, setembro a maio a maria-branca, melhor de chamar-se maria-poesia, e canta o ano todo a patativa, feliz fadazinha de chumbo, amiga das sementes.

Após vargedos, bosques da caparrosa comum surpreendem, em meio à mistura de espécies do cerrado. Rompia-se por dentro de ervas erguidas um raso de vale — ao ruído e refecho, cru, de desregra de folhagens — vindo-nos os esfregados cheiros vegetais ao cuspe da boca. Iam os cavalos a mais — o céu sol, massas de luz, nuvens drapuxadas, orvalho perla a pérola. Refartávamos de alegria e farnel. A manhã era indiscutível. Tantas vias e retas. — *"Iii, xem, o bem-bom, ver a vez de galopear…"* — gabava-se Nhácio, marrom no justo gibão, que pontas dos grandes galhos em ato de mãos e dedos ranhavam. — *"Ih, é, ah! Ô vida para se viver!"* — impava imitador Põe-Põe, instigando seu azulego.

Dali, escolhidos, eram os dois. Põe-Põe, bugresco, menino quase, ágil o jeito na sela-de-campo. Nhácio, ombroso, roxo, perguntador de rastros, negroide herói. Valiam sobre quaisquer, por gaia companhia e escolta.

Vinha-se levíssimo, nos animais, subindo ainda às nuvens de onde havia-se de cair. Abeirou-se a mata em clausura — e um brejo, que se estendia e espelhava, lagoa, de regalarem-se os olhos. Os buritis orlavam-no. Toda água é antediluviana. O ar estava não estava. Ou nem há-de detalhar-se o imprevisível. A manhã, por si, respirava. Macegão: lá o angola cresce, excele, tida só a trilha de passarem bois. Ia tudo pelo claro. A água dormia de mulher. Do capim, alto, aquele surgiu.

Foi e — preto como grosso esticado pano preto, crepe, que e quê espantoso! — subiram orelhas os cavalos. Touro mor que nenhuns outros, e impossível, nuca e tronco, chifres feito foices, o bojo, arcabouço, desmesura de esqueleto, total desforma. Seu focinho estremeceu em nós, hausto mineral, um seco bulir de ventas — sentíamos sob as coxas o sólido susto dos cavalos. Olhos — sombrio e brilho — os ocos da máscara. Velho como o ser, odiador de almas. Deteúdo tangível, rente, o peito, corpo, tirava-nos qualquer espaço, atônitos em fulminada inércia, no mesmo ar e respirar. De temor, o cavalo ressona, ronca, uma bulha nas narinas, como homem que dorme. Aquilo rodou os cornos. Voltava-se e andou, com estreitos movimentos, patas cavando fundo o tijuco: peso, coisa, o que a estarrecer. Sozinhão ia beber, no brejo inferior, minuciosamente. Era enorme e nada. Reembrenhou-se.

Já arrufados quebravam os cavalos à mão direita, a torto avançava-se, tenteando grotas, descruzando ramos, nossas costas esfriadas.

Vaqueiro Nhácio, molhado suado no baixo do pescoço, tremiam-lhe os músculos da mandíbula. Vaqueirinho Põe-Põe tapava de lado o rosto, decerto comendo açúcar e farinha. Algum turbar entrecontagiava-nos, sem reflexão útil.

Põe-Põe hesitava no por primeiro passar, à beira de pirambeira, e zangava-se Nhácio, empertigado na sela. — *"Ixe, coragem também carece de ter prática!"* Gaguejava desnecessariamente, com grande razão. Sol e cenho. O redor o olhava.

Remoto, o touro, de imaginação medonha — a quadratura da besta — ingenerado, preto empedernido. Ordem de mistérios sem contorno em mistérios sem conteúdo. O que o azul nem é do céu: é de além dele. Tudo era possível e não acontecido.

Mas montávamos à área das colinas, dali longe enxergadas as matas onde o rio se relega. Tinha-se, sem querer, dado rodeio, tirando do caminho afastamento de grande arco — torcida a paisagem: um vago em-torno, estateladas árvores, falsa a modorra das plantas, o dissabor pastoso.

Errático, a retrotempo, recordava-se sobre nós o touro, escuro como o futuro, mau objeto para a memória. Põe-Põe fingia o pio de pássaros em gaiola, fino assobio. Nhácio ora desabria sacudidos dizeres, enrolava mais silêncio, ressofrido. O touro, havendo, demais, exorbitante, suas transitações, e no temeroso ponto, praça ao acaso.

Adiante o capim muda de figura, rumo do rio, que a horas envia um relento, senão um sussurro, e do qual recebem os bois o aviso do cheiro d'água, que logo põem em mugidos, quando é de oeste que o vento vem.

Empatara-nos, aquele, em indisfarce, advindamente; perseguia-nos ainda, imóvel, por pavores, no desamparadeiro.

O touro?

Pasmou-se o velho Nhácio, pendente seu beiço iorubano. — *"Mas, é um marruás manso, mole, de vintém! Vê que viu a gente, encostados nele, e esbarrou, só assustado, bobo, bobo?"* — falara com grossos estacatos, deu-lhe o sacolejado riso.

88   *João Guimarães Rosa*

Mesmo nem nos maleficiara — com nenhum agouro, sorvo de sinistro — o estúrdio bronco monstro. De onde vem então o medo? Ou este terráqueo mundo é de trevas, o que resta do sol tentando iludir-nos do contrário. Fazia cansaço, no furto frio de nossas sombras. Tirávamos passo.

Era, sim, casado, o vaqueiro Nhácio, carafuz. Nascera no Verde-Grande e tanto. Tinha filhos, sobrinhos, netos, neste mundo e tanto; o rapaz Põe-Põe mesmo era um dos seus.

— *"Tio Nhácio, o senhor nunca mais ouviu falar do homem que matou o meu Pai?"* — Põe-Põe indagou, talvez choroso.

O outro apertava a cilha do alazão. — *"Fim que hoje, nunca. Ideio que acabaram também com ele, até pedras do chão obram as justiças..."*

Aí em voo os bandos de marrecas, atrás papagaios.

Vaqueiro o Nhácio, tossidiço, estacou. — *"Sirvo mais não, para a campeação, ach'-que. Tenho mais nenhuma cadência..."* — fungado; tristeza mão-a-mão com a velhice.

— *"Ô-xem..."* — e o vaqueiro Põe-Põe abalava fiel a cabeça.

Ainda, pois, chegava-se — ao rincão, pouso, tetos — rancharia de todos. Topávamos rede, foguinho, prosa, paz de botequim, à qualquer conta. A bem-aventurança do bocejo. Desta maneira.

Hiato 89

Prefácio

HIPOTRÉLICO

> Hei que ele é.
>
> Do IRREPLEGÍVEL.

HÁ O HIPOTRÉLICO. O termo é novo, de impesquisada origem e ainda sem definição que lhe apanhe em todas as pétalas o significado. Sabe-se, só, que vem do bom português. Para a prática, tome-se hipotrélico querendo dizer: antipodático, sengraçante imprizido; ou, talvez, vice-dito: indivíduo pedante, importuno agudo, falto de respeito para com a opinião alheia. Sob mais que, tratando-se de palavra inventada, e, como adiante se verá, embirrando o hipotrélico em não tolerar neologismos, começa ele por se negar nominalmente a própria existência.

Somos todos, neste ponto, um tento ou cento hipotrélicos? Salvo o excepto, um neologismo contunde, confunde, quase ofende. Perspica-nos a inércia que soneja em cada canto do espírito, e que se refestela com os bons hábitos estadados. Se é que um não se assuste: saia todo-o-mundo a empinar vocábulos seus, e aonde é que se vai dar com a língua tida e herdada? Assenta-nos bem à modéstia achar que o novo não valerá o velho; ajusta-se à melhor prudência relegar o progresso no passado.

Sobre o que, aliás, previu-se um bem decretado conceito: o de que só o povo tem o direito de se manifestar, neste público particular. Isto nos aquieta. A gente pensa em democráticas assembleias, comitês, comícios, para a vivíssima ação de desenvolver o idioma; senão que o inconsciente coletivo ou o Espírito Santo se exerçam a ditar a vários populares, a um tempo, as sábias, válidas inspirações. Haja para. Diz-se-nos também, é certo, que tudo não passa de um engano de arte, leigo e tredo: que quem inventa palavras é sempre um indivíduo, elas, como as criaturas, costumando ter um pai só; e que a comunidade contribui apenas dando-lhes ou fechando-lhes a circulação. Não importa. Na fecundidade do araque apura-se vantajosa singeleza, e a sensatez da inocência supera as excelências do estudo. Pelo que, terá de ser agreste ou inculto o neologista, e ainda melhor se analfabeto for.

Seja que, no sem-tempo quotidiano, não nos lembremos das e muitíssimas que foram fabricadas com intenção — ao modo como Cícero fez qualidade ("qualitas"),

Comte altruísmo, *Stendhal* egotismo, *Guyau* amoral, *Bentham* internacional, *Turguêniev* niilista, *Fracástor* sífilis, *Paracelso* gnomo, *Voltaire* embaixatriz *("ambassadrice"), Van Helmont* gás, *Coelho Neto* paredro, *Ruy Barbosa* egolatria, *Alfredo Taunay* necrotério; *e mais e mais e mais, sem desdobrar memória. Palavras em serviço efetivo, já hoje viradas naturais, com o fácil e jeito e unto de espontâneas, conforme o longo uso as sovou.*

De acordo, concedemos. Mas, sob cláusula: a de que o termo engenhado venha tapar um vazio. Nem foi menos assim que o dr. Castro Lopes, a fim de banir galicismos, e embora se saindo com processo direto e didático, deixadas fora de conta quaisquer sutilezas psicológicas ou estéticas, conseguiu pôr em praça pelo menos estes, como ele mesmo dizia, "produtos da indústria nacional filológica": cardápio, convescote, preconício, necrópole, ancenúbio, nasóculos, lucivéu *e* lucivelo, fádico, protofonia, vesperal, posturar, postrídio, postar *(no correio) e* mamila. *E, donde: palavra nova, só se satisfizer uma precisão, constatada, incontestada.*

Verdade é que outros também nos objetam que esta maneira de ver reafirma apenas o estado larval em que ainda nos rojamos, neste pragmático mundo da necessidade, em que o objetivo prevale o subjetivo, tudo obedece ao terra-a-terra das relações positivas, e, pois, as coisas pesam mais do que as pessoas. Por especiosa, porém, rejeitamos a argumentação. Viver é encargo de pouco proveito e muito desempenho, não nos dando por ora lazer para nos ocuparmos em aumentar a riqueza, a beleza, a expressividade da língua. Nem nos faz falta capturar verbalmente a cinematografia divididíssima dos fatos ou traduzir aos milésimos os movimentos da alma e do espírito. A coisa pode ir indo assim mesmo à grossa.

E fique à conta dos tunantes da gíria e dos rústicos da roça — que palavrizam autônomos, seja por rigor de mostrar a vivo a vida, inobstante o escasso pecúlio lexical de que dispõem, seja por gosto ou capricho de transmitirem com obscuridade coerente suas próprias e obscuras intuições. São seres sem congruência, pedestres ainda na lógica e nus de normas. Veja-se o que diz Gustavo Barroso, no "Terra de Sol": "'Subdorada' era o adjetivo que lhes exprimia a admiração. Não sei onde o foram encontrar. No sertão há dessas expressões; nascem ninguém sabe como; vivem eternamente ou desaparecem um dia sem também se saber como." Confere. Pode-se lá, porém, permitir que a palavra nasça do amor da gente, assim, de broto e jorro: aí a fonte, o miriquilho, o olho-d'água; ou como uma borboleta sai do bolso da paisagem?

Do que tal se infere serem os neologismos de um sertanejo desses, do Ceará ou de Minas Gerais, coisas de desadoro, imanejáveis, senão perigosas para as santas convenções. Se nem ao menos tão longe, mas por aqui, no Estado do Rio, nosso amigo

Edmundo se surpreendeu com a resposta, desbarbadamente hermética, de um de seus meeiros, a quem perguntara como ia o milho: — *"Vai de* minerol infante." — *"Como é?"* — "Está cobrindo os tocos…" *O que já pode parecer excessiva força de ideias.*

Dito seja, a demais, que o vezo de criar novas palavras invade muitas vezes o criador, como imperial mania. Um desses poetas, por exemplo, de inabafável vocação para contraventor do vernáculo, foi o fazendeiro Chico de Matos, de Dourados; coitado, morreu de epitelioma. Duas das suas se fizeram, na região: intujuspéctico, *que quase por si se define — com o sentido de pretensioso impostor e enjoado soturno; e* incorubirúbil, *que onomatopeicamente pode parecer o gruziar de um peru ou o propagar-se de golpes com que se sacoleja a face límpida de uma água, mas que designa apenas quem é "cheio de dedos", "cheio de maçada", "cheio de voltas", "cheio de nós pelas costas", muito susceptível e pontilhoso. Não são de não se catalogar?*

Já outro, contudo, respeitável, é o caso — enfim — de "hipotrélico", motivo e base desta fábula diversa, e que vem do bom português. O bom português, homem--de-bem e muitíssimo inteligente, mas que, quando ou quando, neologizava, segundo suas necessidades íntimas.

Ora, pois, numa roda, dizia ele, de algum sicrano, terceiro, ausente:

— E ele é muito hiputrélico…

Ao que, o indesejável maçante, não se contendo, emitiu o veto:

— Olhe, meu amigo, essa palavra não existe.

Parou o bom português, a olhá-lo, seu tanto perplexo:

— Como?!… Ora… Pois se eu a estou a dizer?

— É. Mas não existe.

Aí, o bom português, ainda meio enfigadado, mas no tom já feliz de descoberta, e apontando para o outro, peremptório:

— O senhor também é hiputrélico…

E ficou havendo.

★

Glosação em apostilas
ao
hipotrélico

E<small>PÍGRAFE</small>

*"*I<small>RREPLEGÍVEL</small> *— Este vocábulo se encontra em Bernardes,* Nova Floresta, *IV, 348, como tradução dum lat.* irreplegibile, *usado por Tomás Morus numa contenda com*

um pretensioso na corte de Carlos V, conforme conta o padre Jeremias Drexelio no seu Faetonte. Parece tratar-se de uma palavra hipotética, adrede inventada por Morus para pôr em apuros o contendor. Maximiano Lemos, Enciclopédia Portuguesa, Ilustrada, e Cândido de Figueiredo filiam ao lat. in e replere, encher, e dão ao vocábulo o sentido de insaciável, cuja impossibilidade Horácio Scrosoppi provou em suas Cartas Anepígrafas, págs. 73-80."

ANTENOR NASCENTES. Dicionário Etimológico da Língua Portuguesa.

§1
Evidentemente os glossemas imprizido, sengraçante e antipodático não têm nem merecem ter sentido; são vacas mansas, aqui vindo só de propósito para não valer.

§2
À neologia, emprego de palavras novas, chamava Cícero "verborum insolentia". Originariamente, insolentia designaria apenas: singularidade, coisa ou atitude desacostumada, insólita; mas, como a novidade sempre agride, daí sua evolução semântica, para: arrogância, atrevimento, atitude desaforada, petulância grosseira.

§3
Também ocorre a neologia nos psicopatas, nos delirantes crônicos principalmente. Dois exemplos recordo, de meus tempos médicos:
— "Estou estramonizada!" — queixava-se uma doente, de lhe aplicarem medicação excessiva.
— "Enxergo umas pirilâmpsias…" — dizia outro, de suas alucinações visuais.

§4
"A maior glória desse (Félicien de) Champsaur, ficcionista que se extinguiu com pouco barulho, consiste, se não nos enganamos, em haver criado o vocábulo 'arriviste', que nós outros transportamos ao português 'arrivista', não sem escândalo das vestais do idioma."

AGRIPPINO GRIECO. Amigos e Inimigos do Brasil.

§5
Houve também um tempo do galicismo. Dele é que nos vêm os termos "galicista",

"galicíparla", "galiparla" e "galiparlista"... Nessa era, JACTO *(*JATO*) significava apenas "arremesso, impulso, saída impetuosa de um líquido". Alguém fez "ludopédio" contra o anglicismo* futebol *e o Dr. Estácio de Lima propôs um "anhydropodotheca" para substituir* galocha.

§7

Por falar: duas esplêndidas criações da gíria popular merecem, s.m.j., imediata dicionarização e incorporação à linguagem culta: gamado (gamar, gamação *etc.*) e aloprado.

§8

Edmundo Barbosa da Silva. Embaixador, sertanejo, oxoniano e curvelano, da beira do Bicudo; e gentleman farmer, gentilhomme campagnard, *gentil-homem principalmente. Dono da Fazenda-da-Pedra, entre São Fidélis e Campos.*

§9

Informação do Dr. Camilo Ermelindo da Silva, que, aliás, quando passávamos por Dourados, vindo da fronteira com o Paraguai, deu-nos um dos almoços mais lautos e lúcidos de nossa lembrança.

PÓS-ESCRITO:

Confira-se o de Quintiliano, sobre as palavras:
"Usitatis tutius utimur, nova non sine quodam periculo fingimus. Nam si recepta sunt, modicum laudem adferunt orationi, repudiata etiam in iocos exeunt. Audendum tamen; namque, ut Cicero ait, etiam quae primo dura visa sunt, usu molliuntur."

("O mais seguro é usar as usadas, não sem um certo perigo cunham-se novas. Porque, aceitas, pouco louvor ao estilo acrescentam, e, rejeitadas, dão em farsa. Ousemos, contudo; pois, como Cícero diz, mesmo aquelas que a princípio parecem duras, vão com o uso amolecendo.")

Intruge-se

Ladislau trazia dos gerais do Saririnhém a boiada, vindo por uma região de gente escura e muitos brejos, por enquanto. Em ponto pararam, tarde segunda, solitários no Provedio, onde havia pasto fechado. Eram duas e meia centenas de bois, no meio os burros e mulas — montaria para quando subissem às serras.

Onze homens tangiam-nos, entre esses o vaqueiro Rigriz, célebre, e o Piôrra, filho de longe, do Norte, cegado de um olho. Dormiram derrubadamente, ao relento das estrelas. Ladislau tinha cachorro grande, amarelo, o Eu-Meu, que acordava-o a horas certas, sem latir nem rosnar, só com a presença. O orvalho de junho molhava miúdo, às friagens. Levantavam-se, todos tantos, com lepidão. E: um dos da comitiva fora morto, a metros do arrancho, no passo da madrugada!

Se achou: o Quio, endurecido o corpo, de borco — sangue no capim em roda — esfaqueado pelas costas. Ladislau quis não ver, tinha quizília àquilo. Rezou-lhe por alma, mesmo a cavalo, antes de contar o gado.

Era o assassinado irmão de Tiotinho e primo do Queleno, ásperos os dois lá, olhares avermelhados. Liocádio, o Piôrra, Joãozão e Amazono, revezados, abriam cova, com demora, por falta de boa ferramenta. Zèquiabo cozinheiro coou mais café; e tomava-se uca. Eu-Meu latia para o pessoal e para a estrada. Antônio Bá fincou a cruz, de dois paus de sipipira. O quanto, o silêncio.

Sol alto, se saiu, banda do Rio Março, aos campos do Sabugo. Não olhavam para trás os da culatra, Rigriz, Zègeraldo e Seiscêncio, porque isso gera desgraça. Ladislau tirava um pensar — por modo de obrigação. Se alguém o certo soubesse, não dizia; ou o muito que diziam não se provava.

Daqueles, qual, então, tinha matado o falecido? Só podia perguntar ao Sabiá-preto, seu cavalo.

Já em quase anoitecer ao Outro-Buritizinho se chegou — o rio avistado. Sitiaram o gado entre duas voltas dele, por encerro, tinham de vigiar. Ladislau quisesse prosa com o vaqueiro Rigriz: sentado esperou, beira de fogo, o Eu-Meu ao pé. Rigriz em breve veio, como é dos velhos. Sopuxou: — *"Nem o cão latiu, na ocasião…"* — e verdade. Do Rigriz ao são respeito se podia duvidar, homem de perita sensatez, campeiro tão forçoso? Este, de lado ficava. Ladislau desviado versou: — *"Será, o Seo Drães adquire a Gralha?"* — meio meditado.

Daí viu sozinho o Amazono, por exemplo, que raça de outro que fosse. Ladislau a ele propôs: — *"Será, a Fazenda da Gralha, o Seo Drães vai mesmo comprar?"* — e tocara-lhe antes com um dedo a mão, feito por descuido. Amazono nem somou: — "É ricaço!" — ele ripostava. Seu perfil cheio de recortes, quebrado bem o chapéu adiante, se perfazia Ladislau, descomum e cismoso. Foi a noite fria demais, estralavam as brasas.

Manhã seguinte. A vida se ata com barbante? Ladislau indo sorumbava. Matar não virava traquinagem. Apanhou oito vagens pequenas de jubaí, pôs na algibeira. Referir caso ao Patrão — raciocinado? Isso era de sua pertença. Tomava o trato.

Mas, de Tiotinho e do Queleno, tinha o que achar não: eles, do morto parentes, em nojo. Na poeirama, jogou fora duas das favas.

Trotinhava o Eu-Meu, arredio dos bois. Tocava o berrante Antônio Bá, capiau. Vaqueiro Rigriz, torna, nada falava. O dia era inteiro demasiado. Deram no Sassafrás, vereda, pouso.

Indagou então do guia Bá, no enfarinhar o feijão: — *"Se a Gralha…"* O outro redondeou: — *"É negócio vantajado."* Ladislau drede distraído cutucou-lhe a mão. Ele espalmou-a: — *"Eczemas."* Ladislau persistiu: — *"Seo Drães…"* — fez de bobo. E — como se saber — o que não se arrazoa nem se intruge? Eu-Meu esperava a comida, com seriedades.

Prosseguia-se, dia nublado, sexta-feira, às pequenas léguas. Ladislau emendado pensava: não ia maldar do Piôrra, correto, caolho, corrigido. Outra fava jogou, de rejeito; quatro ainda restavam. Os bois em furupa berravam por passatempo — a boiada que vai para os horizontes. Dar conta daquilo! Voou, passou, o pica-pau-verde-e-vermelho. Voou um bendito — preto-amarelo-branco — para árvores altas. — *"Seo Drães…"* e o trufe-e-trufe do gado. Joãozão nem sentiu, quando ele lhe apontou à mão. — *"Diz-se que pois…"* — tinha respondido.

Eu-Meu emagrecia, cada dia: em casa, depois, pegava a engordar. Voou um gavião-puva. Esbarraram, para pôr acampamento: no Buriti-da-Velha — vereda — o capim roxo em flor.

Ao dia sussequente, se via chupado de morcegos o Sabiá-preto, forte animal. Vagarosos — cruzando campos, neblinas na baixa — avançavam. Ladislau ia não ter de relatar o dó à viúva, nem a pai e mãe: só o Tiotinho. Ele bocejou; fez sobrolho.

Nesse Seiscêncio — botou outra vagem fora, de repente — não se podia pôr suspeita, o simplório, bom, beócio. E conversou com Liocádio, em beira de lagoa, na paragem do meio-dia. — *"Seo Drães…"* Aquele riu, no lhe bulir na mão: — *"Munheca para vara e laço!"* Nenhum tinha o atiço, o arroto de gente maligna. Da Gralha o geral achavam. E Zègeraldo respondeu: que nas mãos tivesse ainda calejo, das capinas de janeiro e de dezembro — sem embatuque.

Alcançaram a Ribeira-das-Gamelas — cabeceira do rio — de tarde, no amolecer do ar. Tinha na algibeira vagem mais nenhuma. Dormiram cansadamente. Mais cedo acordaram. Se moviam de arrebol.

Ele, capataz, ia mesquinhar-se, vinha de tio. Esquecera alguma manha? O Zèquiabo, cozinheiro! Mas que sem desconversa respondeu: — *"A Gralha é uma fartura…"* — e que: em fato, já carecia de cortar as unhas. Ranchearam no Arredado, rumo-a-rumo com o São Firmino, lá às serras. Ladislau mudou para a besta Bolacha, o Sabiá-preto deixado. Pousou-se na Fazenda Santa Arcanja.

Ia-se pelos altos: ao impossível. Tudo com o cansaço maior parece torto, sem jeito de remate. — *"Seo Drães…"* — só falava, sem precisar, sem sandice ou sestro. Até aqui, no Muricizal, quando a tarde se pardeava; no ponto onde existiu o sítio de um Jerônimo Manêta.

Ladislau tateava as patas do Eu-Meu, com ver que se muito gastadas.

Um vaqueiro passou, Liocádio, agradou o cão — que latiu ou não latiu, não se ouviu. Ladislau falou, bateu na mão do outro — era por repetida vez! — de uso, de esquecido? Aquele, atentado, em trisco se rebelou, drempente, sacando faca à fura-bucho…

Mas Ladislau num revira-vaca, no meio do movimento, em fígado lhe desfechou encostadamente a *parabellum* de doze balas, boa arma! Espichado o ferrabruto amassou moita de mentrasto, caiu como vítima. Rigriz disse, que viu, que piscou: — *"Remexam nos dobros deles, que o assassino ele era, por algum trato ou furto!"*

Tal assim.

Todos se benzeram.

Saíam, ao outro dia seguinte, manhã. — *"Seo Drães!…"* — de tão acostumado a repetir o nome, aquele, do Patrão, da Fazenda-do-Vau — e da Gralha, talvez. Ia a boiada, deixalenta. Ladislau, cheio de vida e viagem, como quando um touro ergue a cabeça ante o estremecer dos prados, perfeitamente assaz. Só aboiava. Sabia que nada sabia de si.

Intruge-se 99

João Porém, o criador de perus

Se procuro, estou achando.
Se acho, ainda estou procurando?

Do QUATRÊVO.

AGORA O CASO NÃO CABENDO EM NOSSA CABEÇA. O pai teimava que ele não fosse João, nem não. A mãe, sim. Daí o engano e nome, no assento de batismo. Indistinguível disso, ele viçara, sensato, vesgo, não feio, algo gago, saudoso, semi-surdo; moço. Pai e mãe passaram, pondo-o sozinho. A aventura é obrigatória. Deixavam ao Porém o terreno e, ainda mais, um peru pastor e três ou duas suas peruas.

E tanto; aquilo tudo e egiptos. Desprendado quanto ao resto, João Porém votou-se às aves — vocação e meio de ganho. De dele rir-se? A de criar perus, os peruzinhos mofinos, foi sempre matéria atribulativa, que malpaga, às poucas estimas.

Não para o João. Qual o homem e tal a tarefa: congruíam-se, como um tom de vida, com riqueza de fundo e deveres muito recortados. Avante, até, próspero. Tomara a gosto. O pão é que faz o cada dia.

Já o invejavam os do lugar — o céu aberto ao público — aldeiazinha indiscreta, mal saída da paisagem. Ali qualquer certeza seria imprudência. Vexavam-no a vender o pequeno terreiro, próprio aos perus vingados gordos. Porém tardava-os, com a indecisão falsa do zarolho e o pigarro inconcusso da prudência. Tornaram; e Porém punha convicção no tossir, prático de economias quiméricas, tomadas as coisas em seu meio.

Desistiram então de insistir, ou de esperar que, mais-menos dia, surgida alguma peste, ele desse para trás. Mas lesavam-no, medianeiros, no negócio dos perus, produzidos já aos bandos; abusavam de seu horror a qualquer espécie de surpresas. Porém perseverava, considerando o tempo e a arte, tão clara e constantemente o sol não cai do céu. No fundo, coqueirais. Mas inventaram, a despautação, de espevitar o espírito.

Incutiram-lhe, notícia oral: que, de além-cercanias, em desfechada distância, uma ignorada moça gostava dele. A qual sacudida e vistosa — olhos azuis, liso o cabelo — Lindalice, no fino chamar-se. João Porém ouviu, de sus brusco, firmes vezes; miúdo meditou. Precisava daquilo, para sua saudade sem saber de quê, causa para ternura intacta. Amara-a por fé — diziam, lá eles. Ou o que mais, porque amar não é verbo; é luz lembrada. Se assim com aquela como o tivessem cerrado noutro ar, espaço, ponto. Sonha-se é rabiscos. Segredou seu nome à memória, acima de mil perus, extremadamente.

Embora de lá não quisesse sair, em busca, deixando o que de lei, o remédio de vida. — *Não ia ver o amor?* — instavam-no, de graça e com cobiça. Arrendar-lhe-iam o sítio, arranjavam-lhe cavalo e viático... Se bem pensou, melhor adiou: aficado, com recopiada paciência, de entre os perus, como um tutor de órfãos. Sustentava-se nisso, sem mecanismos no conformar-se, feito uma porção de não-relógios. A moça, o amor? A esperança, talvez, sempre cabedora. A vida é nunca e onde.

E vem que o tiveram de louvar — sob pressão de desenvolvimento histórico: um, dos de caminhão, da cidade, fechara com o Porém dos perus tráfico ajuste perfeito; e a bela vez é quando a fortuna ajuda os fracos.

Nem se dava disso, inepto exato, cuidando e ganhando, só em acrescentamentos, homem efetivo, já admirado, tido na conta de ouro. Pasmavam, os outros. Pudera crer na inventada moça, tendo-a a peito? Ágil, atentivo, sempre queria antigas novidades dela.

De dó ou cansaço, ou por medo de absurdos, acharam já de retroceder, desdizendo-a. Porém prestou-lhe a metade surda de seus ouvidos. Sabia ter conta e juízo, no furtivar-se; e, o que não quer ver, é o melhor lince. Aceitara-a, indestruía-a. Requieto, contudo, na quietude, na inquietude. O contrário da ideia-fixa não é a ideia solta.

— *"Aconteceu que a moça morreu..."* — arrependidos tiveram então de propor-lhe, ajuntados para o dissuadir, quase com provas. Porém gaguejou bem — o pensamento para ele mesmo de difícil tradução: — *Esta não é a minha vez de viver...* — quem sabe. Maior entortou o olhar, sinceramente evasivo, enquanto coléricos perus sacudiam grugulejos. Tanto acreditara? Segurava-se à falecida — pré-anteperdida. E fechou-se-lhe a estrada em círculo.

Porém, sem se impedir com isso, fiel à forte estreiteza, não desandava. Infelicidade é questão de prefixo. Manejava a tristeza animal, provisória e

102 *João Guimarães Rosa*

perturbável. Se falava, era com seus perus, e que viver é um rasgar-se e remendar-se. Era só um homem debaixo de um coqueiro.

Vem que viam que ele não a esquecia, viúvo como o vento. Andava o rumo da vida e suas aumentadas substituições. Ela não estava para trás de suas costas. Porém, Lindalice, ele a persentia. Tratava centena de peruzinhos em gaiolas, e outros tantos soltos, já com os pescoços vermelhos.

Bem que bem — e porque houvesse justo o coincidir fortuito — moveram de o fazer avistar-se com uma mocinha, de lá, também olhos azuis, lisos cabelos, bonita e esperta, igual à outra, a urdida e consumida. Talvez desse certo. Pois, por sombras! Porém aqui suspendeu suma a cabeça, só zarolhaz, guapamente — vez tudo, vez nada — a mais não ver.

Deixaram-no, portanto, dado às aranhas dos dias, anos, mundo passável, tempo sem assunto. E Porém morreu; nem estudou a quem largar o terreno e a criação. Assustou-os.

Tinham de o rever inteiro, do curso ordinário da vida, em todas as partes da figura — do dobrado ao singelo. João Porém, ramerrameiro, dia-a-diário — seu nariz sem ponta, o necessário siso, a força dos olhos caolhos — imóvel apaixonado: como a água, incolormente obediente.

Ele fora ali a mente mestra. Mas, com ele não aprendiam, nada. Ainda repetiam só: — *"Porém! Porém…"* Os perus, também.

Grande Gedeão

GOUVÊIA. HOUVE ALGUM GIGANTE DESSE NOME? Mostrado outro mourejador — no em que ainda não vige a estória — físico, muscular; incogitante. Os Gouvêias em geral por lá são assim. Louvavam-no homem mui reformado e exemplar, prontificado de caráter, na pobreza sem projeto.

Tinha: dois alqueires, o que era nem *sítio,* só uma "situação"; e que sem matatempo ele a eito lavrava, os todos sóis, ano a ano, pelo sustento seu, da mulher, dos filhos. Excepto que em domingos e festas improcedia, esbarrava, submisso à rústica pasmaceira. Idiotava. Imitava. Ia à missa.

Entrequanto hospedou o lugar a santa-missão — três padres rubros robustos, goelas traquejadas e escolhidas, entrementes; capaz cada um de atroado pregar o dia inteiro.

A igreja cheia, o povo, via-se ali outrossim Gedeão, no acotovelo e abafo, se lhe dava.

Se disse, depois, que então já andava ele desengrivado. Diz-se que de manhas meras, quão e tão. Se diz aliás que a gente troca de sombra, por volta dos quarenta, quando alma e corpo revezam o jeito de se compenetrar. E quem vai saber e dizer? Em Gedeão desprestava-se atenção.

Mas o redentorista bradava a fé, despejada, glosava os fortíssimos do Evangelho. Informou: — *"Os passarinhos! — não colhem, nem empaiolam, nem plantam, pois é... Deus cuida deles."* Em fato, estrangeiro, marretou: — *"Vocês sendo não sendo mais valentes que os pássaros?!"*

Deu em Gedeão — o que ouviu em cochilo — por isso mesmo repalavras, com ponta, o para se fechar na ideia; falado estava.

Solerte semelhante, o estilo dos pássaros... sem semeio, ceifa, atulho? Isso incumbiu-o. Ipsisverbal, a indicatura. Sacudiu-se; qualquer luz é sempre nova. Se benzeu e saiu, já de espírito pleno: reunida a família, endireitou-a para casa. Sabiá, o joão-tolo, alma-de-gato, gavião... em todo o volume de sua cabeça. Desagachou-se.

Sentou-se com totalidade. Fez declarado o voto, como quem faz bodoque ou um dique: — *"Vou trabalhar mais não."* Sério como um cavalo de circo, cruzou pernas e braços. Escutavam-no consternados.

O que, raro, foi. Gedeão, em encasqueto, alforriara-se do braçal. Impostoria. Ou o empaque: por rijas fadigas, duro jugo. Era loucura e tanta! Invalidava-se — o que importava miséria. Falaram do caso; havendo o de que se falar. Já vinham lá os amigos-de-jó.

E escabrearam-se: vosso Gedeão, no não é que não, sem correr-se nem recear, moucou-se. Mas a prumo, recorreto, cordial, para demonstrar a quase nenhuma maluquez. Somava mor com só o fino e o todo. Deixou os sapos na lagoa.

Tinha de usar-se: o à-toa tornava mister a domingueira roupa, calçado, e intatas maneiras — sem propósito nem alvo, como um bom espirro — na utilidade definitiva da semana. Domingo de não se estragar. Diverso de antes, em acômodo, temia menos fuxicar-se, sujar-se, discordar das horas.

Irosa, chorosa, punha-lhe a mulher o de-comer, lavava-lhe as camisas; brava para os filhos, que o olhavam duplicado, quiçá com inveja. Fé é o que abre no habitual da gente uma invenção, Gedeão, entre outros alívios, o que abala a base. Teimava aceso, em si, tralalarava. O à-toa havia de desempenhar-se. Ele bebendo? Não. Se todos fizessem assim, eh? — *"Não fazem."*

Queriam-lhe os motivos, aventavam. Increpou-o mesmo o padre, iterativo, de contra o jus e o fas: — *"Quem põe e não tira, faz monte. Quem tira e não põe, faz buraco…"* Gedeão fingia coçar a cabeça, como quando o pato anda de lado. Mal imaginava sem muitas vírgulas e pontos, no argumento com fundamento: o céu, superedificante, de Deus, que amarela o milho maduro. Ele e as aves.

Desfez no padre depois, de confuto, pensou um sussurro: — *"Missionário é mestre deles…"* — e aquele já longe andava. Era homem entendido de si, sua noção abecedada, a ver verdades.

Nem ia mofar, sem achar quê, no Afundado, em seu dois-alqueires, só a rodar a visão fortuna. Visitava este universo e o arraial, onde comprava fiado; viam-no feliz como o se alastrar da abobrinha nova, forte como testa de touro preto.

Deu-lhes de supor: que ali o plus e extra houvesse, seus silêncios parecendo cheios de proveito. Descobrira acaso enterrada panela de dinheiro, somente e provavelmente, pelo que, certífico, estudava o mandriar, guardada ainda sua munificácia, jubiloso do achado. O segredo circula, quando mais secreto? O grão respeito começava.

Vagava-lhe tempo e o repouso mandava-o meditar — renovado o carretel de ideias — de preguiçoso infatigável. Vigiava. Atento, a-certas, ao em volta: ao que não se passava. Nisso o admiravam.

De pura verdade, recuidasse em que os pássaros não voam de-todo no faz-nada-não, indústria nenhuma, praxe que se remexem, pelos ninhos, de alt'arte; pela moradia — o joão-de-barro? Decidiu uns outros movimentos.

Vender quis o Afundado. Tolheu-o a mulher e o inquinou: de malandrado dôido e impróvido acordadamente, sonhando à fiúza de nem-nada. Tocou-o embora.

Gedeão dispôs-se: — *"Isso eu não embargo…"* Emprestaram-lhe cavalo magro, patas e cabeça, alazãozérrimo. Saía — concreto como o chão de lá, sucinto em gume — a ter-se e dar-se.

Não houve-que.

Logo o cercaram. Propunham-lhe, de urgente repente, ágios, ócios, negócios, questavam-no. O por exemplo. Aceitasse gerir, de riba, o rumo de fazenda, das Jiboias, onde a casa-grande se retelhava?

Isso o Gedeão meneava e mais — com fagulhas financeiras — ao curto crédito e trato de seu gesto. Entrava a remudado, lúcido luzente, visante. Tirou o chapéu de debaixo do braço.

E — tome realidade! Vindo-lhe, com pouco, cifrão e caduceu, quantias que tantas: seu dinheiro estava já em aritméticas. Reavultava, prezado ante filhos e mulher — avoado — apotestado, sócio da sábia vida. O tempo ajuntara mais gente em redor dele.

Agora acabou-se o caso. De Gedeão, grande, conforme os produzidos fatos. No estranhado louvor de desconhecidos, vizinhos e parentes, festejando-se. Sendo que pasma-os ainda hoje — e fez-lhes crer que a Terra é redonda. Alelúia.

Reminisção

VAI-SE FALAR DA VIDA DE UM HOMEM; de cuja morte, portanto. Romão — esposo de Nhemaria, mais propriamente a Drá, dita também a Pintaxa — ímpar o par, uma e outro de extraordem. Escolheram-se, no Cunhãberá, destinado lugar, onde o mal universal cochila e dá o céu um azul do qual emergir a Virgem. Sua história recordada foi longa: de tigela e meia, a peso de horror. O fundo, todavia, de consolo. Esse é um amor que tem assunto. Mas o assunto enriquecido — como do amarelo extraem-se ideias sem matéria. São casos de caipira.

Foi desde. Parece até que iam odiar-se, moço e moça, no então. Divulgue-se a Drá: cor de folha seca escura, estafermiça, abexigada, feia feito fritura queimada, ximbé-ximbeva; primeiro sinisga de magra, depois gorda de odre, sempre própria a figura do feio fora-da-lei. Medonha e má; não enganava pela cara. Olhar muito para uma ponta de faca, faz mal. Dizia-se: — *"Indicada."*

Romão, hem, gostou dela, audaz descobridor. Pois — por querer também os avessos, conforme quem aceita e não confere? Inexplica-o a natureza, em seus efeitos e visíveis objetos; ou como o principal de qualquer pergunta nela quase nunca se contém. Romão, meão, condiçoado, normalote, pudesse achar negócio melhor. Mas ele tinha em si uma certa matemática. E há os súbitos, encobertos acontecimentos, dentro da gente.

De namoro e noivado, soube-se pouco. Também da sem-graça cerimônia ou maneira, de que se casaram, padrinhos Iô Evo e Iá Ó e quiçá os de Romão e Drá anjos entes. Àquilo o povo assistiu com condolência? Tais vezes, a gente ao alheio se acomoda — preto no branco, café na xícara. Cunhãberá via-os não via, sem pensar em poder entender: anotava-os.

Mas o casal morou na Rua-dos-Altos, onde o Romão estava bom sapateiro. Para fora, deviam de ser moderados habitantes. Era um silêncio quase calado. Comparem-se: o vagalume, sua luzinha química; fatos misteriosos — a garça e o ninho por ela feito. Iam, consortes, para os anos que tendo de passar.

Se como o nem faro e cão — mas num estado de não e sim, rodavam tantas voltas — juntos, pois. A Drá contra a ocasião de querer-bem se tapava, cobreando pelos cabelos, nas mãos um pedaço de pedra. Ela não perdoava a Deus. — *"Padece o que é…"* — deduzia Iá Ó. Da dor de feiura, de partir espelho. Iô Evo disse: que tomava culpa, de ter testemunhado.

Romão, hem, se botava de nada? Não o deixava ela, enxerente, trabalhar nem lazer; ralhava a brados surdos; afugentou os de sua amizade. Romão amava. Decerto ela também, se sabe hoje, segundo a luz de todos e as sombras individuais. O estudo do mundo.

Todo o tempo o atanazava, demais de cenhosa, caveirosa, dele, aquela mulher mandibular. Vês tu, ou vê você? Romão punha-lhe devoção, com pelejos de poeta, ou coisa ou outra, um gostar sentido e aprendido, preciso, sincero como o alecrim.

Tinhava-se, a Drá. Seus filhos não quiseram nascer. Romão imutava-se coitado. Disso ninguém dava razão: o atamento, o fusco de sua tanta cegueira? Sapateiro sempre sabe. Ou num fundo guardasse memória pré-antiquíssima. Tudo vem a outro tempo.

Então, quando deles no diário ninguém mais se espantava, de vez, houve. Sortiu-se a Drá, o diabo às artes, égua aluada, e com formigas no umbigo. Em malefaturas, se perdeu, por outro, homem vindiço, mais moço. O povo, vendo, condenava-a; de pena do Romão — a tragar borras. Ele, não, a quem o caso de mais perto tocava. E a Iô Evo disse: que bom era ela crer, que valia, que dela gostavam… Romão olhava em ponto, pisava curto, tinham receio de sua responsabilidade.

Nem o moço de fora a quis mais. Desrazoável, mesmo assim, a Drá de casa se sumiu, com seus dentes de morder. Romão esperou, sem prazo. Se esforçava, nesse eixar-se, trincafiava, batia sola. Seguro que, por meio de Iá Ó, pediu que ela tornasse.

Drá voltou, empeçonhada, trombuda, feia como os trovões da montanha. Romão respeitava-a, sem ralar-se nem mazelar-se, trocando pesares por prazeres, fazendo-lhe muita fidelidade. Fez-lhe muita festa. De por aí, embora, seresma ela se aquietou, em desleixo e relaxo. Nem fazia nada, de cabeça que dói. Só empestava. Vivia e gemia — paralelamente. Chamou-a então Pintaxa o bufo do povo.

Foi, e teve ela uma grande doença, real, de que escapou pelo Romão, com seus carinhos e tratos. Sarou e engordou, desestragadamente, saco de carnes e banhas, caindo-lhe os cabelos da cabeça, nos beiços criado grosso buço, de quase barba. Era bem a Pintaxa, a esta só consideração. Cunhâberá jurou-a por castigada. Romão queria vê-la chupar laranjas, trivial, e se enfeitar sem ira nem desgosto. Ele envelhecia também. Os dois, à tarde, passeavam. Quem espera, está vivendo.

Depois, ele se enfermou, à-toa, de mal de não matar. A Drá alvoroçou o lugar. Ela chorava, adolorada: teve, de de em si, notícia, das que não se dão. Pedia socorro.

O povo e o padre no quarto, o Romão onde se prostrava, decente, chocho, em afogo, na cama. Ele estava tão cansado; buscava a Drá com os olhos. Que quis falar, quis, pôde é que foi não. Iá Ó passava um lenço, limpava-lhe a cara, a boca. Iô Evo mandou-o ter coragem, somente.

Dando-se, no Cunhãberá, o fato, de inaudimento.

Romão por derradeiro se soergueu, olhou e viu e sorriu, o sorriso mais verossímil. Os outros, otusos, imaginânimes, com olhos emprestados viam também, pedacinho de instante: o esboçoso, vislumbrança ou transparecência, o aflato! Da Drá, num estalar de claridade, nela se assumia toda a luminosidade, alva, belíssima, futuramente... o rosto de Nhemaria.

Romão dormido caiu, digo, hem, inteiro como um triângulo, rompido das amarras. Ele era a morte rodeada de ilhas por todos os lados. Mentiu que morreu. Deu tudo por tudo.

A Drá esperançada se abraçou com o quente cadáver, se afinava, chorando pela vida inteira. Todo fim é exato. Só ficaram as flores.

Reminisção

Lá, nas campinas

> *… nessas tão minhas lembranças*
> *eu mesmo desapareci.*
>
> Diurno.

ESTÁ-SE OUVINDO. Escura a voz, imesclada, amolecida; modula-se, porém, vibrando com insólitos harmônicos, no ele falar naquilo. Todo o mundo tem a incerteza do que afirma. Drijimiro, não; o pouco que pude entender-lhe, dos retalhos do verbo. Nada diria, hermético feito um coco, se o fundo da vida não o surpreendesse, a só saudade atacando-o, não perdido o siso.

Teve recurso a mim. Contou, que me emocionou. — *"Lá, nas campinas…"* — cada palavra tatala como uma bandeira branca — comunicado o tom — o narrador imaginário. Drijimiro tudo ignorava de sua infância; mas recordava-a, demais. Ele era um caso achado.

Vinha-lhe a lembrança — do último íntimo, o mim de fundo — desmisturado milagre. Só lugares. Largo rasgado um quintal, o chão amarelo de oca, olhos-d'água jorrando de barrancos. A casa, depois de descida, em fojo de árvores. Tudo o orvalho: faísca-se, campo a fora, nos pendões dos capins passarinhos penduricam e se embalançam… De pessoas, mãe ou pai, não tirava memória. Deles teria havido o amor, capaz de consumir vozes e rostos — como a felicidade. Drijimiro voltava-se — para o rio de ouvidos tapados. Nenhum dia vale, se seguinte. Que jeito recobrar aquilo, o que ele pretendia mais que tudo? Num ninho, nunca faz frio.

Frase única ficara-lhe, de no nenhum lugar antigamente: — *"Lá, nas campinas…"* — desinformada, inconsoante, adsurda. Esqueceu-a, por fim. Calava reino perturbador; viver é obrigação sempre imediata.

Estava agora bem de vida — como o voo da mosca que caminhou até à beira da mesa. Iô Nhô, o rico e chefe, estimava-o. Seguia-o o Rixío, entendido e provador de cachaças. Dona Divída debruçava-se à janela, redondos os peitos, os perfumes instintivos. Drijimiro passava, debaixo de chapéu, gementes as botinas. Aparecia, na clara ponta da rua, Dona Tavica, jasmim em ramalhete, tantas crianças a rodeavam.

Antes ele buscara, orfandante, por todo canto e parte. — *"Lá, nas campinas?..."* — o que soubesse acaso.

Tinha ninguém para lhe responder. De menino, passara por incertas famílias e mãos; o que era comum, como quando vêm esses pobres, migrantes: davam às vezes os filhos, vendiam filhas pequenas.

Drijimiro andara — de tangerino, positivo, ajudador de arrieiro — às vastas terras e lugares. Nada encontrava, a não ser o real: coisas que vacilam, por utopiedade. E esta vida, nunca conseguida. Ia ficando esperto e prático.

Uma campina — plano, nu campo, espaço — podendo ser no distante Rio Verde Pequeno, ou todo o contrário, abaixo do Abaeté, e estando nem onde nem longe, na infinição, a serra de atrás da serra. Via as moças enfeitantes — olhos e rir, Divída, matéria bonita — e precisava, tornava a partir, apertando-o o nó de recordações. Só achar o sítio, além, durado na imaginação.

No sertão, entanto, *campinas* eram os "alegres": as assentadas nos morros, esses altos claros, limpos, ondeados em encostas. Viu — pelos olhos perdido por mil — Tavica, alva tão diferente, para simplificação do coração. Gostou dela, como de madrugada gêia.

Tácito, mais, entrecuidando. Disse-se-lhe: que, se num lugar tal alguém aquilo falara, então não seriam lá as campinas, mas em ponto afastado diverso.

Já afadigado Drijimiro lutava, constando que velhaco. Vendia, recriava, comprava bezerros. Iô Nhô fizera-o seu sócio. Vezava-se, afortunado falsamente, inconsiderava, entre a necessidade e a ilusão, inadiavelmente afetuoso.

Dizendo-lhe o Rixío: que com esse nome de *Campinas* houvesse, em São Paulo e Goiás, arraial antigo e célebre cidade. Ele não procurava mais; guardava paz, sossego insano, com caráter de cordialidade.

Mas achava, já sem sair do lugar, pois onde, pois como, do de nas viagens aprendido, ou o que tinha em si, dia com sobras de aurora. Notava: cada pedrinha de areia um redarguir reluzente, até os voos dos passarinhos eram atos. O ipê, meigo. O sol-poente cor de cobre — no tempo das queimadas — a lua verde e esverdeadas as estrelas. Ou como se combinam inesquecivelmente os cheiros de goiaba madura e suor fresco de cavalo.

Dom, porém, que foi perdendo. Diziam-no silencioso mentiroso. Ou que lesava os outros — voto de mentes vulgares.

Soltavam-se foguetes: Iô Nhô fazia anos e bodas-de-ouro. Drijimiro dele adquiriu também o alambique, barris, queria respeito e dinheiro, destilar aguardente; servia-o o Rixío, deixado de serenatas. Diante dali passava Dona Tavica: entre a horda de filhos, ela ralhava, amava e parcelava-se.

Seguidamente via-a, sentindo-se influído por aquela alvura. Calava, andava, mais bezerros negociava. E em dia o Rixío, ardido, deu a cor do calcanhar, saíu-se redondo pelo mundo. Tempo de fatos. Iô Nhô se entrevara, por ataques de estupor.

Vinham todos agora à tenda de aguardenteiro, queriam-se perto de Drijimiro, pelo tonto conselho e quase consolo, imaginavam suas trapaças. Tudo temessem perder, achavam-lhe graça. — *"É burro…"* entendiam, se quietavam. Dona Divída, sacudida de bela, chamava-o, temia o envelhecer, queria que o marido não bebesse, homem de bigode.

Iô Nhô morreu. Outro dezembro e o Rixío tornou, quebrado e rendido, neste mundo volteador. Vinha, para passar. Só rever Drijimiro, pedir--lhe perguntado o segredo: — *"Lá, nas campinas…"* — mas que Drijimiro não sabia mais de cor. O Rixío morreu — ficou fiel, frio, fácil. O mundo se repete mal é porque há um imperceptível avanço.

E ia Drijimiro, rugoso, sob chapéu, sem regalo nenhum, a ceder-se ao fado. Dona Divída aparecia, sua pessoa de filha de Deus, tão vistosa. E viu Dona Tavica, a quem calado entregou seu coração, formosa desbotada. Doravante… Ousava estar inteiramente triste.

Surgindo-lhe, ei, vem, de repente, a figura da Sobrinha do Padre: parda magra, releixa para segar, feia de sorte. Sós frios olhos, árdua agravada, negra máscara de ossos, gritou, apontou-o, pôde com ele.

Sem crer, Drijimiro se estouvou, perdido o tino, na praça destontando--se, corria, trancou-se em casa.

Aí veio o Padre. Atravessava a rua, ao sol, a batina ainda mais preta, se aproximava. Drijimiro pelos fundos do quintal refugiu, tremendo soube de sua respiração, oculto em esconso.

Mas logo não sorriu, transparentemente, por firmitude e inquebranto. Falou, o que guardado sempre sem saber lhe ocupara o peito, rebentado: luz, o campo, pássaros, a casa entre bastas folhagens, amarelo o quintal da voço-roca, com miriquilhos borbulhando nos barrancos… Tudo e mais, trabalhado

Lá, nas campinas 115

completado, agora, tanto — revalor — como o que raia pela indescrição: a água azul das lavadeiras, lagoas que refletem os picos dos montes, as árvores e os pedidores de esmola.

Tudo era esquecimento, menos o coração. — *"Lá, nas campinas!…"* — um morro de todo limite. O sol da manhã sendo o mesmo da tarde.

Então, ao narrador foge o fio. Toda estória pode resumir-se nisto: — Era uma vez uma vez, e nessa vez um homem. Súbito, sem sofrer, diz, afirma: — *"Lá…"* Mas não acho as palavras.

Mechéu

> *Esses tontos companheiros que me*
> *fazem companhia...*
>
> *Meio de moda.*
>
> *— Isto não é vida!...*
> *— É fase de metamorfose.*
>
> *Do* Entreespelho.

Muito chovendo e querendo os moços de fora qualquer espécie nova de recreio, puseram-lhe atenção: feito sob lente e luz espiassem o jogo de escamas de uma cobra, o arruivar das folhas da urtiga, o fim de asas de uma vespa. De engano em distância, aparecia-lhes exótico, excluso. Era o sujeito.

Tinha-se no caso de notar e troçar. Reapareceu, passou, pelo terreiro de frente da fazenda, atolava-se pelejando na lama lhôfa do curral. Mechéu, por nome Hermenegildo; explicou-o o fazendeiro Sãsfortes.

Semi-imbecil trabalhava, vivia, moscamurro, raivancudo, senão de si não gostando de ninguém. Ante tudo enfuriava-se pronto às mínimas e niglingas — rasgadela na roupa, esbarro involuntário ou nele fixarem olhar, pisar-lhe um porco o pé na hora da ração. Dava-se de não responsável de todo malfeito seu, desordem, descuido. Exigia para si o bom respeito das coisas.

Topou em toco, por exemplo, certa danada vez, quando levava aos camaradas na roça o almoço, desceu então o caixote da cabeça, feroz, de fera: para castigar o toco, voltou pela espingarda; já a comida é que mais não achou, que por bichos devorada! — e culpou de tudo a cozinheira. Sempre via o mal em carne e osso. Se quebrava xícara, atribuía-o à guilha da que coara o café; se do prato lavado em água fria não saía a gordura, incriminava o sangrador do suíno ou o salgador do toucinho; se o leite talhava, era por conta de quem buscara as vacas.

Melhor consigo mesmo se entendia, a meio de rangidos e resmungos. — *Xiapo montão!* — xingava, por *diabo grande,* gago, descompletado; proseava de ter uma só palavra. Entufava o aspecto, para tantas importâncias; feiancho, mais feio ficava. Opunha ao mundo as orelhas caramujas, comuns, olhos fundos — o esquerdo divergente. Com que, não era um ordinário rosto, fisionomia normal de homem, caricatura? De braços e peito peludos, fechada a barba: o que é ter a natureza na cara. Só se tardada errada em escopo. Seja que imperfeito alorpado.

Ainda abaixo dele, bobo, bem, meio idiota papudo era outro, o que de alcunha o Gango; tolo tanto, que cheirava as coisas, mas nem sabia temer as cobras e os lagartos. Simiava-o esse, obediente mirava por modelo ao Mechéu, maramau, que o tratava de menor, sem estimação, exigia do Gango uma ideal excelência, forçando-o à lida, quisesse-o sacado pronto do ovo da estupidez.

Descalço — não suportava as botinas — punha Mechéu nos dias de serviço chapéu de palha; e de lebre, igual ao do Patrão, aos domingos, quando vestia roupa limpa, fazia a barba e saía apassear, a pé, ou, mau cavaleiro, a cavalo. Tinha o seu próprio, *Supra-Vento,* e arreios, jamais emprestados. Não ia à missa, não, nem bebia cachaça, jurava pelos venenos nas flores, repelia a longe os animais. Sentava-se, se o não viam, comendo às tripas insensatas. Superstição sua única era a de que não varressem ou lhe jogassem água nos pés, o que o impediria de casar. Irava-se, então entonces. Somente aceitava roupa feita para ele especial; modo algum, mesmo nova, a cosida para outro: referia os pelos do peito a ter usado camisa do Neca Velho, vizinho fazendeiro e também hirsuto, nunca porém vestira camisa do Neca. Mechéu, o firme. — *Ele faz demais questão de continuar sendo sempre ele mesmo...* — um dos moços observou.

Também de fora viera a menina, nenem, *oóo,* menininha de inéditos gestos, olhava para ela o Gango só a apreciar e bater cabeça. Mechéu pois disse: — *Ele é meu parente não!* — e a Menininha disse: — *Você é bobo não, você é bom...* — e mais a Meninazinha formosa então cantou: — *Michéu, bambéu... Michéu... bambéu...* — pouquinho só, coisa de muita monta, ele se regalou, arredando dali o Gango, impante, fez fiau nele.

Sumo prazia-lhe ouvir debicarem alguém: que fulano fora à casa de baiano e a moça de lá não lhe abrira a porta; beltrano não ia à Vila à noite, por medo dos lobos; sicrano surrara peixano que sapecara terciano que sovara marrano, sucessos eis faziam-no rir a pagar, não risada gargalhal, somenos chiada entre quentes dentes, vai vezes engasgava-se até, da ocasiãozada. Malvadezas contra outros o confortavam. A seguir, vigiava, suspeitoso de que sobre ele mesmo também viessem. Mais o exasperava chamarem-lhe *Tatú*, apodo herdado do pai.

Tomava-se por infalível nôivo de toda e qualquer derradeira sacudida moça vista, marcava coió o casamento, que em domingo fatal sem falta: — *Bimingo um… bimingo dois… bimingo três!* — dedo e dedo contava. Assaz queria viver mais, e depois dos outros, fora de morte, ficar para semente. Apareciam-lhe os cabelos brancos, e renegava seus fossem, sim de um cavalo ruço do Patrão, por nome *Vapor*. De si mesmo, de nada nanja duvidava.

Lento o tempo, Mechéu descascava e debulhava milhos no paiol, fazia o Gango fazer. Ele agora estava irado com a chuva, e com o Patrão, que nela não dava jeito. Mas acatava ordens: quando lhe mandaram que viesse, veio. — *Louvem-no* — e *reprovem alguém, outro* — *que ele de gozo empofa…* — ensinou Sãsfortes, fazendeiro.

Mechéu marchava com desajeito, bamba bailava-lhe a perna direita, puxada pela esquerda. Soturno sáfio ante aqueles parou, turvava-se seu ar de desconfiança, inveja, queixa. — *Será já em si o "eu" uma contradição?* — sob susto e espanto um dos de fora proferiu. Mas, pensavam consigo mesmos, não para o Mechéu — ilota e especulário. Deixaram-no de lado.

Tardiamente apenas se soube o que a seu respeito valesse; depois, anos. — *Mechéu assim, a vida vira assim…* — conta a fazendeira, Dona Joaquina, inesquecível, branquinhos os cabelos, azúis olhos bondosos.

Tudo o comum, copiado; do borrão do viver.

No que houve que o Gango morreu, chifrado de vaca.

Enquanto entanto o corpo estando presente, Mechéu nem fez caso, ele não tinha pelo Gango nenhum encarecimento, nunca o deixava botar mão no que de seu, nem entrar no cômodo em que assistia, debaixo da casa. Vez ou vez, mandasse o Gango cantarolar, para as escutar, simplórias parlendas, o canto sendo dele o nome Mechéu mesmo, em falsete, o Gango tal afinado papagaio.

Mas, enterrado aquele, Mechéu aos tentos se estramontou, se cuspindo, se sumia, o boi em transtorno, desacertado do trabalho. — *Está andando meio exercitado por aí, não se vê o que ele quer…* — vinham dizer, pareceu que descabisbaixo indo obrar o demo em dobro.

Só da patroa Dona Joaquina se aproximou, de vira vez, perguntou ou afirmou: — *A menininha não morre, não, nunca!* De dó, a Senhora confirmou: — *Nunca!* — não sabia que menina. De saudade ou falta do Gango, ele houve pingos nos olhos, inquiriu: — *Nem eu!?* Rezingava, pois assim, gueta, pataratices, mais frases: sobre os passarinhos, bem apresentados, o sol nas roças, o *Supra-Vento*, cavalo, ao qual por prima vez agradecesse.

Mas mesmo enfermou, daí, pessoalmente, de novembro para diante, repuxado e esmorecido, se esforçava com um tremor, sua pesadume remédios não paliavam. Ora fim que enfim se fechou no escuro cômodo, por mais de um dia, surgindo no seguinte aceitou o caneco com chá amargo, restava guedelhudado, rebarbado, os olhos mais cavos, demudado das feições.

Decerto não aguentava o que lhe vinha para pensar, nem vencia achar o de que precisava, só sacudia as pálpebras, com tantas rotações no pescoço: gesticulava para nenhum interlocutor; rodou, rodou, no mesmo lugar, passava as mãos nas árvores.

Muito devagar, sempre com cheio o caneco seguro direitinho, veio para junto do paredão do bicame, lá sozinho ficou parado um tempo, até ao entardecer. Estava bem diferente, etc., esperando um tudo diferente.

Não falemos mais dele.

Melim-Meloso
(sua apresentação)

Nos tempos que não sei, pode ser até que ele venha ainda a existir. Das Cantigas de Serão, de João Barandão, tão apócrifas, surge, com efeito, uma vez:

> *Encontrei Melim-Meloso*
> *fazendo ideia dos bois:*
> *o que ele imagina em antes*
> *vira a certeza depois.*

Conto-me, muito, quando não seja, a simpática história de Melim--Meloso, filho das serras, intransitivo, deslizado, evadido do azar. Daria diversidade de estória a primeira-mão de suas governanças; e aventura. Eis, assim:

> *Melim-Meloso*
> *amontado no seu baio:*
> *foi comprar um chapéu novo,*
> *só não gosta de trabalho.*

Sombra de verdade, apenas. Ele trabalhava, em termos. E, o que sobre isso afirma, tira-se no bíblico e raia no evangélico: — *Trabalho não é vergonha, é só uma maldição...* Bismarques, o vendeirão, quis impingir-lhe chapéu antiquíssimo, fora-de-moda, que ninguém comprava. Melim-Meloso renegou dele, só sorrindo; se o regateou, foi com supras de amabilidades. Bismarques veio baixando o preço, até a um quase-nada. Melim-Meloso fechou a compra, botou na cabeça o chapéu — dando-lhe um arranjo — e o objeto se transformou, uma beleza, no se ver. Despeitificado, o Bismarques então abusou de tornar a agravar o preço. Melim-Meloso o refutou, delicado. Por fim, para não desgostar o outro, falou: concorde. Pagou, com uma nota nova, se disse ainda agradecido. Mas, em célere seguida, riu, às claras risadas. O Bismarques, enfiado, remirou a nota: meditou que ela podia ser falsa. Mas já tinha assumido. Com o que, Melim-Meloso logo propôs a humildade de aceitar de volta a nota, desde

Melim-Meloso   121

que com um rebate: que orçava, por acaso, justo no tanto aumentado depois no preço do chapéu. Bismarques se coçou e aprovou. Mas, como o ar de lá se tinha amornado, meio sem-ensejo, Melim-Meloso fez que lembrou, só suave, o talvez: que um copázio de vinho, pelo seguro, era o que tudo bem espairecia. O Bismarques serviu o vinho. Somente no encerrar, foi que viu que o convidador se dava de ser ele mesmo, para a salda das custas. Restou desenxavido; não mal-alegrado de todo. Melim-Meloso ganhara, às vazas, aquele chapéu de príncipe.

Ou, pois:

> *Melim-Meloso*
> *amontado no pedrês:*
> *foi à missa, chegou tarde,*
> *só desfez o que não fez.*

> *Melim-Meloso*
> *amontado no murzelo:*
> *uma nôiva em Santa-Rita,*
> *outra nôiva no Curvelo.*

> *Melim-Meloso*
> *amontado no alazão:*
> *— Veio ver minha senhora,*
> *disto é que eu não gosto, não.*

Duvide-se, divirja-se, objete-se. Padre Lausdéo, da Conceição-de-Cima, louvou e premiou Melim-Meloso, naquela domingação. A nôiva de Santa--Rita, Quirulina, era só por uma amizade emprestada. Maria Roméia, a nôiva no Curvelo, a ele ensinava apenas certas formas de ingratidão. E a mulher do Nhô Tampado notava-se como a feia das feias. São estas, aliás, para mais tarde, estórias de encompridar. Melim-Meloso, ipso, de si pouco fornecia:

> *Diz assim: Melim-Meloso,*
> *não repete o seu dizer.*
> *Perguntei: — coisa com coisa,*
> *não quis nada responder.*

Reportava-se: — *Sou homem de todas as palavras!* Mas gostava de guardar segredos; e aproveitava qualquer silêncio. Do mal que dele se dizia, tenha-se por exagerada, senão de todo inautêntica, à propala, a parla dessa afamação. O herói nunca foi conquistador, vagabundo, impostor, nem cigano exibidor de animais. Corra tanta incertidão por conta dos que tentaram ser inimigos dele: o Cantanha, Reumundo Bode, o Sem-Caráter, Pedro Pubo, o Alcatruz; o Cagamal e José Me-Seja. Melim-Meloso, mesmo, é que nunca foi inimigo de ninguém. Escutem-se, pois, à outra face da lenda, os seus amigos principais: Cristomiro, o Dandrá, José Infância, João Vero, Padrinho Salomão, Seo Tau, o Santelmo, Montalvões e Sosiano:

Melim-Meloso
amontado no quartau:
viaja para as cabeceiras,
procura o rio no vau.

Melim-Meloso
amontado no corcel:
porque é Melim-Meloso,
bebe fel e sente o mel.

Melim-Meloso
amontado no castanho:
— O que ganho, nunca perco,
o que perco sempre é ganho…

Diz assim: Melim-Meloso
só quer amar sem sofrer.
Errando sempre, para diante,
um acerta, sem saber.

Diz assim: Melim-Meloso
ouve "não", sabe que é "sim":
o sofrer vigia o gozo,
mas o gozo não tem fim.

RESUMO. Serra do Sõe, verde em sua neblina, nesse frio fiel, que inclina os pássaros. Serra do Sõe e Serra da Maria-Pinta, que a redobra; serras e pessoas. O fazendeiro Pedro Matias, rico. Tio Lirino, com as sensatas barbas. Elesbão — o estrito boiadeiro. Lá, ressoam distâncias; e a alegria é pouca: é devagarinho, feito um gole. A serra faz saudade de outros lugares. Melim--Meloso possuía somente seus sete cavalos, comprados, um a um, com seus economizados. Seria para ir-se embora, com luxo, com eles. Melim-Meloso tinha pena de não ser órfão também do padrasto, com quem descombinava; porque o padrasto era prático de bronco, na desalegria, não avistava o sutil de viver, principalmente. Vai, um dia, Melim-Meloso não aguentou mais: — *Faço de conta que este padrasto não existe, de jeito nenhum...* — ele entendeu de obrar, com doçuras. Isto é: não via mais, nem em frente nem em mente, a pessoa existente do padrasto, para bem ou para mal. Procedeu. Aí, o padrasto teve a graça de morrer, subitamente, em paz; mas, deixando dívidas. Melim-Meloso se disse: — *A vida são dívidas. A vida são coisas muito compridas.* Para pagar esses deveres, teve de negociar seus cavalos, foi dispondo de um por um. Vendia um — chorava (o que seja: no figuradamente), mas com mágoas medidas. Queria mais ir-se embora, lá ele corria o risco de ficar mofino; salvava-o sua incompetência de tristeza. Mas o Elesbão desceu, para o Quipú, com boiada completada. Pedro Matias desceu, num lençol, na vara, carregado, para o cemitério-mor, no Adiante. Tio Lirino desceu com a tropa, tantos lotes de burros: rumo de sertões e ranchos. Melim-Meloso sentiu-se pronto: — *Quando vi — adeus! — minha gente, vou de arrieiro — no formal...*

EPISÓDIOS. Mas Melim-Meloso fazia-se muito causador de invejas. Sofrer, até, ele sofria tão garboso, que lho invejavam. Sofria só sorrisos. Vai, pois, por qual-o-quê, quiseram vingar-se dele, disso. Os sujeitos que lhe tinham comprado os cavalos, compareceram na saída, para o afligir, cada qual montado no agora seu. Mas Melim-Meloso se riu, de pôr a cabeça para trás. Conforme pensou, tãoforme lhes falou: — *O que vejo, na verdade, é que estes cavalos formosos continuam sendo meus. Por prova, é que vocês tiveram de trazer todos eles, para os meus olhos!*

No que se diga, os invejantes não podiam naquilo achar razoável espécie. Mas, orabolas deles. Melim-Meloso pediu: — *Me esperem amigos, só um pouquinho...* Foi, veio, trouxe uma égua, luzente, quente. Os sete cavalos sendo todos pastores. Relinchou-se! Aí — que Melim-Meloso soltou de embora a égua: aqueles pulavam e escoiceavam, rasgalhando rinchos, mordendo o ar, e assim desembestaram os cavalos equivocados. Jogaram seus cavaleiros no chão. Só ficou em sela o João Vero, no preto. Os outros se estragaram um bocado, até um, o pior, o Cantanha, se machucou o bastante. Melim-Meloso somente sorriu, atencioso. Virou-se para o João Vero, lhe disse: — *Você, se vê: que parece mestre cavaleiro!* Prazido, com essas, o Vero conseguiu então admirar Melim-Meloso; perguntou: Se ele se ia era por querer uma nôiva, coberta de ouro-e-prata, feito Dona Sancha? Melim-Meloso respondeu: — *Não. É para, algum dia, tornar a adquirir, um a um estes cavalos...* Com essas, o Vero começou a respeitar a decisão do outro. De repente, se determinou: ofereceu que cedia desde já o preto a Melim-Meloso, para ele pagar indenizado, quando possível... Melim-Meloso, aceitando, gentil, disse: — *Você, se vê: que sabe dar, direito, sem prazo de cobrar. Deus dá é assim...* Com essas, o Vero também se riu, por fora e por dentro. E Melim-Meloso disse um mais: — *Para, em futura ocasião, eu pagar a você a quantia redonda, você me empresta agora o quebrado que falta, para poder logo arredondar...* O Vero concedeu.

Melim-Meloso muito se despediu, da terra da Serra, à sua satisfação. Soltou as rédeas para a Vila, ia levar o caminho até lá. Saiu com os pés na aurora, à fanfa, seu nariz bem alumiado. Era sujeito a morrer; por isso, queria antes dar uma vista no mundo, achar a fôrma do seu pé. Sobre o que, o Vero ainda veio com ele, e com a tropa, por um trecho, conversavam prezadamente — o Vero conseguira começar a querer-bem a ele.

E chegou-se, de caminho, na fazenda Atravessada, antes de chegar-se ao próprio fim, que era na Conceição-de-Baixo. Nessa fazenda, reinava, na noite, a furupa de uma grande festa — de casamento ou batizado. Melim-Meloso apeou lá sem espera de agrados, não conhecendo ninguém. Ora vez, ali se deram várias coisas, ele com elas. Porém, são para outra narração; convém que sejam. A vida de Melim-Meloso nunca se acaba. Ao que, na voz das violas, segundo o seguinte:

> *Conte-se a estória de Melim-Meloso*
> *sempre sem sossego, sempre com repouso,*
> *vivo por inteiro, possuindo amor:*
> *Melim-Meloso, ao vosso dispor...*

No Prosseguir

À TARDE DO DIA, ALI O GRAU DE TUDO SE EXAGERAVA. A choça. O pátio, varrido. O dono, cicatriz na testa, sentado num toro, espiando seus onceiros: cachorro de latido fino, cachorra com eventração. Era um velho de rosto já imposto; já branqueava a barba.

Era caçador de onças, para o Coronel Donato, de Tremedal. Tinha para isso grandes partes. Matava-as, com espingardinha, o tiro na boca, para não estragar o couro.

Os cães avisavam.

Outro homem bulira-se de entre árvores, oscilado saía da mata. Vai que uma bala podia varar-lhe goela e nuca, sem partir dente, derribando-o dessa banda. Nem, não imaginar desrazão. Mesmo havia de querer muitas coisas, o pobre. Rapaz, guapo, a onça quase o acabara, comera-lhe carnes. A onça, pagara. Juntos, nenhuma vencia-os, companheiros.

Coxeava, o tanto, pela clareira, no devagar de ligeireza, macio. Também tendo cicatriz, feiosa, olho esvaziado. Não olhava para a casa. Moço quieto, áspero, que devia de ser leal, que lhe era semelhável. Precisava mais de viver; para a responsabilidade.

Saudaram-se, baixo. O velho não se levantara. — *"Queria saber de mim?"* — um arrepio vital, a seca pergunta. O outro curvou-se, não ousava indagar por saúde. No que pensava, calava. E rodeavam-se com os olhos, deviam ser acertadamente amigos. Moravam em ermos, distantes.

Viúvo, o velho tornara a casar-se, com mulher prazível. O moço, sozinho, mudava-se sempre mais afastado. Vinha, raro, ao necessário. Dar uma conversa, incansável escutador. Quanto mais que tinham ali de atacar em comum a onça — braçal, miã, com poder de espaço — o que nenhum dos jagunços do Coronel rompia; o ofício para que davam era aquele.

O moço ia pôr-se de cócoras, o velho apontou-lhe firme o cepo, foi quem ficou agachado. Mas, de chapéu. O moço, o seu nos joelhos, sentava-se meio torcido, de lado.

Mudo modo, como quando a onça pirraça. Os cães, próximos. — *"Aí... s'tro dia..."* — ou — *"... esse rastro é velho..."* — inteiravam-se, passado conveniente tempo. Viravam novo silêncio.

No Prosseguir   127

Fazia ideia, o velho, pesado de coisas na cabeça, ocultas figuras. Mal mirava o outro: aqueles grandes cabelos ruivo-amarelos, orelhas miúdas, o nariz curto, redonda ossuda a cara. Seco de pertinácias, de sem-medo; desde menino pequeno. Tinha as vantagens da mocidade, as necessidades...

Enquanto que, ele, esmorecia, com o render-se aos anos, o alquebro. O que era o que é a vida. A mais, a doença. Tormentos. Porque tinha aceitado de um qualquer dia morrer, deixando a mulher debaixo de amparo? Ia não largar no mundo viúva para mãos de estranhos!

Daí, com o outro, o conversado, à mútua vontade, para providência. A esse, seguro por sangue e palavra, protetor, entregava então herdada a companheira, para quando a ocasião; tratou-se. Para ele poder morrer sem abalo... A mulher, entendendo, crer que anuía, tranquila calada. Disso ele tinha sabedoria. Em tanto que, às vezes, achava raiva. Agoniava-o o razoável. Direiteza, ou erro? Isso ficava em questão.

Dera um gemido cavo. De rebate: se esticara para diante, o intento dos olhos se alargando, o corpo dançado. — *A que há, uma onça...* — começara. Repôs-se em equilíbrio nos calcanhares. Recuava de pensar, em posição de ação.

O moço: — "Ah!" — no falso fio; vigiava por tudo, em seu entendimento. Vagaravam.

Sem mal-entenderem-se.

Tardinho, na mata, o ar se some em preto, já da noite por vir.

Agitavam-se súbito os cães, até à choupana, à porta: abrira-a a mulher, com a comida. Mulher pequenina, sisuda. Não voltava o rosto. E pela dita causa.

O moço ia-se, fez menção. Conteve-o o velho: — *Mais logo...* — entre dentes dito.

Tornou a mulher a abrir a porta. Não olhava, não chamou. Mas tinha um prato do jantar em cada mão. O velho ergueu-se, foi buscar.

O moço comia, a gosto. O coitado, com afeto nenhum, ninguém cuidando dele. Conhecera já a careta, o escarrar, os bigodes — a massa da onça, a pancada! O que arde.

Por que não o castrara a fera monstra, em vez de escavacar-lhe as costas e rasgar banda da face, consumir barriga-da-perna, o acima-da-coxa, esses desperdícios? Se fosse, mais merecia, para aquilo — por resguardo e defendimento, respeitante, postiço, sem abusos...

E velhamente. Falava, lembranças, da meninice ainda do outro, falando com a boca amargosa. Nem tinha fome. Os fatos não se emendavam.

Dava ânsia pensar — a coisa, encorpada. A mulher, mulherzinha nas noites. Aquele, rente, o outro, pescoço grosso, macho gatarro, de onça, se em cio. Tinha vexame do que sendo para ser, do inventado.

Encarou-o: — *"Vai."* Falou; foi a rouco. Em dó de sentir o que olhos não vão ver, preenchidos pela terra.

O moço tristemente, também, se entortando, aleijado. Voltava só a seu rancho. Cruzava caminho da outra, onça jagunça — a abertura em-pé do meio-do-olho, que no escuro vê — o pulo, as presas, a tigresia.

Mas, tinha no ombro o rifle! E o saber — pelo desassombrar, abarbar, com ela igualar-se à mão-tente — fugir o perigo. Ensinara-lhe, tudo, prevenira... o velho se levantava.

De supetão: — *"Quer ficar?"* Assim dizendo. — *"Madrugada, a gente vai... mata..."* — bufo por bufo.

De não, o outro respondeu, vago.

— *"...andadora... onça grossa..."*

Não; o moço sacudiu-se.

O velho tocou-lhe no braço — *"Te protege!"* — disse, risse.

Depois, de novo, mestre, ia sentar-se na tora, num derrêio, por enfim; esfregava-se as pálpebras com as unhas dos dedos. As coisas, mesmas, por si, escolhem de suceder ou não, no prosseguir.

O moço se despedia, sem brusqueza. Só a saudação reverencial: — *"Meu pai, a sua benção..."*

Tinham contas sem fim. Latiam os cães. Ia dar luar, o para caminhada, do homem e da onça, erradios, na mata do Gorutuba.

Prefácio

Nós, os temulentos

Entendem os filósofos que nosso conflito essencial e drama talvez único seja mesmo o estar-no-mundo. Chico, o herói, não perquiria tanto. Deixava de interpretar as séries de símbolos que são esta nossa outra vida de aquém-túmulo, tãopouco pretendendo ele próprio representar de símbolo; menos, ainda, se exibir sob farsa. De sobra afligia-o a corriqueira problemática quotidiana, a qual tentava, sempre que possível, converter em irrealidade. Isto, a pifar, virar e andar, de bar a bar.

Exercera-se num, até às primeiras duvidações diplópicas: — "Quando… — *levantava doutor o indicador* — … quando eu achar que estes dois dedos aqui são quatro"… *Estava sozinho, detestava a sozinhidão. E arejava-o, com a animação aquecente, o chamamento de aventuras. Saiu de lá já meio proparoxítono.*

E, vindo, noé, pombinho assim, montado-na-ema, nem a calçada nem a rua olhosa lhe ofereciam latitude suficiente. Com o que, casual, por ele perpassou um padre conhecido, que retirou do breviário os óculos, para a ele dizer: — Bêbado, outra vez… — *em pito de pastor a ovelha.* — É? Eu também… — *o Chico respondeu, com, báquicos, o melhor soluço e sorriso.*

E, como a vida é também alguma repetição, dali a pouco de novo o apostrofaram: — Bêbado, outra vez? *E:* — Não senhor… — *o Chico retrucou* — … ainda é a mesma.

E, mais três passos, pernibambo, tapava o caminho a uma senhora, de paupérrimas feições, que em ira o mirou, com trinta espetos. — Feia! — *o Chico disse; fora-se-lhe a galanteria.* — E você, seu bêbado!? — *megerizou a cuja. E, aí, o Chico:* — Ah, mas… Eu? … Eu, amanhã, estou bom…

E, continuando, com segura incerteza, deu consigo noutro local, onde se achavam os copoanheiros, com método iam combeber. Já o José, no ultimado, errava mão, despejando-se o preciosíssimo líquido orelha adentro. — Formidável! Educaste-a? — *perguntou o João, de apurado falar.* — Não. Eu bebo para me desapaixonar… *Mas o Chico possuía outros iguais motivos:* — E eu para esquecer… — Esquecer o que? — Esqueci.

E, ao cabo de até que fora-de-horas, saíram, Chico e João empunhando José, que tinha o carro. No que, no ato, deliberaram, e adiaram, e entraram, ora em outra porta, para a despedidosa dose. João e Chico já arrastando o José, que nem que a um morto proverbial. — Dois uísques, para nós... — *Chico e João pediram* — e uma coca-cola aqui para o amigo, porque ele é quem vai dirigir...

E — quem sabe como e a que poder de meios — entraram no auto, pondo-o em movimento. Por poucos metros: porque havia um poste. Com mais o milagre de serem extraídos dos escombros, salvos e sãos, os bafos inclusive. — Qual dos senhores estava na direção? — *foi-lhes perguntado. Mas:* — Ninguém nenhum. Nós todos estávamos no banco de trás...

E, deixado o José, que para mais não se prezava, Chico e João precisavam vagamente de voltar a casas. O Chico, sinuoso, trambecando; de que valia, em teoria, entreafastar tanto as pernas? Já o João, pelo sim, pelo não, sua marcha ainda mais muito incoordenada. — Olhe lá: eu não vou contar a ninguém onde foi que estivemos até agora... — *o João predisse; epilogava. E ao João disse o Chico:* — Mas, a mim, que sou amigo, você não podia contar?

E, de repente, Chico perguntou a João: — Se é capaz, dê-me uma razão para você se achar neste estado?! *Ao que o João obtemperou:* — Se eu achasse a menorzinha razão, já tinha entrado em lar — para minha mulher ma contestar...

E, desgostados com isso, João deixou Chico e Chico deixou João. Com o que, este penúltimo, alegre embora física e metafisicamente só, sentia o universo: chovia-se--lhe. — Sou como Diógenes e as Danáides... — *definiu-se, para novo prefácio. Mas, com alusão a João:* — É isto... Bêbados fazem muitos desmanchos... — *se consolou, num tambaleio. Dera de rodear caminhos, semi-audaz em qualquer rumo. E avistou um avistado senhor e com ele se abraçou:* — Pode me dizer onde é que estou? — Na esquina de 12 de Setembro com 7 de Outubro. — Deixe de datas e detalhes! Quero saber é o nome da cidade...

E atravessou a rua, zupicando, foi indagar de alguém: — Faz favor, onde é que é o outro lado? — Lá... — *apontou o sujeito.* — Ora! Lá eu perguntei, e me disseram que era cá...

E retornou, mistilíneo, porém, porém. Tá que caiu debruçado em beira de um tanque, em público jardim, quase com o nariz na água — ali a lua, grande, refletida: — Virgem, em que altura eu já estou!... *E torna que, se-soerguido, mais se ia e mais capengava, adernado: pois a caminhar com um pé no meio-fio e o outro embaixo, na sarjeta. Alguém, o bom transeunte, lhe estendeu mão, acertando-lhe a posição.* — Graças a Deus! — *deu.* — Não é que eu pensei que estava coxo?

E, vai, uma árvore e ele esbarraram, ele pediu muitas desculpas. Sentou-se a um portal, e disse-se, ajuizado: — É melhor esperar que o cortejo todo acabe de passar...

E, adiante mais, outra esbarrada. Caiu: chão e chumbo. Outro próximo prestimou-se a tentar içá-lo. — Salve primeiro as mulheres e as crianças! — *protestou o Chico.* — Eu sei nadar...

E conseguiu quadrupedar-se, depois verticou-se, disposto a prosseguir pelo espaço o seu peso corporal. Daí, deu contra um poste. Pediu-lhe: — Pode largar meu braço, Guarda, que eu fico em pé sozinho... *Com susto, recuou, avançou de novo, e idem, ibidem, itidem, chocou-se; e ibibibidem. Foi às lágrimas:* — Meu Deus, estou perdido numa floresta impenetrável!

E, chorado, deu-lhe a amável nostalgia. Olhou com ternura o chapéu, restado no chão: — Se não me abaixo, não te levanto. Se me abaixo, não me levanto. Temos de nos separar, aqui...

E, quando foi capaz de mais, e aí que o interpelaram: — Estou esperando o bonde... — *explicou.* — Não tem mais bonde, a esta hora. *E:* — É? Então, por que é que os trilhos estão aí no chão?

E deteve mais um passante e perguntou-lhe a hora. Daí: — Não entendo... — *ingrato resmungou.* — Recebo respostas diferentes, o dia inteiro.

E não menos deteve-o um polícia: — Você está bebaço borracho! — Estou não estou... — Então, ande reto nesta linha do chão. — Em qual das duas?

E foi de ziguezague, veio de zaguezigue. Viram-no, à entrada de um edifício, todo curvabundo, tentabundo. — Como é que o senhor quer abrir a porta com um charuto? — É... Então, acho que fumei a chave...

E, hora depois, peru-de-fim-de-ano, pairava ali, chave no ar, na mão, constando-se de tranquilo terremoto. — Eu? Estou esperando a vez da minha casa passar, para poder abrir... *Meteram-no a dentro.*

E, forçando a porta do velho elevador, sem notar que a cabine se achava parada lá por cima, caiu no poço. Nada quebrou. Porém: — Raio de ascensorista! Tenho a certeza que disse: — Segundo andar!

E, desistindo do elevador, embriagatinhava escada acima. Pôde entrar no apartamento. A mulher esperava-o de rolo na mão. — Ah, querida! Fazendo uns pasteizinhos para mim? — *o Chico se comoveu.*

E, caindo em si e vendo mulher nenhuma, lembrou-se que era solteiro, e de que aquilo seriam apenas reminiscências de uma antiquíssima anedota. Chegou ao quarto.

Nós, os temulentos

Quis despir-se, diante do espelho do armário: — Que?! Um homem aqui, nu pela metade? Sai, ou eu te massacro!

E, avançando contra o armário, e vendo o outro arremeter também ao seu encontro, assestou-lhe uma sapatada, que rebentou com o espelho nos mil pedaços de praxe. — Desculpe, meu velho. Também, quem mandou você não tirar os óculos? — *o Chico se arrependeu.*

E, com isso, lançou; tumbou-se pronto na cama; e desapareceu de si mesmo.

O outro ou o outro

ALVAS OU SUJAS ARRUMAVAM-SE AINDA NA VÁRZEA as barracas, campadas na relva; diante de onde ia e vinha a curtos passos o cigano Prebixim, mão na ilharga. Devia de afinar-se por algum dom, adivinhador. Viu-nos, olhos embaraçados, um átimo. Sorria já, unindo as botas; sorriso de muita iluminação.

Seu cumprimento aveludou-se: — *"Saúdes, paz, meu gajão delegado…"* E pôs os olhos à escuta. Tio Dô retribuiu, sem ares de autoridade. Moço não feioso, ao grau do gasto, dava-se esse Prebixim de imediata simpatia. Além de calças azuis de gorgorão, imensa a cabeleira, colete verde — o verde do pimentão, o verde do papagaio.

Não impingia trocas de animais, que nem o cigano Lhafôfo e o cigano Busquê: os que sempre expondo a basbaques a cavalhada, acolá, entre o poço do corguinho e o campo de futebol. Tampouco forjicava chaleiras e tachos, qual o cigano Rulú, que em canto abrigado martelava no metalurgir. E era o que me atraía em Prebixim, sem modelo nem cópia, entre indolências e contudo com manhas sinceras, arranjadinho de vantagens.

Dissera-me: — *"Faço nada, não, gajão meu amigo. Tenho que tenho só o outro ofício…"* — berliquesloques. E que outro ofício seria então esse? — *"É o que não se vê, bah, o de que a gente nem sabe."* Prebixim falara completo e vago. Estúrdio. O obscuro das ideias, atrás da ingenuidade dos fatos. — *"Nem a pessoa pega aviso ou sinal, de como e quando o está cumprindo…"* O contrário do contrário, apenas.

Tio Dô vinha a sabendas, porém, sob dever de lei, não a especular ofícios desossados. Dizia-os: — *"Mariolas. Mais inventam que entendem."* Instruía-me do malconceito deles, povo à toa e matroca, sem acato a quaisquer meus, seus e nossos, impuros de mãos.

Do Ão, por exemplo, chegara mensageiro secreto, recém-quando. Caso de furto. E tendo eles arranchado lá — por malino acréscimo de informação. Estes mesmos, no visível espaço: as calins que cozinhavam ou ralhavam na gíria gritada, o cigano Roupalimpa passando montado numa mula rosilha, as em álacre vermelho raparigas buena-dicheiras. Loucos, a ponto de quererem juntas a liberdade e a felicidade.

Tio Dô ia agir, com prazo e improrrôgo. Ele pesava tristonho, na ocasião; não pela diligência de rotina, mas por fundos motivos pessoais. Eu também. Fitávamos as barracas, sua frouxa e postiça arquitetura. A gente oscila, sempre, só ao sabor de oscilar. Ainda mal que, no lugar, a melancolia grassava.

Tio Dô disse-lhe: — *"Amigo, vamos abrir o A?"*

Prebixim elevou e baixou os braços — o colete de pessoa rica. — *"Meu gajão delegado… Sou não o capitão-chefe. Coisa de borra que sou… Que é que eu tenho comigo?"* — questão contristada, estampido de borboleta em hora de trovão.

— *"Você é o calão nosso amigo."*

Prebixim contramoveu-se, relançou-me um olhar. Aprumara seu eixo vertebral, sorria por todos os distritos do açúcar.

— *"Você hoje está honesto?"* — Tio Dô aumentou.

— *"Hi, gajão meu delegado… Mesmo ontem, se Deus quiser… Deus e o meu São Sebastião!…"* Assentia fácil e automático, como os ursos; dele emanava porém uma boa-vontade muito sutil, serenizante.

— *"Pois, olhe, estão faltando coisas…"*

Nenhum oh, nem um ah. — *"Quand'onde?"* — fez. Sério. Dera um espirro para trás? As barracas eram quase todas cônicas, como *wigwams*, uma apenas trapezoidal, maior, em feitio de barracão, e outra pavilhãozinho redondo, miniatura de circo. — *"Lilalilá!"* — um chamado alto de mulher, com três sílabas de oboé e uma de rouxinol.

— *"No Ão"* — Tio Dô quebrou a pausa, homem de bom entendimento.

— *"Esta, agora!"* — e o outro balançou, sabiamente sucumbido; já era a virtude em ato, virtude caída do cavalo. Mas simples sem cessar, na calma e paz, que irradiava, felicidade na voz.

— *"Essas ideias enchendo as cabeças…"* — falou, a si, sem sentir-se da sobrevença no que lhe dizia desrespeito. Tio Dô o encarava, compacto complacente. Prebixim desenhou no ar um gesto de príncipe. — *"Ó tamanho de diabo!"* — falara a ponto, de suspiro a solução. Pedia espera, meio momento. Fazia vista.

E já lá: — *"Ú, ú, ú!"* — convocava os outros, cataduras, o cigano Beijú, capitão, o cigano Chalaque, de bigodes à turca ou búlgara. Debatiam, em romenho, dando-se que ásperos, de se temer um destranque. Calavam ora em acordo, entravam a uma das barracas.

Tio Dô olhara aquilo e contemplara. — *"Podia ser tocador de sanfona..."* — comentou, piscou amistoso.

— *"Tenho em mercê..."* — Prebixim, bizarro, cavalheiro, entregava a Tio Dô o relógio de prata, como se fosse um presente. — *"É fifrilim, coisa de nada..."* — calava o que dava, com modéstia e rubor. Outros objetos ainda restituía; oferecia-os, novo e honesto feito alface fresca.

Entressorriram-se ele e Tio Dô, um a par do outro, ou o que um sábio entendendo de outro. — *"Eta! eta! eta!"* — coro: as mulheres aplaudiam a desfatura, com mais frases em patoá. Ele era delas o predileto. Meninos pulavam por todos os lados. Passou-me um elefante pelo pensamento. Tio Dô tossiu, para abreviar o instante.

— *"Saúdes, estar..."* — e Prebixim curvava-se, cruzadas rápidas as pernas, no se despedir, demais, por ter cabeça leve, a fina arte da liberdade.

Mais paz, mais alma, de longe ainda olhávamos, aquelas barracas no capim da vargem. — *"O ofício, então, era esse?"* — falei, tendo-me por tolo.

Ave, que não. Devia de haver mesmo um outro, o oculto, para o não-simples fato, no mundo serpenteante. Tinha-o, bom, o cigano Prebixim, ocupação peralta. Ele, lá, em pé, captando e emitindo, fagulhoso, o quê — da providência ou da natureza — e com o colete verde de inseto e folha.

Dizia nada, o meu tio Diógenes, de rir mais rir. Somente: — *"O que este mundo é, é um rosário de bolas..."* Fechando a sentença.

O outro ou o outro

Orientação

> — *Uê, ocê é o chim?*
> — *Sou, sim, o chim sou.*
>
> O CULE CÃO.

EM PURIDADE DE VERDADE; E QUEM VIU NUNCA TAL COISA? No meio de Minas Gerais, um joãovagante, no pé-rapar, fulano-da-china — vindo, vivido, ido — automaticamente lembrado. Tudo cabe no globo. Cozinhava, e mais, na casa do Dr. Dayrell, engenheiro da Central.

Sem cabaia, sem rabicho, seco de corpo, combinava virtudes com mínima mímica; cabeça rapada, bochêchas, o rosto plenilunar. Trastejava, de sol--nascente a vice-versa, sério sorrisoteiro, contra rumor ou confusão, por excelência de técnica. Para si exigia apenas, após o almoço, uma hora de repouso, no quarto. — "*Joaquim vai fumar…*" — cigarros, não ópio; o que pouco explicava.

Nome e homem. Nome muito embaraçado: Yao Tsing-Lao — facilitado para Joaquim. Quim, pois. Sábio como o sal no saleiro, bem inclinado. Polvilhava de mais alma as maneiras, sem pressa, com velocidade. Sabia pensar de-banda? Dele a gente gostava. O chinês tem outro modo de ter cara.

Dr. Dayrell partiu e deixou-o a zelar o sítio da Estrada. Trenhoso, formigo, Tsing-Lao prosperou, teve e fez sua chácara pessoal: o chalé, abado circunflexo, entre leste-oeste-este bambus, árvores, cores, vergel de abóboras, a curva ideia de um riacho. Morava, porém, era onde em si, no cujo caber de caramujo, ensinada a ser, sua pólvora bem inventada.

Virara o Seô Quim, no redor rural. A mourejar ou a bizarrir, indevassava-se, sem apoquenturas: solúveis as dificuldades em sua ponderação e aprazer-se. Sentava-se, para decorar o chinfrim de pássaros ou entender o povo passar. Traçava as pernas. Esperar é um à-toa muito ativo.

E — vai-se não ver, e vê-se! Yao o china surgiu sentimental. Xacoca, mascava lavadeira respondedora, a amada, pelo apelido Rita Rola — Lola ou Lita, conforme ele silabava, só num cacarejo de fé, luzentes os olhos de ponto-e-vírgula. Feia, de se ter pena de seu espelho. Tão feia, com fossas nasais. Mas, havido o de haver. Cheiraram-se e gostaram-se.

De que com um chinês, a Rola não teve escrúpulo, fora ele de laia e igualha — pela pingue cordura e façatez, a parecença com ninguém. Quim olhava os pés dela, não humilde mas melódico. Mas o amor assim pertencia a outra espécie de fenômenos? Seu amor e as matérias intermediárias. O mundo do rio não é o mundo da ponte.

Yao amante, o primeiro efeito foi Rita Rola semelhar mesmo Lola-a-
-Lita — desenhada por seus olhares. A gente achava-a de melhor parecer, senão formosura. Tomava porcelana; terracota, ao menos; ou recortada em fosco marfim, mudada de cúpula a fundo. No que o chino imprimira mágica — vital, à viva vista: ela, um angu grosso em fôrma de pudim. Serviam os dois ao mistério?

Ora, casaram-se. Com festa, a comedida comédia: nôivo e nôiva e bolo. O par — o compimpo — til no i, pingo no a, o que de ambos, parecidos como uma rapadura e uma escada. Ele, gravata no pescoço, aos pimpolins de gato, feliz como um assovio. Ela, pomposa, ovante feito galinha que pôs. Só não se davam o braço. No que não, o mundo não movendo-se, em sua válida intraduzibilidade.

Nem se soube o que se passaram, depois, nesse rio-acima. Lolalita dona-de-casa, de panelas, leque e badulaques, num oco. Quim, o novo-
-casado, de mesuras sem cura, com esquisitâncias e coisinhiquezas, lunático-
-de-mel, ainda mais felizquim. Deu a ela um quimão de baeta, lenço bordado, peça de seda, os chinelinhos de pano.

Tudo em pó de açúcar, ou mel-e-açúcar, mimo macio — o de valor lírico e prático. Ensinava-lhe liqueliques, refinices — que piqueniques e jardins são das mais necessárias invenções? Nada de novo. Mas Rola-a-Rita achava que o que há de mais humano é a gente se sentar numa cadeira. O amor é breve ou longo, como a arte e a vida.

De vez, desderam-se, o caso não sucedeu bem. O silêncio pôde mais que eles. Ou a sovinice da vida, as inexatidões do concreto imediato, o mau-
-hálito da realidade.

Rita a Rola, se assustou, revirando atrás. Tirou-se de Quim, pazpalhaço, o dragão desengendrado. Desertou dele. Discutiam, antes — ambos de cócoras; aquela conversação tão fabulosa. E nunca há fim, de patacoada e hipótese.

140 *João Guimarães Rosa*

Rola, como Rita, malsinava-o, dos chumbos de seu pensamento, de coisa qual coisa. Chamou-o de pagão. Dizia: — "*Não, sou escrava!*" Disse: — "*Não sou nenhuma mulher-da-vida…*" Dizendo: — "*Não sou santa de se pôr em altar.*" De sínteses não cuidava.

Vai e vem que, Quim, mandarim, menos útil pronunciou-se: — "S*im, sim, sei…*" — um obtempero. Mais o: — "*T's, t's, t's…*" — pataratesco; parecia brincar de piscar, para uma boa compreensão de nada. Falar, qualquer palavra que seja, é uma brutalidade? Tudo tomara já consigo; e não era acabrunhável. Sínico, sutilzinho, deixou-lhe a chácara, por polidez, com zumbaia. Desapareceu suficientemente — aonde vão as moscas enxotadas e as músicas ouvidas. Tivessem-no como degolado.

Rita-a-Rola, em tanto em quanto, apesar de si, mudara, mudava-se. Nele não falava; muito demais. — "*De que banda é que aquela terra será?*" Apontou-se-lhe, em esmo algébrico, o rumo do Quim chim, Yao o ausente, da Extrema-Ásia, de onde oriundo: ali vivem de arroz e sabem salamaleques.

Aprendia ela a parar calada levemente, no sóbrio e ciente, e só rir. Ora quitava-se com peneiradinhas lágrimas, num manso não se queixar sem fim. Sua pele, até, com reflexos de açafrão. — "*Tivesse tido um filho…*" — ao peito as palmas das mãos.

Outr'algo recebera, porém, tico e nico: como gorgulho no grão, grão de fermento, fino de bússola, um mecanismo de consciência ou cócega. Andava agora a Lola Lita com passo enfeitadinho, emendado, reto, proprinhos pé e pé.

Orientação   141

Os três homens e o boi dos três homens que inventaram um boi

PONHA-SE QUE ESTIVESSEM, À BARRA DO CAMPO, de tarde, para descanso. E eram o Jerevo, Nhoé e Jelázio, vaqueiros dos mais lustrosos. Sentados vis-a--visantes acocorados, dois; o tércio, Nhoé, ocultado por moita de rasga-gibão ou casca-branca. Só apreciavam os se-espiritar da aragem vinda de em árvores repassar-se, sábios com essa tranquilidade.

Então que, um quebrou o ovo do silêncio: — *"Boi…"* — certo por ordem da hora citava caso de sua infância, do mundo das invenções; mas o mote se encorpou, raro pela subiteza.

— *"Sumido…"* — outro disse, de rês semi-existida diferente. — *"O maior"* — segundo o primeiro. — *"… erado de sete anos…"* — o segundo recomeçou; ainda falavam separadamente. Porém: — *"Como que?"* — de detrás do ramame de sacutiaba Nhoé precisou de saber.

— *"Um pardo!"* — definiu Jelázio. — *"… porcelano"* — o Jerevo ripostou. Variava cores. Entanto, por arte de logo, concordaram em verdade: seria quase esverdeado com curvas escuras rajas, *araçá* conforme Jelázio, *corujo* para o Jerevo, pernambucano. Dispararam a rir, depois se ouvia o ruidozinho da pressa dos lagartos.

— *"Que mais?"* — distraía-os o fingir, de graça, no seguir da ideia, nhenganhenga. De toque em toque, as partes se emendavam: era peludo, de desferidos olhos, chifres descidos; o berro vasto, quando arruava — mongoava; e que nem cabendo nestes pastos…

Assim o boi se compôs, ant'olhava-os. Nhoé quis que se fossem dali — por susto do real, ciente de que com a mulher do Jerevo Jelázio vadiava — ele houve um pensamento mau, do burro da noite.

De em diante, no campeio, entre os muitos demais, nem deviam de lembrar a fiada conversa. Senão que, reunidos, arrumavam prosa de gabanças e proezas, em folga de rodeio vaquejado; então por vantagem o Jerevo e Jelázio afirmaram: de vero boi, recente, singular, descrito e desafiado só pelos três.

Se alguém ouviu o visto, ninguém viu o ouvido — tinham de desacreditar o que peta, patranha, para se rir e rir mais — o reconto não fez rumor. Mas o Nhoé se presenciava, certificativo homem, de severossimilhanças; até tristonho; porque também tencionava se recasar, e agora duvidava, em vista do que com casados às vezes se dá, dissabôres.

Ante ele, mudaram de dispor, algum introduzindo que quiçás se aviesse de coisa esperta, bicho duende, sombração; nisso podiam crer, o vento no ermo a todos concerne. O Boi tomava vulto de fato, vice-avesso. Nhoé porém mexeu ombros, repelia o dito. Não achava cautela em dar fiança àquela pública notícia, lá, na que de riquíssimo fazendeiro Queiroz — fazenda Pintassilga — no Urucuia Superior.

De feito, se aviavam mais em crédito e fé os três, amigos. De bandeados lidar ou pousar buscavam toda maneira, nesse meio-mundo, por secas e tempos-das-águas. O Jerevo tinha casa, a mulher dele cozia arroz-com-pequi, ela era de simpatia e singeleza sem beleza, rematava pelo meio dos cabelos o vermelho do lenço, instruía-os de estroinas novidades: que, por aí, reinava uma guerra, drede iam remeter para lá a mocidade, o mar, em navio. De tudo Nhoé delongava opinião, pontual no receio; ainda bem que o escrúpulo da gente regra as quentes falsidades.

— *"Sai, boi!"* — ela troçava mistério deles, do que fino se bosquejava. *O Boi bobo* — de estatura. Vai, caprichou Jelázio de arrenegar essa lembrança, joça. Sisudos, os outros dois se olhavam, comunheiros, por censuração. Mas depois o Jerevo e Jelázio falavam de suas mães e meninices e terras, daquilo Nhoé ouvindo mais o modo que a parla. No de-dentro, as criaturas todas eram igualadas; no de-fora, só por não perceberem uns dos outros o escondido é que venciam conviver com afetos de concórdia.

Por maneira que de febres a mulher do Jerevo faleceu, eles retornavam do enterro, em conta a tarde chovida de feia, em caminho bastante se enlameavam, esmoreceram, para beber e esperar. Então, podiam só indagar o que do Boi, repassado com a memória. Não daquele, bem. Mas, da outrora ocasião, sem destaque de acontecer, senão que aprazível tão quieta, reperfeita, em beira de um campo, quando a informação do Boi tinha sobrevindo, de nada, na mais rasa conversa, de felicidade. Daí, mencionavam mais nunca o referido urdido — como não se remexe em restos.

De certo modo. Mais para diante, o Jelázio morreu, com efeito, inchado dos rins, o espírito vertido. — *"Só a palma do casco…"* — e riu, sem as recorridas palavras. Nhoé e o Jerevo se riam também, desses altos rastros do Boi, em ponto de pesares. Outras coisas eram boas; outras, de nem não nem sim, mas sendo.

Demais, quando foi da peste no gado de todas as partes, o Jerevo avisou decisão: que se removia, para afastado canto, onde homem cobrava melhores pagas. Nhoé rejeitou ir junto, nem pertencia a outros lados diversos — saudoso somente daquele dia de enterro, dela, os três, a chuva, a lama, à congraça, em entremeio de sofrimento.

Tão cedo aqui as coisas arrancavam as barbas. O fazendeiro ensandecendo, diligenciou em vão de matar filhos e mulher, cachorros, gatos. Nem era rico, nenhum, se soube. O povo depôs que a extravagância dele procedia do sol, do solcris eclipse, que se deu, mediante que vindo até desconhecidos estrangeiros, para ver, da banda de Bocaiúva. Somenos as mulheres, de luto, agora ali regiam, prosseguidamente, na fazenda Pintassilga.

Nhoé demudava a cabeça, sem desmazelar, por bambeio, desagradado. Recurvado. Perfazia tenção em gestos. Tanto não sendo. Sem poder — nas mãos e calos do laço. Que é que faz da velhice um vaqueiro? Tirava os olhos das muitas fumaças. Todo o mundo tem onde cair morto. Achou de bom ir embora.

Voltava para conturva distância, pedindo perdão aos lugares. Será que lá ainda com parentes, ele se penava de pobre de esmolas. Chegou a uma estranhada fazenda, era ao enoitecer, vaqueiros repartidos entre folhagens de árvores. — *"O senhor que mal pergunte…"* — queriam que ao rol deles entrasse. — *"A verdade que diga…"* — vozes pretas, vozes verdes, animados de tudo contavam. Dava nova saudade. Ali, às horas, ao bom pé do fogo, escutava… Estava já nas cantiguinhas do cochilo.

Refalavam de um boi, instantâneo. Listrado riscado, babante, façanhiceiro! — que em várzeas e glória se alçara, mal tantas malasartimanhas — havia tempos fora. Nhoé disse nada. O que nascido de chifres dourados ou transparentes, redondo o berro, a cor de cavalo. Ninguém podia com ele — o Boi Mongoavo. Só três propostos vaqueiros o tinham em fim sumetido…

Tossiu firme o velho Nhoé, suspirou se esvaziando, repuxou sujigola e cintura. Se prazia — o mundo era enorme. Inda que para o mister mais rasteiro, ali ficava, com socorro, parava naquele certo lugar em ermo notável.

Os três homens e o boi   145

Palhaço da boca verde

Só o amor em linhas gerais infunde simpatia e sentido à história, sobre cujo fim vogam inexatidões, convindo se componham; o amor e seu milhão de significados. Assim, quando primeiro do mesmo se tem direta notícia, viajava o protagonista, de trem, para Sete-Lagoas. Ele queria conversar com uma mulher.

Ano ou meses antes, lembre-se, desfizera-se na região, por óbito de T. N. Ruysconcellos, empresário e dono, o Circo Carré, absorvidos reportavelmente por outro, o Grande Circo Hânsio-Europeu, dos Mazzagrani, o material e mor parte dos artistas. X. Ruysconcellos, que naquele se afamara como o *clown* Ritripas ou "Dá-o-Galo", parecia deixado então do mister circense. Distinguia-se ainda moço, tão bem vestido quanto comedido, nem alegre nem triste, apenas o oposto; bebia, devagar, sem se inebriar.

Vir a falar com aquela mulher oferecia-se seu problema; viver sem precisar de milagres seria lúgubre maldição. Ela na ocasião sendo mulher pública aliás, mas singular do comum, mesmo no nome de guerra não usar, senão o próprio, civil, mais ou menos espanhol, de Mema Verguedo; e, talvez com receio ou por ira no peito, negava-se à conversação: a respeito de outra — Ona Pomona.

Ruysconcellos não ia durar. — *Toda hora há moribundos nascendo...* — quase se desculpava, inculcava-se firmeza. — *Se bons e maus acabam do coração ou de câncer, concluo em mim as duas causas...* — e coçava-se a raiz do nariz, isto é, o hilo dos óculos. Mesmo nesses assuntos, pedia a máxima seriedade. Método, queria. Macilento, tez palhiça, cortada a fala de ofegos, mostrava indiferença ao escárnio, a dos condenados.

Mas buscava toda cópia de informação, sobre Ona Pomona, casada e remota no mundo, no México, na Itália. Mema apenas o inteiraria disso, de Ona Pomona tinha sido a amiga. Uma se fora com o Circo Europeu, a outra se refugiara em prostíbulo. Ele esperava, insistia, não podia sair da cidade.

Mema desatendia recados. — *Tranquilo esteja!* — re-vezes caminhava no quarto, rapariga alongada e mate, com artes elásticas, de contornos secos recortados. — *Se quiser, venha — como os outros!...* pelo passatempo, não para

Palhaço da boca verde 147

indagação em particular. — *Se bem, bem, logo, logo…* Estava ali com extraordinária certeza; dela de alguma maneira contudo se intimidavam os homens, era o seu o ar dos sombrios entre as dobras de uma rosa.

Mentido o modo, proferia: — *Cuquito!* — por carinho ou desdém. Nada os aproximara, aventura nem namoro. — *Sei, nunca me viu…* palhaços só notassem a multidão, não dividiam picadeiro, camarim, plateia. Sorria contrária — toda em ângulos a superfície do rosto — o nariz afirmativo, o queixo interrogador. O que não dizia era ter, escondida, a mala, que lhe não pertencia; e cujo conteúdo não descobrira a ninguém.

Entrado ao trem da paciência, Ruysconcellos lia, relia à-toa jornais, sem saltar palavra ou página. — *Já vi um homem se afundar e desaparecer dentro de par de sapatos…* — tirou os óculos e se acariciava os olhos com as pontas dos dedos. Tinha de Ona Pomona um retrato, queria entender o avesso do passado entre ambos, estudadamente, metia-se nessa música, imagem rendada; o que a música diz é a impossibilidade de haver mundo, coisas. — *Inútil…* a lucidez — está-se sempre no caso da tartaruga e Aquiles.

Dobrou com distraído cuidado a foto — onde Mema via-se também — partiu-a, ainda mais minucioso, destruindo daí essa outra e errada metade. Maldade nele no momento acaso surgisse, em seu siso, uma ameaça a Mema. De vez em nada, tragava gole. Do alvaiadado Ritripas nem lhe restassem mínimos gestos.

Mema, a ela não deixava de voltar quem vez a pressentisse, como num caroço de pêssego há sobrados venenos, como a um vinagre perfumoso. — *Ele nunca teve graça, o que divertia era seu excesso de lógica…* — tossiu, por nojo. O que ele imaginava, de amor a Ona Pomona, seria no mero engano, influição, veneta. Sob outra forma: não amava. — *Ele não quer ser ele mesmo…* — Mema entredisse, em enfogo, frementes ventas — como se da vida alguma verdade só se pudesse apreender através de representada personagem.

Simples escorrida se estreitava no rosa-chá vestido, o amarelo é difícil e agudo. Sem vagar, fumava, devia de não comer e ter febre. Sua maior escuridão estava nas mãos. Abriu aquela mala — em que retinha o que de "Dá-o-Galo" do Circo Carré: narizes de papelão postiços ou reviradas pontas de cera, tintas para a cara, sapatanchas, careca-acrescente, amplas bufonas coloridas.

Vindo de São Paulo o secretário do Circo Américas, papéis na pasta, gravata borboleta, trazia a Ruysconcellos empenhada oferta, em vão. Soubesse de Ona Pomona similar à água e à seda? Do azul em que as coisas se perdem e perduram? Intercedendo, procurou então Mema, propôs também engajá-la, com o jeito de tísica. — *Ele não vai!* — ela tresconversou, em rebelia, quisesse com as levantadas mãos tapar quaisquer alheios olhos.

Ruysconcellos dissera somente a necessária recusa. — *Cuspes de dromedário!* — até nisso: praguejava com gentileza. Deu-lhe o pó de palidez, esverdeando-se por volta dos lábios.

— *Vê?* — o retrato, — a parte que guardara. Era o de Mema... E, então, fora o de Ona o rasgado, aconteceu'que, erro, como pudera?! Fez a careta involuntária: a mais densa blasfêmia. Estava sem óculos; não refabulava. Era o homem — o ser ridente e ridículo — sendo o absurdo o espelho em que a imagem da gente se destrói. Disse: — *Só o moribundo é onipotente* —; a disfarça. Xênio Ruysconcellos, o álcool não lhe tirava o senso de seriedade e urgência. De pé, implorava, falando em aparte.

Tartamudo: — ... *nona... nopoma... nema...* — e rir é sempre uma humildade. Mema desatinada escrevera-lhe, insultos. Em fúria, não ouviria ela seu primeiro rogo?

Mema mordida escutou o enviado apelo, apagada a acentuação do rosto. — *Ele precisa de dinheiro, de ajuda?!* — e seu pensamento virava e mexia, feito uma carne que se assa. — *Que venha...* — de repente chorou, fundo, como se feliz — ... *para o que quiser.* Ela estava ali com muita verdade, cheirava a naftalina ou alfazema. O vento acaba sempre depois de alguma coisa que não se sabe.

De dia, de fato, tiveram de romper a porta, havido alvoroço. Na cama jazendo imorais os corpos, os dois, à luz fechada naquele quarto. A morte é uma louca? — ou o fim de uma fórmula. Mas todos morrem audazmente — e é então que começa a não-história.

Falso e exagerado quase tudo o que a respeito se propalou; atesta-se porém que ele satisfeito sucumbiu, natural, de doença de Deus. Mema após, decerto, por própria vontade. Nem foi ele o encontrado em festa de vestes, melhor dizendo estivesse sem roupa qualquer; tãopouco travestida ou empoada Mema, à truã, pintada, ultrajada. Infundado, pois, que saídos de arena ou palco na morte se odiassem. Enfim, podiam, achavam, se abraçavam.

Palhaço da boca verde

Presepe

Todos foram à vila, para missa-do-galo e Natal, deixando na fazenda Tio Bola, por achaques de velhice, com o terreireiro Anjão, imbecil, e a cardíaca cozinheira Nhota. Tio Bola aceitara ficar, de boa graça, dando visíveis sinais de paciência. Tão magro, tão fraco: nem piolhos tinha mais. Tudo cabendo no possível, teve uma ideia.

Não de primeira e súbita invenção.

Apreciara antes a ausência de meninos e adultos, que o atormentavam, tratando-o de menos; dos outros convém é a gente se livrar. Logo, porém, casa vazia, os parentes figuravam ainda mais hostis e próximos. A gente precisa também da importunação dos outros. Tio Bola, desestimado, cumpria mazelas diversas, seus oitenta anos; mas afobado e azafamoso. Quis ver visões.

Seu espírito pulou tãoquanto à vila, a Natal e missa, aquela merafusa. Topava era tristeza — isto é, falta de continuação. Por que é que a gente necessita, de todo jeito, dos outros? Velho sacode facilmente a cabeça. A ideia lhe chegou então, fantasia, passo de extravagância.

— *"Mecê não mije na cama!"* — intimara a Nhota, quando, comido o leite com farinha, ele fingia recolher-se. Não cabia no quarto. Natal era noite nova de antiguidade. Tomou aviso e voltou-se: estafermado, no corredor, o Anjão fazia-lhe pelas costas gesto obsceno. Ordenou-lhe então — trouxesse ao curral um boi, qualquer!

Saiu o Anjão a obedecer, gostava do que parecesse feitiço ou maldade. E no pequeno cercado estava já o burro chumbo, de que os outros não tinham carecido. Sem excogitamento, o burrinho dera a Tio Bola o remate da ideia.

Lá fora o escuro fechava. O Anjão no pátio acendera fogo, acocorava-se ante chama e brasa. Esse se ria do sossego. Também botara milho e sal no cocho, mandado. Natal era animação para surpresas, tintins tilintos, laldas e loas! O burro e o boi — à manjedoura — como quando os bichos falavam e os homens se calavam.

Nhota, em seus cantos, rezava para tomar ar, não baixando minuto, e tudo condenava. Tio Bola esperava que o Anjão se fosse, que Nhota não tossisse mas adormecesse. Estava de alpercatas, de camisolão e sem carapuça, esticando à janela pescoço e nariz, muito compridos. Os currais todos ermos, menos aquele... Tremia de verdade.

Veio, enfim, à sorrelfa; a horas. Pelas dez horas. Queria ver. Devagar descera, com Deus, a escada. Burro e boi diferençavam-se, puxados da sombra, quase claros. Paz. Sem brusquidão nem bulir: de longe o reconheciam.

Os olhos oferecidos lustravam. *Guarani*, boi de carro, severo brando. *Jacatirão*, prezado burrinho de sela. Tio Bola tateou o cocho: limpo, úmido de línguas. Empinou olhar: a umas estrelas miudinhas. Espiou o redor — caruca — que nem o esquecido, em vivido. Tio Bola devia de distrair saudades, a velhice entristecia-o só um pouco. Riu do que não sentiu; riu e não cuspiu. Estava ali a não imaginar o mundo.

Por um tempo, acostumava a vista.

Nhota dormia, agora, decerto; até o Anjão. Os outros, no Natal, na vila, semelhavam sempre fugidos... Quem vinha rebater-lhe o ato, fazer-lhe irrisão? De anos, só isto, hoje somente, tinha ele resolvido e em seu poder: a Noite, o curralete, cheiro de estercos, céu aberto, os dois dredemente — gado e cavalgadura. Boi grosso, baixo, tostado, quase rapé. Burro cor de rato. Tão com ele, no meio espaço, de-junto. Caduco de maluco não estava. Não embargando que em espírito da gente ninguém intruge. Apoiou-se no topo do cocho. Bicho não é limpo nem sujo. Ia demorar lá um tanto. Só o viço da noite — o som confuso?

O Anjão, rondava. Nhota, também, com luz em castiçal, corria a casa; não chamava alto, porque lá a doença não lhe dava fôlego. Turro, o boi ainda não se deitara, como eles fazem — havia de sentir falta do *Guaraná*, par seu de junta. Burro não deita: come sempre, ou para em pé, as horas todas. A gente podia esperar, assim como eles, ocultado num ponto do curral. Tudo era prazo.

Deitava-se no cocho? Não como o Menino, na pura nueza... O voo de serafins, a sumidez daquilo. Mas, pecador, numa solidão sem sala. E um tiquinho de claro-escuro. Teve para si que podia — não era indino — até o vir da aurora. Que o achassem sem tino perfeito, com algum desarranjo do juízo!

Tão gordo fora; e, assim, como era, tinha só de deixar de fora seus rústicos cotovelos. Agora, o comichar, uma coceira seca. Viu o boi deitar-se também — riscando primeiro com a pata uma cruz no chão, e ajoelhando-se — como eles procedem. O mundo perdeu seu tique-taque. Tombou no quiquiri de um cochilo. Relentava. Ouviu. O Anjão estava ali, no segundo curral, havia coisa de um instante.

Que se aquietasse, pelo prazo de três credos.

Manteve-se. A hora dobrou de escura. Meia-noite já bateu? Abriu olhos de caçador. Dessurdo, escutou, já atilando. Um abecê, o reportório. Essas estrelas prosseguiam o caminhar, levantadas de um peso. Fazia futuro. *O contrário do aqui não é ali...* — achou. O boi — testo lento, olhos redondos. O burrinho, orelhas, fofas ventas. Da noite era um brotar, de plantação, do fundo. A noite era o dia ainda não gastado. Vez de espertar-se, viver esta vida aos átimos... Soporava. Dormiu reto. Dormindo de pés postos.

Acordou, no tremeclarear. Orvalhava. A Nhota dormia também, ali, sentada no chão, sem um rezungo. O Anjão, agachado, acendera um foguinho. Conchegados, com o boi amarelão e o burro rato, permaneciam; tão tanto ouvindo-se passarinhos em incerta entonação.

A estrela-d'alva se tirou. Já mais clareava. As pretas árvores nos azulados... O Anjão se riu para o sol. Nhota entoava o *Bendito,* não tinha morrido. Cantando o galo, em arrebato: a última estrelinha se pingou para dentro.

Tio Bola levantou-se — o corpo todo tinha dor-de-cabeça. Deu ordens, de manhã, dia: o Anjão soltasse burro e boi aos campos, a Nhota indo coar café. Os outros vinham voltar, da vila, de Natal e missa-do-galo. Tio Bola subiu a escada, de camisolão e alpercatas, sarabambo, repetia: — *"Amém, Jesus!"*

Presepe   153

Quadrinho de estória

A QUALQUER MULHER QUE AGORA VEM e está passando é uma do vestido azul, por exemplo, nova, no meio do meio-dia, no foco da praça. Todo-o-mundo aqui a pode ver — para que? — cada um de seu modo e a seu grau. Mais, vê-a o homem, mãos vazias e pássaros voando, cara colada às grades.

Só em falsificado alcance a apreende, demarcada por imaginário compartimento, como o existir da gente, pessoa sozinha numa página. Ela não se volta, ondulável de fato se apresse, para distância. Vexa-a e oprime-a a fachada defronte, que dita tristeza, uma cadeia é o contrário de um pombal; recorde, aos despreocupados, em rigor, a verdade.

Construção alguma vige porém por si triste, nem a do túmulo, nem a da choupana, nem a do cárcere. Importe lá que a mulher divise-se parada ou caminhando. De seu caixilho de pedra e ferro o olhar do homem a detém, para equilíbrio e repouso, encentrada, em moldura. Seja tudo pelo amor de viver.

A vida, como não a temos.

Aqui insere o sujeito em retângulo cabeça humana com olhos com pupilas com algo; por necessitar, não por curiosidade. Via, antemão, a grande teia, na lâmpada do poste, era de uma aranha verde, muito móvel, ávida. De redor, o pouco que repetidamente esperdiça-lhe a atenção: nuvens ultravagadas, o raio de sol na areia, andorinhas asas compridas, o telhado do urubu pousado; dor de paisagem. O céu, arquiteto. Surgindo e sumindo-se rua andantes vultos, reiterantes. A vida, sem escapatória, de parte contra parte.

Ele espia, moço que se notando bem, muito prisioneiro, convidado ao desengano. Espreita as fora imagens criaturas: menino, valete, rei; pernas, pés, braços balançantes, roupas; um que a nenhum fulanamente por acaso se parece; o que recorda não se sabe quando onde; o homem com o pacote de papel cor-de-rosa. Ora — ainda — uma mulher. A figura no tetrágono.

A do vestido azul, esta, objeto, no perímetro de sua visão, no tempo, no espaço. Desfaz o vazio, conforma o momentâneo, ocupa o arbitrário segmento, possível. Opõe-se, isolante, ao que nele não acontece, em seu foro interno; e reflexos nexos. Apenas útil. Não ter mais curiosidade é já alguma coisa.

O preso a vê. Mas, transvista, por meio dela, uma outra — a que foi a — que nunca mais. Seu coração não bate agradecimentos.

Da que não existe mais, descontornada, nem pode sozinho lembrar--se, sufoca-o refusa imensidão, o assombro abominável. Ele é réu, as mãos, o hálito, os olhos, seus humanos limites; só a prisão o salve do demasiado. Sempre outra vez tem de apoiar, nas tão vivas, que passam, a vontade de lembrança dela, e contemplo: o mundo visto em ação. Assim a do vestido azul, em relevo, fina, e aí eis, salteada de perfil, como um retrato em branco, alheante, fixa no perpasso. Viver seja talvez somente guardar o lugar de outrem, ainda diferente, ausente. O sol da manhã é enganoso meio mágico, gaio inventa-se, invade a quadrada abertura por onde ele é avistado e vê, fenestreca. Era bom não chover.

Desde que diluz, tem ele de se prender ali mais, ante onde as repassantes outras mulheres, precisas: seus olhos respiram de as achar de vista. O sol se risca, gradeado, nasce, já nos desígnios do despenhadeiro. O absurdo. Pensa, às vezes, por descuido e espinho. A amava... — e aquilo hediondo sob instante sucedera! — então não há liberdade, por força menor das coisas, informe, não havia. A liberdade só pode ser de mentira.

A pequena fenda na parede sequestra uma extensão, afunda-a, como por um óculo: alvéolo. A do vestido azul nele entrepaira; espessa presença, portanto apenas visível. Assusta, a intransparência equívoca das pessoas, enviadas. Elas não são. A alma, os olhos — o amor da gente — apenas começam. O homem espia, dôidas as tardes.

Espera a brandura do cansaço. O sol morre para todos, o rubro. Entra o carcereiro, para correr os ferros. Diz: — *"Tomara que..."* — por costume. Deu-se o dia, no oblíquo anoitecer, fatos não interrompidos; as coisas é que estão condenadas. Tem-se o preso estendido, definido seu grabato, em contraquadro, dorme a sono solto.

Dês madrugar, forçoso pelo reabrir as pálpebras, ele se repete, para os quatro cantos da cela. Demais não se desprende de seu talhado posto, de enxergar, de nada. Vivem as mulheres, que passam, encerram o momento; delas nem adiantaria ter mais, descortinado, o que de antes e de depois, nem o tempo inteiro. Agora, a do vestido azul, esta. Ele não a matou, por ciúme...

À outra — que não existe mais — soltou-a: como a um brusco pássaro; não no claro mundo, confinada, sem certeza. Então, não existe prisão. O a que se condenou — de, juntos, não poder mais vir a acontecer — é como se todavia alhures estivesse acontecendo, sempre. Os dois. Ele, porém, aqui, desconhecidamente; esta a vermelha masmorra.

A de azul, aqui, avistada de lado, o ar dela em torno para roxo, entre muralhas não imagináveis. As pessoas não se libertam. O carcereiro é velho, com rumor, nada aprendeu a despertado dizer: — *"Tenho a chave…"* Se a visão cresce, o obstáculo é mutável. Ninguém quer nascer, ninguém quer morrer. Sejam quais o sol e céu, a palavra horizonte é escura.

Ou então.

Que ver — como bicho saído dos tampos da tristeza — ele quer; seus olhos perseguem. As quantas mulheres, outroutra vez, contra acolá o muro, vivas e quentes, o todo teatro. A de azul, agora, cabe para surpreendida através de intervalo, de encerro: seu corpo, seguridade imóvel — não desfeita — detardada.

Mas ele não pode querer; e só memória. O vão, por onde vê, recorta pedaço de céu, pelo meio a copa da árvore, o plano de onde as pessoas desaparecem, imediatas. Escuta os passos do soldado sentinela, são passadas mandadamente, sob a janela mesma, embora não se veja, não.

Se bem.

Ele não pode arrepender-se. Tanto nem saiba de um seu transformar--se, exato, lento, escuso. Essas mulheres, a de azul, que revêm, desmentem-se, para muito longas viagens. Daquela. A que a gente ama: viva vivente, que modo reavê-la? Ela, transeunte, não o amara, conseguidamente; ele não atenta arrepender-se, chorar seria como presenciar-se morrer.

Teme, sob tudo, improvisa, a descentrada extensão, extravagância. Amar é querer se unir a uma pessoa futura, única, a mesma do passado? Diz o carcereiro: — *"Há-de-o…"* Nada lhe vale. Só o cansaço — feito sobre si mesmo estivesse ele abrindo desmedidas asas — e os relógios todos rompendo por aí a fora.

Seu cluso é uma caixa, com ângulos e faces, sem tortuoso, não imóvel. Dorme, julgável, persuadido, o pseudopreso: o rosto fechado mal traduz o não-intento das sombras. Diz-se-lhe, porém, de fundo, o que ninguém sabe, sussurro, algo; a sorte, a morte, o amor — inerem-nos.

Sob sorrisos, sucessivos, entredemonstrados. Percebe, reconhece, para lá daqui, aquela, a jamais extinta, transiente, em dado lugar, nas vezes desse tempo? Ternura entreaberta, distinguível, indesconhecível: ela, em formato, em não azul, em oval.

Quadrinho de estória   157

Ele, seus traços ora porém se atormentam; no sonho, mesmo, vigia que vai despertar, lobriga. E teme, contrito, conduzido. À cara, ocorrem-lhe maquinais lágrimas, os olhos hodiernos. Entanto de novo se apazigua, um tanto, porventurosamente: para o amanhecer, apesar de tudo. A liberdade só pode ser um estado diferente, e acima. A noite, o tempo, o mundo, rodam com precisão legítima de aparelho.

Rebimba, o bom

RECERTO. QUEM FOI? Do qual só o todo pouco sei, porém, desfio e amostro, e digo. O que realça; reclara. Ou para rir, da graça que não se ache, do modo do que cabe no oco da mão, pingos primeiros em guarda-chuva. E eu mesmo me refiro: a ele. Reconheço, agradeço, desconheço. Em nome dele seja — sim e sim.

Porque, eu era moço, restei sem pai e mãe, só entre os poucos mal perdoados estranhos, quando varejou minha terra a bexiga-preta, acabando com as pessoas e as palavras. De de-pressas lágrimas, me entendo. Desde aí tive duas memórias.

Distribuíram então de eu vir, aonde se constava residido um tio meu, Joaquim José, incerto, mas capaz de me amparar, nestas montanhas chuvosas. Foi conforme viam que era preciso, eu estando premido de tosse, demais da febre permanecente, meio tísico. Minha mente se passava ainda perto dos mortos, medonhos de lembrar, o mundo não dá a ninguém inocência nem garantia.

Saúde de lugar aqui tão em ordem me molestou, eu gostava de ficar com a boca aberta. Entendi por que é que as pessoas nascem em datas separadas. Tirante a moça, que avistei, ao pé do chafariz, no vão de luz da tarde. Em bruscos de vergonha, duvidei. Mesmo para um desconhecido, eu desvalesse, sujo nos cansaços, soez, sem muda de camisa e calça. Do jeito, a mocinha trigueira contemplei: não a formosura, nem caridade, mas um agrado singular, o de que ela não causava prejudicar a ninguém. Depois figurei que era bonita, mais tarde.

Não havendo cá nenhum Joaquim José, com desconfianças me trataram, eu sem nem moeda em mão, para gastos. Detido no chão, em metade de choupana que o tempo abria, resolvi, ia me ficar jazido ali, eu não era para como viver, não sabia.

Mas, não se pode, porém, a fome começa, necessidades, profundo o corpo mesmo é incômodo, o viver vem é assim. Me levaram, aí, por regra, para a casa-dos-pobres, quem de mim veio cuidar foi o pai dela, caroável, o Daça; os olhos daquela moça tinham adivinhado de me acompanhar no particular de minhas aflições. Se chamava Cilda.

Ele falou, eu em febre, certas surdinas. Sem remédio nada estava, porque um homem havia, que ajudava geral. Só isso ele vem me disse, no desimpedido do ouvido, o Daça: que se podia ter amparo e concerto, por um Rebimba, o bom, parado em seu lugar, a-pique alto, no termo de estiradas léguas.

E não iam todos então a ele, rendedouro a agradecidos e ingratos, rico de beneficiar os desvalidos, da bondade que não piscava? — porém revolvi.

— "*Uns...*" — o Daça me enfronhou, assim logo ouvi com o coração, em face os rubores dela, a filha, cri. A alegria me conciliou, dito que os olhos ora me brilhavam. Tudo eu quisesse, o fervor, fato de vida. Rebimba, o bom, forte provedoria desse, e a mim, o mais precisado.

Saí, do frio para o quente, levantado sarado. Agora me viam correto, prestes iam arranjar para mim serviços leves, já no trato cordial. Devido ao Daça. Só que, de supetão, então, meu tio apareceu, me abraçou, nesses lumes de acaso. Negociante ele era, porém no outro, próximo arraial, porém por nome Aquino Jaques. Se não me achasse, não me via, se não me visse não me achava.

Trouxe do meu lado tanta mudança, no jogo da balança quinhoã, o tido consoante o querido.

Feliz perturbado virei, pude amornar lugar, viver a sabor. Tio Quim leal para mim, e a tia, quieta, maninha. E rareei. Esqueci, de tudo, muito; conforme o encargo da natureza.

Nos anos, me denuncio, cá mal vim, e Cilda quase nem vi, a que, em passado justo instante, me tinha notado rapaz de repente diverso, desfeito de maldades. Razoo o que põe o amor, que eu escuto. Ela persistida se crescia — como é como uma fruta azul a água fechada na cisterna.

Não valia pôr lembrança, porém, no Daça, que esmolara minha desgraça e baboseara inventado aquilo do Rebimba, o bom, me enganando, nas muitas imaginações. Ojeriza dele me desgostava, instinto de ingratidão, a foro e medida que eu melhorava e aumentava, mais ganhando, e não deixava de exceder o modo. Doer, qualquer cabeça pode. Daqui a futuro, eu indo, como quem viaja sem ver os lados.

Tio Quinjoca de fato morreu, conforme o destino produz, em paz, me deixou sócio, já encaminhado, medrado de fortuna. O que foi só ligeiro, porém, como sonho não se agarra, como perfumes passantes. Tudo o que era, eram dívidas e perdas, por trás, pagamentos obrigados em prazo, a gente ia quebrar falência, tive de ver o avesso. A verdade me adoeceu. A tia rezava à parte, não me aborrecia. Mas a hora da forca. Me lembrei da miséria, prostrado.

Mas, o bom, Rebimba! Maiormente, o melhor, em caso qualquer ele havia de me valer, eu soubesse, demorando o pensamento. Já valente me levantei, desassustado, achei a tramontana.

Aqui a Cilda, amorável, sempre de mim gostava, calada, à beira do chafariz, toda outrora. A gente se casou, pelo pai dela abençoados, de tão velhinho já caduco, o Daça, não contava mais nada de Rebimba, o bom, nem o nome do lugar onde esse parava, de tudo se esquecera. De fato, também logo ia morrer, com seus queridos cabelos brancos. A gente quer mas não consegue furtar no peso da vida.

Aquietado feliz, dobrei meus tempos, o comum, conforme nem se dá fé, no apropositar as coisas. De Rebimba, o bom, com ninguém mais conversei, o escondido.

Só às curtas vezes, sem detenças, fazia tenção de um dia ir lá, a ele, retamente, quando dúvida ou desar me apoquentavam; me animava de coragem esse recurso, adiante mas remoto, certo e velho como as ideias, alcançadiço.

Nem isso prossegui, por fim, eu, remisso; porque estando real fartado, prosperidoso. Cilda, minha mulher, arredava de mim o que de nosso canto não fizesse parte, os pontos da inquietação. Com doçuras.

Em tanto, pois, que, vinda a hora, por primeira vez ela me iludiu, fiquei viúvo. Esse, foi o sofrimento. Para o que assim, nem Rebimba, o bom, tinha socorro: o querido consoante o perdido. Eu acabei, de certo modo.

Não era só saudades. Nem o vezo descoroçoado das horas de antigamente, por baque de achaques e ilusão de terrores. Só se a gente tem dentro de si uma cobra grossa, serpente, que acorda, aperta e estragulha. Mais me perseguia o desconhecer do espírito.

Meus filhos e filhas não me traziam consolo. Nem a recordação de Cilda, tão honrosa, o Daça, tio Quim Joca, a Tia: para eles, todos, eu não tinha sido eu, devidamente, não pagara o bem com o bem, bastante. O mundo era para os outros, e nem sei se mesmo isto, de feder eu imaginava os existentes e os falecidos. Da bexiga-preta, tantos tão de repente amontoadamente mortos, as caras com apostemas e buracos. Disso, temi ficar louco. Dito que temia já o fétido de meu bafo.

Rebimba, o bom

No entanto, viajei, duro o caminho que era obrigação.

Daqui longemente, de volta passei por arraial chamado o Rio-do--Peixe, onde forte grave música se ouvindo, e procissão de gente caminhando, naquele alto lugar. Me cheguei, indaguei, escutei: se enterrava Rebimba, o bom, pessoa qualificada!

Ele estava público, guardado no caixão. Descobri a cabeça, acompanhei, também, por tudo solucei, eu, endoençamingas. Mas o povo ria, porém, ao tempo que choravam, por imponentes entusiasmos, por aquele homem ter havido e existido. Refalo. Só ele era bom, protetor de quem e quantos, da melhor sagacidade.

Sorri, ri, por o contrário de chorar, também. O que dura. Ora eu não tenha medo de morrer, os castigos, os hábitos. Salvadamente — em ovo. Porque envelheci, a vida não me puxa mais a orelha. Com certeza, o mundo hoje está em paz. Repenso em Rebimba, o bom, valedor. O mal não tem miolo. — *"Louvado seja o que há!"* — escrevi, altíssimo, para renovas memórias.

Retrato de cavalo

O que um dia vou saber,
não sabendo eu já sabia.

Da Espereza.

Sete-e-setenta vezes milmente tinha ele de roer nisso, às macambúzias. De tirar a chapa, sem aviso nem permisso, o Iô Wi abusara, por arrogo e nenhum direito, agravando-o, pregara-lhe logro. Igual a um furto! — ao dono da faca é que pertence a bainha... — cogitava, com a cabeça suando vinagres. Seu, cujudo, legítimo, era o ginete, de toda a estima; mas que, reproduzido destarte, fornecia visão vã, virava o trem alheio, difugido. Descocava-o estampada junto, abraçando-lhe o crinudo pescoço, a moça, desinquieta, que namorava o Iô Wi, tratava-o de Williãozinho.

Encismava-se: feito alguma coisa houvessem tomado ao animal, subtraindo-lhe uma virtude; o que trazia dano, pior que mau-olhado. O retrato. Ele não podia impedir que aquilo já tivesse acontecido. Saía agora à porteira, a vigiar o extraordinário formoso — alvo no meio dos verdes que pastando — mesmo quando assim, declinado entortado. Vistoso mais que no retrato, ou menos, ou tanto? Era muito um cavalo.

Dele. O que lhe influía a única vaidade. Deu pontapé num esteio, depois meditou sobre seus sapatos velhos. Ele, o Bio. Ia outra vez ver Iô Williãozinho — e o quadro.

Ia a pé; para giro vulgar ou de mister, não o selava: o seu corcel, sem haver nome. Referiam-no todos ao nulo e transato, o primeiro dono consistindo de ser um falecido Nhô da Moura, instruidor. — *"O cavalo branco do Nhô da Moura..."* — por lerdo, injusto costume, ainda pronunciavam.

Nhô da Moura certo inventara e executara de o fazer à mão, refinado e afalado, governava-o com estalos do olhar, quem-sabe só por afetos do pensamento. Outro o montasse, e era o Nhô da Moura assoviar dum jeito sortilégio — e truque que ele a dar às upas e popas, depondo o cavaleiro postiço. Entanto, trampa, a qual, que não procedia mais: Nhô da Moura morto em-de levara consigo a gerência. Bio rezava por essa distante alma. Seu era agora o cavalo, sem artifícios, para sempre.

Não o retrato. O que: moderno, aumentado, nas veras cores, mandado rematar no estrangeiro por alto preço, guarnecido de moldura. Iô Wi pendurara--o na abastada sala de casa — que perdia só para a de Seo Drães, vivenda em apalaço. Isso pecava. Seria todo retrato uma outra sombra, em falsas claridades?

Bio olhava-o com instância, num sussurro soletrante, a Iô Wi quase suplicava-o. Seu cavalo avultava, espelhado, bem descrito, no destaque dessa regrada representação, realçado de luz: grosso liso, alvinitoso, vagaroso belo explicando as formas, branco feito leite no copo, sem perder espaço. E que com coragem fitava alguma autoridade maior de respeito — era um cavalo do universo! — cavalo de terrível alma.

Iô Wi, então, não dadivava, de o entregar ou retornar, a quem, que? Bio, sem acenar naquilo, fechava os olhos. Doía-lhe de não. Iô Wi do dito não se desfazia, jamais, tanto nele contemplava a metade — a moça, de fora, de cidade, com ela ia se casar — cheio de amorosidades. Por causa, o queria, como um possuído. Mais disse: que não se podia fazer partição, rateio dos feitios do cavalo e da moça, cortar em claro. O Bio voltasse, para o ver e rever, vezes quantas quisesse, entrar só assim em quinhão — de regalia de usuflor.

Iô Williãozinho, por palavras travessas, caçoadamente, dava a entender que o cavalo, de verdade, não era portentoso desse jeito, mas mixe, somente favorecido de indústrias do retratista e do aspecto e existir da Moça — risonha, sonsa, a cara lambível. Descobria o Iô Wi as tençoadas estranhezas! Todos querem acabar com o amor da gente.

De lá o Bio saiu, de ódio.

Indo que entendendo: e achava. Tinha era de nele montar, pelo comum preceito, uso, sem escrúpulo nem o remorso. Montava-o — e dele só assim se posseava. Ia então exercer o que até aqui delongara, por temor e afeição rodeadora — só a o tratar, raspar, lavar, lhe adoçar ração, fazer-lhe a crina — xerimbabado. Tá, o dia chegou. Terno botou-lhe o selim, rogava indultos.

Tanto cavalgou, rumo a enfim nenhum, nem era passeio, mas um ato, sem esporte nem espairecer. Senseava-o, corpo em corpo, macio e puro assim nem o aipim mais enxuto, trotandante ou à bralha. Seguia o sol, no chão as sobreluzidinhas flores, do amarelo que cria caminhos novos. A estrada nua limpa com águas lisices — tudo o que nele alegre, arrebatado de gosto — e o azul que continua tudo. Eles subiam.

Somente com o em-paz Nhô da Moura, aqui estivesse, poderia conversar, carecia, sobre este: airoso, de manejo, de talento. Se vivo o Nhô da Moura, ah, mas — então dele Bio o soreiro ainda não seria... Deu galope. Um requerer o mandou para trás, de qualquer jeito, havido-que, se reenviava ao Iô Wi. Desdenhava falsejos e retratos. Agouros! devia abolir aquele, destruído em os setecentos pedaços. Só depois sossegasse. Era um demais de cavalo.

Desafioso, chegou. Viu o Iô Wi — jururu-roxo — e logo soube. O retrato já não pendia da parede, senão que removido em recato. Iô Wi suspirou-se: o Bio fosse, ao qual canto, e à vontade o espiasse. A moça não viria mais. Ingrata, ausenciada, desdeixara o Iô Wi, ainda de coração sangroso, com hábitos de desiludido.

Bio se coçava os dedos das mãos. A moça não podia assim de todo fugir. No viso daquela enfeitada arte, também alguma parte dela parava presa, semblante da alma, por sobejos e vivente parecença. Mesmo longe, certas horas ela havia de sentir, sem saber, repuxão da tristeza do Iô Wi, compondo silêncio.

E o Iô Wi, agora, não ia apossá-lo no quadro? Não, o Iô Williãozinho sendo dos que persistem, ele carecia daquilo, para conferir saudades. Só o vilão sonha sem o seu coração. Bio concordou, tossia. Outros possíveis retratos rejeitou, que o Iô Wi prometia mandar bater. Maior queria pensar o que percebia, de volta. Meteu-se por dentro.

Mais nem praguejava que em rasgados aquele figurado se acabasse. Só, numa madrugada, sonhou esse aspecto, coisas ofendidas. Foi levantar e ir ver: seu cavalo!

O cavalo, prostrado, a cara arreganhada, ralada, às muitas moscas, os dentes de fora, estava morrendo. Bio também gemeu, lavando com morna água salgada aqueles beiços, desfez o arreganhamento, provou-lhe as juntas, pôs o cabresto, ele fazia um esforço para obedecer. Bebia, sem bastar, baldes de água com fubá e punhadinho de sal. Mas mirava-o, agradecido, nos olhos as amizades da noite. Sofrimento e sede... Isto se grava em retratos? Nhô da Moura não tivera ocasião daquilo.

Essas horas. Ele pôs a cabeça em pé, parecia que ia mandar uma relinchada bonita. Depois foi arriando a esfolada cabeça, que ficou nos joelhos do Bio. Cavalo infrene, que corria, como uma cachoeira. Não estava ali mais.

Ali estava chegado o Iô Williãozinho.

— *"Você, Bio, enterrou o seu Lirialvo? Você envelheceu, sobrejeito..."* — disse, deveras. Vem comigo, associoso falou. Bio veio, divulgava ao outro como

Retrato de cavalo   165

aquele se quebrara por dentro, de rolar de um barranco à-toa. Calado, agora, recuidasse, que a ingrata moça constava também, nesta vida, teria seu direito papel, formosa à vista.

— *"Bio, você quer o retrato?"*

Não, Bio queria não, feliz anteriormente, queria mesmo silêncio. Apesar bem de belo, perfeito em forma de semelhanças, cavalo tão cidadão, aquilo não podia satisfazer o espírito, como a riqueza esfria amores, permanecido em estado de bicho. Nem era o que mudado, depois, com ronquidos de padecer, tremente o inteiro pelo, dele junto, como o dia de ontem que não passou, sem socorro possível.

— *"Bio, a gente nunca se esquece…"* — bem dito, com uma dor muito cheia de franqueza. De jeito nenhum, consequência da vida.

Mais foram, conformes no ouvir e falar, mero conversando assim aos infinitos, seduzidos de piedade, pelas alturas da noite. Resolvidos, acharam: que iam levar o quadro, efigies de imagens, ao Seo Drães, para o salão de fidalga casa, onde reportar honra e glória. Separaram-se, após, olhos em lacrimejo, um do outro meio envergonhados.

Era verdade de-noite,
era verdade de-dia.
Mentira, porque eu sofria.

Recapítulo.

Ripuária

Seja por que, o rio ali se opõe largo e feio, ninguém o passava. Davam-lhe as costas os de cá, do Marrequeiro, ignorando as paragens dele além, até à dissipação de vista, enfumaçadas. Desta banda se fazia toda comunicação, relações, comércio: ia-se à vila, ao arraial, aos povoados perto. João da Areia, o pai, conhecia muita gente, no meio redor, selava a mula e saía, frequente. O filho, Lioliandro, de fato se aliviava com essas ausências. Ele não gostava de se arredar da beira, atava-se ao trabalho. Era o único a olhar por cima do rio como para um segredado.

Lioliandro tinha irmãs, careciam de quem em futuro as zelasse. — *"Morro, das preocupações!"* — invocava João da Areia, apontando para os olhos do filho o queimar do cigarro. Morreu. A mãe, acinzentada, disse então àquele, apontando-lhe aos olhos com o dedo: — *"Tu, toma conta!"* — pelo tom, parecia vingar-se das variadas ofensas da vida.

Lioliandro cismou: a gente podia vender o chão e ir… E virava-se para a extensão do rio, longeante, a não adivinhar a outra margem. Mas constavam-lhe do espírito ainda os propósitos do pai: — *"Em parte nenhuma feito aqui dá tanto arroz e tão bom…"* Teve de reconhecer a exatidão da tristeza.

Suas irmãs despontavam sacudidas bonitas, umas já com conversado casamento. Delas se afastava Lioliandro, não por falta de afeto, mas por não entender em amor as pessoas. Fazia era nadar no rio, adiantemente, o quanto pudesse, até de noite, nas névoas do madrugar.

— *"Diabo o daí venha!"* — vetava a mãe, que se mexia como uma enorme formiga. Lioliandro, no fundo, não discordava. Disse: não se casaria, até que a sorte das irmãs estivesse encaminhada. — *"Sua obrigação…"* — a mãe após. Lioliandro disso se doeu, mas considerando tudo certo fatal.

E veio, nesse tempo, foi uma canoa, sem dono, varada na praia. A fim, estragada assim, rodara, de alto rio. Ele ocultou-a, levava muito, sozinho, para a consertar, com mãos de lavrador. Em mente, achava-lhe um nome: *Álvara*. Depois, não quis, quando ansioso.

Queria era, um dia, que fosse, atravessar o rio, como quem abre enfim os olhos. Tinha notícia — que do lado de lá houvesse lugares: uns Azéns, o Desatoleiro, a grande Fazenda Permutada. Fez os remos.

Por esses espaços ninguém metia lanço, devido a que o rio em seio de sua largura se atalhava de corredeiras — paraíba — repuxando sobre pedregulho labaredas d'água; só léguas abaixo se transpunha, à boca de estrada, no Passo-do-Contrato. De lá surgia pessoa alguma. — *"Lá não é mais Minas Gerais…"* — o pai, João da Areia, quando vivo, compunha o jurar.

No em que se casaram, junto, as duas primeiras irmãs, se deu festa, mas Lioliandro não sabia dançar. Irrequieta mocinha, também vinda, dançava sorridente, de entre as mais nem se destacava. Lioliandro uma hora desertado se sumiu de todos, buscou a beirada do rio, que no escuro levava água bastante, calado e curto, como o jaguar. Álvara, aquela recuidada moça, no saudar lhe dera a mão. Disse-se lhe dissera: — *Você tem o barquinho, pega a gente para passear?*

Ele a desentendera. Espiava agora o acolá da outra aba, aonde se acendia uma só firme luz, falavam-na o que não se tinha por aqui, que era de eletricidade. Disso tomavam todos inveja. Desconfiou mais, para se arrimar, desse tempo por diante.

Até o choco das garças, nos ninhos nas árvores. Montou então uma vez a canoa e experimentou, no remar largo, era domingo, dia de em serviço não se furtar a Deus. Talvez ele não sendo o de se ver capaz — conforme sentenciara-o o velho, João da Areia. Decerto, desta banda de cá, dos conhecidos, o desestimavam, dele faziam pouco.

Do outro lado, porém, lá, haveria de achar uma moça, e que amistosa o esperava como o mel que as abelhas criam no mato… O rio era que indicava o erro da gente, importantes defeitos, a sina. Dentro quase no meio, se avistava, na seca, ilha-de-capim, antes da maior, inteira, crôa com mouchão, florestosa.

Depois foi a Lica, irmã caçula, que ficou nôiva. A não esquecida moça, Álvara, veio passar mês em casa, para auxiliar nos preparos. Ela cantava coplas, movendo no puro ar os braços. Mesmo não se curava Lioliandro de frouxo desassossego.

Entretanto provara, para sustos e escândalo, a façanha. De aposta, temeram por sua vida! Desapareceu, detrás das ilhas, e da pararaca, em as rápidas águas atrapalhadas. Só voltou ao outro dia, forçoso, a todo o alento.

— *"Havia lá o que?"* — perguntaram-lhe. Nenhum nada. Mais a dentro deviam de viver as povoações, não margeantes, ver que por receio do ribeiradio, de enfermidades. E fora então buscar a febre-de-maresia? Tanto que não. Dobrava de melancolia. Trouxera a lembrança de meia lua e muitas estrelas: várzeas largas… A praia semeada de vidro moído.

Muito o coração lhe dava novos recados. Lioliandro estudava a solidão. Dela lhe veio alguma coisa.

Álvara, a moça, na festa, para ele atentara, as dadas vezes, com olhos que aumentavam, mioludos, maciamente; ele desencerrava-se. Da feita, também ela ficou de parte. — *"Não danço…"* — a todos respondia.

Mas agora os mesmos olhos o estranhassem, a voz, que não ouvindo. Dele não era que gostava, não podia; decerto, de algum outro, dos que a enxergavam, diversamente, no giro de alegria. A travessia nem lhe valera, devia mais ter-se perdido, em fim, aos claros nadas, nunca, não voltando.

Na manhã, ele olhou menos as mãos, abertas rudemente: o rio, rebojado, mudava de pele. Nem atendeu aos que lhe falavam, aflitos, à mãe, que desobedecida o amaldiçoava. Entrou, enfiava o rio de frecha, cortada a correnteza, de adeus e adiante, nadava, conteúdo, renadava.

Revia as ilhas, donde o encachoeirado estrondeante, daí o remate e praia — de a-porto. Seu amor, lá, pois. Mediante o que precisava, que de impor-se afã, nem folga, o dever de esforço. — *"Não posso é com o tal deste rio!"* — tanto tinha dito o pai, João da Areia. Sacudiu dos dois lados os cabelos e somente riu, escorrido cuspindo.

Súbito então se voltou, à voz a chamar seu nome: por entre o torto ondear, que ruge-ruge mau moinhava enrolando-o, virou e veio.

A mãe bem que chorava, desdizendo as próprias antigas pragas. Detrás dela, aparecia aquela escolhida, Álvara, moça, que por ele gritara, corada ou pálida. — *"Que é que lá tu queria?!"* — as mãos da mãe tacteavam-lhe o corpo.

Mais a moça o encarou. — *"Tudo é o mesmo como aqui…"* Lioliandro quis ouvir, se bem que leve, nem crendo.

— *"De lá vim, lá nasci"* — sem pejo, corajosa, a curso. Sim, a gente a podia fácil entender, tão querida, completadamente: — *"Sou também da outra banda…"*

Ripuária   169

Se eu seria
personagem

Note-se e medite-se. Para mim mesmo, sou anônimo; o mais fundo de meus pensamentos não entende minhas palavras; só sabemos de nós mesmos com muita confusão.

Titolívio Sérvulo, esse, devia ser meu amigo. Ativo, atilado em ações, néscio nos atos; réu de grandes dotes faladores. Cego como duas portas. Me mostrou Orlanda — reto trouxe-ma à atual atenção. Algo a isso o obrigasse, acho. Só a fé me vive. Sou da soldadesca de algum general. Todo soldado tem um pouquinho de chumbo.

Depois de drinque inconsiderado, em amena tarde, que muito me esquece. — *"Feia, frívola, antipática…"* — T. impôs. Aceitei, sem aceno. Nela eu não reparara, olhava-a indiferente como gato ante estátua, como o belo é oblíquo.

Não dessa feita. Porque ela não surgira apenas: desenhou-se e terna para mim. Além de linda — incomparável — a raridade da ave. Se cada uma pessoa é para outra-uma pessoa? Só ela me saltava aos olhos.

Fixe-se porém que ninha ou baga eu não disse, guardei-me de apreciação. Sou tímido. Vejo, sinto, penso, não minto. Me fecho. Eu, que não vou nem venho. Tenho a ilusão na mão. Nasci para cristão ou sábio, quisera ser.

E vai, senão, que T., colado a mim, em ímpeto não inédito se desdisse: — *"Boa, fina, elegante!"* — de feliz grito, precipitando-se na matéria do quadro. Dava-lhe o quê? Indaguei-me como.

Nada eu lhe falara, afirmo, nem dele teria audiência. Só mesmo a mim: fortíssimo aquele sobredito meu conceito, e que era uma ocasião interna.

Mas, feito um achado oracular, ele contracunhando-o, agora, pois. Já a tinha em valia; estava-se no coincidir. Onde há uma borboleta, está pronta a paisagem? Tácito, de lado não me entortei, como o monge se encapuza. Rebebi, tinidamente. Tomei posição.

Daí, dados os dias, eu amava-a — sem temor ao termo. À boa fé: mais vale quem a amar madruga, do que quem outro verbo conjuga… Do que de novo fiz meu silêncio.

E vem T. — contudo, como se me segundando, em sua irreticência, comentando meu coração. Já T. também gostava dela, e sob que forma? Por isto assim que: para namorico, o ilícito, picirico, queria-a que queria.

Mais me emudeci. Abri-me a mim. De Orlanda eu, certo antes, me enamorara, secreto efervescente. Tímido, tímidulo. Sou antigo. Onde estão os cocheiros e os arcediagos? T. era que me copiasse, não a seu ciente. Em segredo pondo eu minha toda concentrada energia passional tão pulsante; de bom guerreiro.

É de adivinhar que T. mudou, no meu ar. Súbito o incêndio, ele se apaixonara, após, por Orlanda, andorinha do abstrato. Transmentiu-me: o embeiço — reflexo, eco, decalque. Já éramos ambos e três.

Escureço que demais não me surpreendi, bofé, acima de espanto. E põe-se o problema. Todo subsentir dá contágio, cada presença é um perigo? Aceitam-se teorias.

T. tocava a trombeta — miolado, atravessado, mosqueteiro — imitador de amor. Ou eu, falso e apenas, arremedando-o por antecipação. O futuro são respostas. Da vida, sabe-se: o que a ostra percebe do mar e do rochedo. Inimaginemo-nos.

Foi havendo amor. Entre mim tenho que aqui rir-me-ão, de no jogo omisso, constante timidejante, calando-me de demonstrações. Meu amor, luar da outra face, de Orlanda não ver. *Do que o da gente, vale a semente* — o que, acho, ainda não foi dito. T. sim saía-se, entreator.

Adão. Eu, não. Vou ao que me há de vir, só, só, próprio. Espero — depois, antes e durante — destinatário de algum amor. O tempo é que é a matéria do entendimento. Quem pôs libreto e solfa? O amor não pode ser construidamente. Ninguém tem o direito de cuidar de si.

Pois, que, quanto eu não dava, alferes, para ter Orlanda?

E então T. avisou-se-me, vice-louco, com avento de casamento. Ia do mito ao fato; o que a veneta tenta. Tudo já estava. A notícia pegou-me em seu primeiro remoinho.

E tugi-nem-mugi, nisso eu não tendo voto; só emoção, calada como uma baioneta. Tive-me. O general dispõe. Me amolgam, desamolgo-me. Valha o amuo filosófico. T. sentimentiroso, regozijado com o relógio… Às vezes a gente é mesmo de ferro. Recentrei-me, como peculiar aos tímidos e aos sensatos. Isto é, fui-me a dormir, a ducentésima vez, nesse ano.

Tido de conformar-me. Aí a minha memória desfalece. Viver é plural — muito do que não vejo nem invejo. E atravessei, não intimidado, aquele certo se não errado acontecimento.

Nôiva e de outro, Orlanda? Então ela não era a minha, era a de T. então. Folguei por ambos, a isso obriguei-me. Coadunei nula raiva com esperança incógnita, nesse meu momento. A hora se fazia pelo deve & haver dos astros, não a aliás e talvez. Tanto sabe é quem manda; e fino o mandante. A gente tem de viver, e o verão é longo. Retombei, pesado, dúctil, no molde. Salvem-se cócega e mágica, para se poder reler a vida.

Sim sofri: como o músico atrás dos surdos ou o surdo atrás dos dançantes; mas, com cadência. Orlanda e uma data — o tempo, t? Vinha eu de fazer de a esquecer, ordem que traduzi e me dei. Em esquecimento que, oculto, vazava. A quanto parece.

T. seguia-me, brusco também padecia, inexplicada mas explicavelmente, bom condutor. Do modo, doeu-se, descreu-se, quando um grande acontecimento veio a não suceder. Plorava, que quase; só piscou depois.

Nem exultei — não querendo emprestar-lhe bafo. Na circunstância, a outronada o induzisse, sou de conselho escasso. Eu, no caso dele… refeito de manter-me de parte.

Pois foi o que ele fez, mudou de amar e de amor, ora agora mandar-se-á ao lado de uma outra mulher, certa a de Titolívio Sérvulo, a ele de antemão destinada, da grei do exato sentir. Tive-lhe, tenho-lhe mais amizade, não dó. Sei o que hei. Timidez paga devagar, mas paga.

E nem sabe o tímido quanto bem calcula. À melhor fé! Como o amor se faz é graças a dois.

Segue-se, enfim assim, nomeadamente Orlanda — de a um tempo rimar com rosa, astro e alabastro — aqui. Sua minha alma; seu umbigo de odalisca, sorriso de sou-boneca, a pele toda um cheiro murmurante, olheiras mais gratas azuis. Mesma e minha.

De dom, viera, vinha, veio-me, até mim. Da vida sem ideia nem começo, esmaltes de um mosaico, do mundo — obra anônima? Fique o escrito por não dito. Sós, estampilhamo-nos. Tem-se de a algum general render continência. Ei-la, alisa a tira da sandália, olha-se terna ao espelho, eis-nos. Conclua-se. Somos. Sou — ou transpareço-me?

Se eu seria personagem

Sinhá Secada

Vieram tomar o menino da Senhora. Séria, mãe, moça dos olhos grandes, nem sequer era formosa; o filho, abaixo de ano, requeria seus afagos. Não deviam cumprir essa ação, para o marido, homem forçoso. Ela procedera mal, ele estava do lado da honra. Chegavam pelo mandado inconcebíveis pessoas diversas, pegaram em braços o inocente, a Senhora inda fez menção de entregar algum ter, mas a mulher da cara corpulenta não consentiu; depois andaram a fora, na satisfação da presteza, dita nenhuma desculpa ou palavra.

Muitos entravam na casa então, devastada de dono. Cuidavam escutar soluço, do qual mesmo não se percebendo noção. Sentada ela se sucedia, nas veras da alma, enfim enquanto repicada de tremor. Iam lhe dar água e conselhos; ela nem ouvia, inteiramente, por não se descravar de assustada dor. — *"Com que?"* — clamou alguém, contra as escritas injustiças sem medida nem remédio. Achavam que ela devia renitir, igual onça invencível; queriam não aprovar o desamparo comum, nem ponderar o medo do mundo, da rua constante e triste. Ela continha na mão a lembrança de criança, a chupeta seca. — *"Uf!"* — e a gente se fazendo mal, com dó, com dúvida de Deus em escuros. Do jeito, o fato se endereçou, começador, no certo dia.

No lugar, por conta de tudo, mães contemplavam as filhas, expostas ao adiante viver, como o fogo apura e amedronta, o que não se resume. Decidia o que, aquela? Tanto lhe fosse renegar e debater, ou se derrubar na vala da amargura. De lá, de manhã, ela desaparecera. Recitavam vozes: que numa prancha do trem-de-lastro tinham-lhe cedido viagem, para por aí ir vadiar, mediante algum mau amor. Sem trouxa de roupa, contavam que com até um pé descalço. Desde o que, puniam já agora as mães suas arregaladas filhas, por possíveis airadas leviandades mais tarde. Dela não se informavam; dera-lhes esquecimento.

Entanto errados. Ela apenas instricta obediente se movera, a variável rumo, ao que não se entende. Deixara de pensar, o que mesmo nem suportasse — hoje se sabe — ao toque de cada ideia em imagem seu coração era mais pequeno. O menino sempre ausente rodeava-a de infinidade e falta.

Tomara, em dois, três dias, o aspeto pobre demais, somente sem erguer nem arriar rosto: era a sã clara coisa extraordinária — o contrário da loucura; encostava no ventre o frio das palmas das mãos. Por isso com respeito a viu e ofereceu-lhe meio copo de cerveja e um pastel de tabuleiro a Quibia, do Curvelo, às vezes adivinhadora. — *"Sinhá…"* — sentiu que assim cabia chamar-lhe, ajeitando-lhe o vestido e os cabelos, ali no rumor da estação. Tinha uma filha, a quem estava indo ver, opostamente, a boa preta Quibia. Convidou consigo a Sinhá, comprando-lhe passagem para aquele intato lugar, empregou-a também na fábrica de Marzagão. Sobre os anos, foi pois quem dela pôde testemunhar o verossímil.

Moraram numa daquelas miúdas casas pintadas, pegada uma a outra, que nem degraus da rua em ladeira, que a Sinhá descia e subia, às horas certas, devidamente, sendo a operária exemplar que houve, comparável às máquinas, polias e teares, ou com o enxuto tecido que ali se produz. Não falava, a não ser o preciso diário. Deixavam-na em paz, por nela não reparar, até os homens. Só a Quibia vigiava-lhe a sombra e o sono. Donde o coligido — de relato — o que de suas escassas frases razoáveis se deduz.

Sinhá prosseguia, servia, fechada a gestos, ladeando o tempo, como o que semelhava causada morte. Tomava-lhe a filha casada da Quibia, por empréstimos, quase todo o ordenado, já que a ninguém ela nada recusava, queria nada: não esperar; adiar de ser. A bem dizer, quase nem comia, rejeitava o gosto das coisas; dormia como as aves desempoleiradas. Nem um ingrato minuto da arrancada separação poderiam restituir-lhe! Que é que o tempo tacteia? Os dias, os meses, por dentro, em seu limpo espírito, se afastavam iguais.

Decerto não a prezavam, em geral, portanto; junto dela pareciam urgidos de cuspir e se gabar. Ora a suspeitassem mulher inteligente endurecida, soca-pa de perfeita humildade. De propósito não os buscando nem evitando, acatava contudo de um mesmo modo os trelosos meninos, os mais velhos comuns, os moços e moças, príncipes, princesas. Quibia, sim, não duvidou, ainda que ouvida a pergunta que a Sinhá se propunha: quando, em que apontada ocasião, cometera culpa? E a resposta — de que, então, só se tivesse procedido mal, a cada instante, a vida inteira… Daí, quedava, estalável, serena, no circuito do silêncio, como por vezo não se escavam buracos na barragem de um açude.

No filho, no havido menino, vez nenhuma falou — nem a Quibia de nada soube, a não ser ao pôr-lhe a vela na mão, mais tarde; — feito guardado em cofre. Seus olhos iam-se empanando encardidos, ralos os cabelos. Durante um tal tempo, nunca mais se olhara em espelho.

Derradeiramente, porém, tiveram de notar. Ela se esparzia, deveras dona, os olhos em espécie: de perto ou de longe, instruía-os, de um arejo, do que nem se sabe. Por sua arte, desconfiassem de que nos quartos dos doentes há momentos de importante paz; e que é num cantinho que se prova melhor o vivo de qualquer festa, entre o leal cão e o gato no borralho.

— *"Se ela viesse mais à igreja, havia de ser uma Santa…"* — censuravam. Passava espaços era acarinhando pedaço de pedra, sem graça, áspera, que trouxera para casa; e que a Quibia precioso conservou, desde a última data. Sinhá, no mais, se esquecia ali, apartada, entrava no mundo pelo fundo, sem notícias nem lembranças. Sim, estas, depois.

Primeiro, um moço, estrito e bem trajado, chegou, subiu a ladeira, a quentes passos. Queria, caçava, sem sossego, o paradeiro de sua mãe, da qual também malvadamente separado desde meninozinho: e conseguira indicação, contadas conversas; também o coração para cá intimado o puxando… Seria ela?!

Não — era não — se conferiu, por nomes e fatos. O moreno moço sendo de outro lugar, outra sumida mãe, outra idade. Só o amor dando-se o mesmo, vem a ser, que o atraíra de vir, não por esmo.

Mas, ela, que sentada tudo recebera, calada, leve se levantou, caminhou para aquele, abençoando-o, pegou a mão do tristonho moço, real, agora assim mesmo um tanto conformado. Sorria, a Sinhá, como nunca a tinham avistado até ali, semelhava a boneca de brincar de algum menino enorme. Seu esqueleto era quase belo, delicado.

Nesse favor de alegria persistiu, todos exaltando o forte caso. Seja que por encurtado prazo. Até ao amanhecer sem dia. À Quibia ela muito contou; e fechou, final, os novos olhos. O caixão saiu, devagar desceu a ladeira, beirou o ribeirão rude de espumas em lajedos, e em prestes cova se depositou, com flores, com terra que a chuvinha de abril amaciava.

Quibia, entretanto, enfim ciente, meditou, nos intervalos de prantos, e resolveu, com sacrifícios. Retornou ao Curvelo, indagou, veio enfim àquele arraial, onde tudo, tão remoto, principiara.

Mas — o menino? Morreu, lhe responderam. Anjinho, nem chegara a andar nem falar, adoecido logo no depois do desalmoso dia, dos esforços arrebatados.

Quibia relanceou — o passado, de repente movente, sem desperdícios. Se curvou, beijando ali mesmo o chão, e reconhecendo: — *"Sinhá Sarada…"*

Sinhá Secada   177

Prefácio

SOBRE A ESCOVA E A DÚVIDA

I

Atenção: Plínio o Velho morreu de ver de perto a erupção do Vesúvio.

1ª TABULETA.

Nome nem condição valem. Os caetés comeram o bispo Sardinha, peixe, mas o navegador Cook, cozinheiro, também foi comido pelos polinésios. Ninguém está a salvo.

Das EFEMÉRIDES ORAIS.

"Necessariamente, pois, as diferenças entre os homens são ainda outra razão para que se aplique a suspensão de julgamento."

SEXTUS EMPIRICUS.

VINDO À VIAGEM, EM RESTO DE VERÃO OU ENTRAR DE OUTONO, meu amigo Roasao, o Rão por antonomásia e Radamante de pseudônimo, tive de Apajeá-lo. Traziam-no dólares do Governo e perturbada vontade de gozo, disposto ao excelso em encurtado tempo, isto é, como lá fora também às vezes se diz, chegou feito coati, de rabo no ar. — Mulheres?! e: como cambiar dinheiro à ótima taxa — problemas que pronto se propôs, nada teorético. Guiou-se-o a Montmartre. De tudo se apossava, olhos recebedores, que não que em flama conferindo o tanto que da Cidade reconhecesse, topógrafo de tradicionais leituras, colecionador de estribilhos. Saudava urbana a paisagem, nugava, tirava-se à praça — do Tertre — onde de escarrancho nos sentamos para jantar, sob para-sol, ao grande ar galicista. Desembarcado de horas, tinha já pelo viso o crepúsculo, e

Sobre a escova e a dúvida   179

no bolso o cartão indicador, no decênio, das primas vindimas. De mim nada indagou nem aventou, o que apreciei, sempre se deve não saber o que de nós se fala. Rão opiparava-se de menus abstratos. Denunciou-me romances que intentava escrever e que lhe ganhariam glória, retumbejante, arriba e ante todas, ele havia de realizar-se! Lia no momento autores modernos, vorazes substâncias. Explicou-me Klaufner e Yayarts. Deu redondo ombro à velhinha em cãs, por amor de *esmola vinda cantarolas fanhosear à beira da mesa. Desprezava estilos. Visava não à satisfação pessoal, mas à rude redenção do povo. Aliás o romance gênero estava morto. Tudo valia em prol de tropel de ideal. Tudo tinha de destruir-se, para dar espaço ao mundo novo aclássico, por perfeito. Depois do* filet de sôle *sob castelão* bordeaux *seco, branco, luziu-se a* poularde à l'estragon, *à rega de grosso rubro borguinhão e moída por dentaduras de degustex. Nada de torres de marfim. Droga era agora a literatura; a nossa, concalhorda. Beletristas… Mirou em volta. Paris, e senão nada! As francesas, o chique e charme, tufões de perfume. Desse-se inda hoje uma, e podia levá-la a hotel?* — estava-se já na curva do *conhaque.* — Você é o da forma, desartifícios… — *debitou-me.* — Mas, vivamos e venhamos… — *me esquivei, de nhaniônias. Viemos ao* Lapin Agile, *aconchego de destilada boêmia inatual e canções transatas. Encerebrava-se ainda o Radamante, sem quanto que improvando-me?* — Você, em vez de livros verdadeiros, impinge--nos… *Não o entendi de menos: no mal falar e curto calar, prisioneiro de intuitos, confundindo sorvete com nirvana. Ouvíamos a* Vinha do vinho, *depois a* Canção dos oitenta caçadores. *Tinha-se de um tanto simpatizar, de sosiedade, teria eu pena de mim ou dele?* — Não bebo mais, convém-me estar lúcido… — *um de nós disse.* — Eu também — *pois. Rão ora gratuitamente embevecia-se — em sua fisionomia quadragésima-quinta — inclinada pessoa, mais fraca que o verbo concupiscir. Tinha a cara de quem não suspirou. Peguei-lhe aos poucos o fio dos gestos, tudo o que ao exame submisso. Temia ele o novo e o antigo, carecia constante sustentar com as mãos o chão, as paredes, o teto, o mundo era ampla estreiteza. Queria, não queria, queria ter saudade. Não ri. Ele era — um meu personagem: conseguira-se presente o Rão no orbe transcendente. Àqueles vindos alienos cantares —* La ballade des trente brigands *ou* La femme du roulier — *em fortes névoas —* Le temps des cerises — *todos não sabemos que estamos com saudades uns dos outros.* — Você evita o espirrar e mexer da realidade, então foge-não-foge… — *ele disse, um pouquinho piscava, me escrutava, seu dedo de leve a rabiscar na mesa, linhas de bel-escrita alguma coisa, necessária, enquanto. Eu era personagem dele! Vai, finiu, mezza voce, singelo como um fundo de copo ou coração:* — Agora, juntos, vamos fazer um certo livro?

Tudo nem estava concluído, nunca, erro, recomeço, reerro, concordei, o centro do problema,
até que a morte da gente venha à tona. Justo, cantava-se, coro, um couplet:

> "Moi, je ferai faire
> un p'tit moulin sur la rivière.
> Pan, pan, pan, tirelirelan,
> pan–pan–pan…"

II

A matemática não pôde progredir, até
que os hindus inventassem o zero.

O DOMADOR DE BALEIAS.

Meu duvidar é da realidade sensível aparente — talvez só um escamoteio das percep-
ções. Porém, procuro cumprir. Deveres de fundamento a vida, empírico modo, ensina:
disciplina e paciência. Acredito ainda em outras coisas, no boi, por exemplo, mamífero
voador, não terrestre. Meu mestre foi, em certo sentido, o Tio Cândido.

Era ele pequeno fazendeiro, suave trabalhador, capiau comum, aninhado em
meios-termos, acocorado. Mas também parente meu em espírito e misteriousanças. De
fato, aceitava Deus — como ideal, efetividade e protoprincípio — pio, inabalável.
E a Providência: as forças que regem o mundo, fechando-o em seus limites, segundo
Anaximandro. Tinha fé — e uma mangueira. Árvore particular, sua, da gente.

Tio Cândido aprisionara-a, num cercado de varas, de meio acre, sozinha ela lá,
vistosa, bem cuidada: qual bela mulher que passa, no desejo de perfumada perpetuidade.
Contemplava-lhe, nas horas de desânimo ou aperto, o tronco duradouramente duro, o
verde-escuro quase assustador da frondosa copa, construída. Por entre o lustro agudo das
folhas, desde novembro a janeiro pojavam as mangas coração-de-boi, livremente no ar
balançando-se. Devoravam-nas os sabiás e os morcegos, por astutas crendices temendo as
pessoas colhê-las. Tio Cândido era curtido homem, trans-urucuiano, de palavras descontadas.

Dizia o que dizia, apontava à árvore: — Quantas mangas perfaz uma
mangueira, enquanto vive? — isto, apenas. Mais, qualquer manga em si traz, em
caroço, o maquinismo de outra, mangueira igualzinha, do obrigado tamanho e formato.
Milhões, bis, tris, lá sei, haja números para o Infinito. E cada mangueira dessas, e por
diante, para diante, as corações-de-boi, sempre total ovo e cálculo, semente, polpas, sua

Sobre a escova e a dúvida   181

carne de prosseguir, terebentinas. Tio Cândido olhava-a valentemente, visse Deus a nu,
vulto. A mangueira, e nós, circunsequentes. Via os peitos da Esfinge.

Daí, um dia, deu-me incumbência:

— Tem-se de redigir um abreviado de tudo.

Ando a ver. O caracol sai ao arrebol. A cobra se concebe curva. O mar barulha de
ira e de noite. Temo igualmente angústias e delícias. Nunca entendi o bocejo e o pôr-do-
-sol. Por absurdo que pareça, a gente nasce, vive, morre. Tudo se finge, primeiro; germina
autêntico é depois. Um escrito, será que basta? Meu duvidar é uma petição de mais certeza.

III

"Conheci alguém que, um dia, ao ir adormecendo, ouviu bater quatro horas, e fez assim a conta: *uma, uma, uma, uma;* e ante a absurdez de sua concepção,[5] pegou a gritar: — *O relógio está maluco, deu uma hora quatro vezes!*

P. Bourdin, *apud* Brunschvicg, citados na *Lógica* de Paul Mouy.

— Deus meu, descarrilhonou? — *entrepensava na ocasião Lucêncio,*
consoante conta; e que não chegou a abrir os olhos. Em fato, nem quis, previa perder
estado valioso, se definitivo escorregasse do sono para a vigília. Escutava enluvadas as
pancadas, de extramurada sineta, sem choque ou música. O relógio — seus ocloques:
repetiam insistida a mesma hora, que ele descarecia precisar que fosse. Aceito, compreendo,
quase, a desenvolvida condição, traz-me lembrar do que comigo se deu, faz tempo.

Como são curtos os séculos, menos este! Eu morava numa cidade estrangeira,
na guerra, atribulando-me o existir, sobressaltado e monótono. Dormia de regra um
só estiro, se não cantassem as sereias para alarma aéreo e ataque. Vem, porém, a vez,
rara e acima de acepção, em que acordei, mesmo por nenhum motivo. Era noite mais

---

[5]   "À meia-noite, nos descampados,
      Sobes às negras torres sonoras,
      Onde os relógios desarranjados
      Dão treze horas!"

Eugênio de Castro. *Interlúnio.*

noite e mais meia-noite; não consultei quadrante e ponteiros. Os relógios todos, de madrugada, são galos mudos.

— Até hoje, para não se entender a vida, o que de melhor se achou foram os relógios. É contra eles, também, que teremos de lutar…

Senti-me diferente imediatamente: em lepidez de voo e dança, mas também calma capaz de parar-me em qualquer ponto. Se explico? Era gostoso e não estranho, era o de a ninguém se transmitir. Tinham aliviado o mundo. Da kitchenette, via palmos de pátio de cimento, de garage, molhado e que reflexos alumiavam fraquíssimo. Mexi meu chocolate. E —

— É o que mais se parece com a "felicidade": um modo sem sequência, desprendido dos acontecimentos — camada do nosso ser, por ora oculta — fora dos duros limites do desejo e de razões horológicas. Não se imagina o perigo que ainda seria, algum dia, em alguma parte, aparecer uma coisa deveras adequada e perfeita.

Em verdade conta Lucêncio que, entre não-dormir e não-acordar, independia feliz, de não se fazer ideia nem plausibilidade de palavras. Não queria, por tudo, que a inconcebida boa-hora passasse; sem imaginação ou contradição ele nada mais despercebendo. Só para desusar-se era que o relógio batia, aqui e outrures: Auckland, Quicheu, Mogúncia, Avinhão, Nijni-Novgorod, Lucerna, Melbourne.

Deixei a pequena janela da cozinheta, arquifeliz, confirmo. Por três noites o prodígio tornou a colher-me, o involuntário jogo. Que maneira? Tudo é incauto e pseudo, as flores sou eu não meditando, mesmo o de hoje é um dia que comprei fiado.

— A felicidade não se caça. Pares amorosos voltam às vezes a dado lugar, querendo reproduzir êxtases ou enlevos; encontram é o desrequentado, discórdia e arrufo, aquele caminho não ia dar a Roma nenhuma. Outros recebem o dom em momentos neutros, até no meio dos sofrimentos, há as doces pausas da angústia.

Lucêncio porém discerne, e para surpresa: de seguida seu rapto se desdobrou, em maisqueperfeitos movimentos. De uma companheira — era mocinha, conhecida, a que talvez ele menos escolhesse para conviver sonhos desses, nunca a tendo olhado em erótico ou flirte, antes nem depois. Mesmo não se diria sonho; mas o transunto, extremo, itens lúcidos, de séssil, dócil livro. — Os sonhos são ainda rabiscos de crianças desatordoadas.

— Não era mais o puro arroubo — refere Weridião — decerto ele já decaíra, nessa parte segunda.

Assim despertou de todo, a peso infeliz, conta. Se todos tivéssemos nascido já com uma permanente dor — como poder saber que continuadamente a temos? Curioso, procurou aquela moça. Sentiu que nada viu, da visionada, consonhada, tão imprevista e exata. — Você acaso pensou em mim? — *ousou.* — Oh, não por enquanto… — *ela riu, real, apagado retrato. Termina aqui o episódio de Lucêncio.*

Sobre a escova e a dúvida   183

Desde o tríduo de noites, no caso meu, e até hoje, nunca mais veio-me a empolgo, fatalmente de fé, a dita experiência. Isto faz parte da tristeza atmosférica? Tento por vãos meios, ainda que cópia, recaptá-la. Aquilo, como um texto alvo novamente, sem trechos, livrado de enredo, ao fim de ásperos rascunhos. Mas tenho de relê-los. O tempo não é um relógio — é uma escolopendra. (A violeta é humildezinha, apesar de zigomorfa; não se temam as difíceis palavras.)

IV

"Um doente do asilo Santa-Ana veio de Metz a Paris sem motivo: no mesmo dia, foi saudar na Faculdade de Medicina o busto de Hipócrates, assistiu a uma aula de geometria na Sorbonne, puxou a barba de um passante, tirou o lenço do bolso de outro, e foi preso finalmente quando quebrava louças na vitrina de um bazar."

Dr. Lévy-Valensi, *Compêndio de Psiquiatria*.

Indo andando, dei contra acelerado homem — tão convincentemente corpulento, em diametral aparição, que tudo me tapou, até a pública luz da manhã — próprio para abalroo e espanto. Tomei-o não por cidadão, antes de alguma espécie adversa. Aliás direito ora ao ajuizado, assíduo, regular quotídio eu me encaminhava. O mundo se assustou em mim: primeiro que qualquer ver e conjeturar enfiei desculpas, que é o cogente em desaguisos tais. Perfizera-se-me aquele o Mau-Gigante, que do mundo também advém. E como é que às criaturas confere-se possibilidade de existirem soltas, assim, separadas umas das outras, como bolas ou caixas, com cada qual um mistério particular, por aí? A gente aceita Adão e seu infinito quociente de almas; não o tremendo esperdiçar de forças que há em todo desastre; com o que, cite-se neste ponto-e-vírgula o risco da mesma fórmula em situação, conforme em R. se traçou, onde o povo circula de comum armado. A esbarrou em B e emitiu: — Me desculpe... — voz forte e urso tom, pois vindo no instante remoído de um dali ausente C, com quem mental a rediscutir remenicado. B ouviu e entendeu "Fedaputa!", por quanto irado por dentro, sua vez, em lembrança de D ou E. Expôs-se garrucha, perpetrou-se quase morte.

Prosseguindo porém que o sobredito descomenso ente pediu-me por igual escusas, talvez melhormente civis & eficazes; decerto a pressa e grandeza inclinavam-no a curvar-se. Partimo-nos. Mais não nos vimos. Fui andando, fui pensando, já com outros intestinos. Eu, sobrevivente. Tudo com tudo, lucrara satisfação. Seguro seria aquele o Bom-Gigante, que não menos ocorre. Desse jeito, quando eu menino, em S., e vários outros a pedradas me acossavam: súbito surgindo colossal contra eles debandou-os o Roupalouca, sujo habitante da rua, que a bradar. — Safa, cambada, não sabem que hoje é dia de bosta e respeito!? São esdrúxulos frequentemente os que resguardam a paz e a liberdade.

Já eu advertia entanto que a irrupção do sujeito tolhera-me de atentar numa mulher que volaz passara. Seria bela? — a andorinha e o verão por ela feito. Seu hasteável vestido verde alegre e a dividida inteira elegância na ondulação das ancas — vulgariter rebolado — para não perder-se o nu debaixo das roupagens. Deteve-se por momento, de costas e vertical, feito um livro na estante. Depois, eterna, sumiram-na o chão, a obrigação, a multidão. Enviei-lhe um pensamento, teoricamente de amor, como milhões de anos-luz no bolso do astrônomo.

Mas por que cargas em mim deflagrara tãotanto susto o encontrão com o quidam? — cismei — desde que não é simples ficar sem pensar, como no bom circo cabe preencher-se todo pedacinho de intervalo. Só o meu guru Weridião o alcance. E achei: achava-me, nos dias aborígines. Dado tal — se sabe — no Carnaval, quando inopino o céu atroa e relampeia, os rueiros foliões travestidos de índio, ou de primitivo algo que o valha, abrem compasso de pânico. Vai ver, no dia, eu andava por menos, em estado-de-jó, estava panema, o que é uma baixa na corrente da sorte; quando um se descobre sob assim, nada deve tanger, nem descuidar, tendo de retrair-se à rotina defensiva. No que dura a panemice, melhor é a gente não sair de casa, da cama, ainda que de barriga vazia, como o silvícola espera em rede. Supõe-se, um, às vezes panema por lentas fases, se é que quase todos mais ou menos não o sendo, vida inteira. Do que Weridião desde moço todavia se forrou, a preço das ciências incomuns, abscônditas. Vence, queira ou não, em tudo, virou marupiara. Donde — ô — outro baque: demoningenhado veículo por fino não me colhe na sarjeta. Perco-o. Era o meu ônibus, aqui no ponto. Troquei-o por ameaça e me distraí de sua serventia. Rogo praga, que é desengraçado chavão, de utilização.

Desafiado, recorrerei a táxi, vale a pena expelir dinheiro, a modo de chamariz para mais. Disponho, portanto, de tempo. Evoco a em verde esbelta mulher, formada de nuca, dorso, donaire, quadris, pernas. Digo: bem mal desaparecida de meus olhos, recém-remota, veloz, Aretusa. Entro a sorver suma coca-cola. Compro jornal e um

Sobre a escova e a dúvida   185

livro, que levam-me vagar a escolher. Provável é que mais não veja aquela mulher; e, não a sabendas, o rosto. Suspeito nem sequer minhas vontades profundas. Sob palavra de Weridião, somos os humanos seres incompletos, por não dominados ainda à vontade os sentimentos e pensamentos. E precisaria cada um, para simultaneidades no sentir e pensar, de vários cérebros e corações. Quem sabe, temos? Sem amor, eu é que sou um Sísifo sem gravidade.

De acordo com o que comum tradiz-se, rodará o chauffeur dando comigo velhacas voltas? *Digo-me incorreta toda desconfiança. Ao quanto que, pelo do painel, inquieta-me agora o atraso.* — Seu relógio não está certo? — *profiro.* — Por que, amigo? — *ele opõe, demonstrativo comedindo-se. Cuidou que eu aludisse ao taxímetro, combinamos agora de rir, nota e nota. Sinalo-o contudo capaz de assassinato abstrato. Abelabel, meu amigo, passou o dia uma vez acabrunhado, por conta de xingo de auto a auto, reles evento que de graças se dá e não mossa. Weridião ensinou-lhe conjurar a impressão, recitando pai-nossos sobre copo d'água a ingerir-se gole a gole. Abelabel intuíra a disposta bossa do xingador, atualmente apto a matar quem ou quem. O dínamo da vida, causas, funciona em outra parte? Há que ver nessas oficinas.*

Vejo porém é mesmo meio em mim. Zangadiço, de piorados bofes, estou é porque não despachei do espírito o logro de perder o ônibus. Em tanto que este servo chauffeur *pode ser ou não ser monstro. De não-sei-quê engendra e arrasta, jaganata, contra a quietude, seu carro, a pez de lume e súlfur e nafta. Maior em possança, oxalá, seja contudo o outro, o da encontroada, de antes, civilizado homem, para meu socorro. Tenho-o que sobrevindo e pegando a este, senão o trucidando. Defiro-lhe desmesurada gorjeta, em todo o caso, qual que o exorte:* — Sabe não que é hoje dia de bosta e respeito? *Somenos panema agora ele se mostrasse ficado.*

Soleva-me ao entrar em paz é o desar de chegar de feito com retardo. Tentam afinal os astros o que, contra mim, que só peço nenhum erro e enarmonia e suasão? Ou admodo atingir alguém e clamar: — "Senhor, fiz tudo — as batatas estando plantadas, os macacos penteados, já fui saindo, vi que o Sr. não está na esquina, banhei-me na caixa de fósforos, o boi se amolou, o outro também, os porcos idem, foi lambido o sabão; e a Lherda e Nherda fui, cá estou. Senhor?…" *E porém de lá, não grave mas espesso, o Custódio, vem mais alto e forte do que eu e que ante mim espadaudava-se. Sem o que pensei, lhe pespeguei:* — Fedaputa! — *as sílabas destapadas. Desentendeu ele e certo mal-ouviu, pois soltada sorrida resposta:* — Não tem por que…

Desabei de ânimo. De hábitos. Tudo é então só para se narrar em letra de fôrma?

Mas é Apolo quem guia as musas. Dizer e dizer — Walfrida. Imperava ela de costas, embrulhei olhos em seu vestido, outroverde, do que as alfaces mais ofertam. Em tir-te também as pernas com sardas, ancas, cintura, o bamboleio. Tudo de cor se seguiu. Isto é: o rato, rápido; o gato mágico. Oh que para desejável amorável pervê-la eu precisara de estar recuado a raso grau. Mas todos somos bobos ou anões em volta do rei. Do que nem ela não se admirava, de eu antes desazado correr tão tortas linhas; pois noivamos, no dia mesmo, lindo como um hino ou um ovo. Tudo está escrito; leia-se, pois, principal, e reescreva-se. Tal, por má cópia, o de D. Diniz:

> "Ela tragia na mão
> hum papagay muy fremoso
> cantando mui saboroso
> ca entrava o verão,
> e diss': Amigo loução
> Que faria por amores
> poys me errastes tã em vão
> e ca eu antr'unhas flores."

V

— *"Quem não tem cão, caça com gato…"* — re-
-clama o camundongo.

QUIABOS.

"A fim, porém, de poder-se ter mais exata compreensão de tais antíteses, darei os Modos de conseguir-se
a suspensão de julgamento."

SEXTUS EMPIRICUS.

Menino, mandavam-me escovar em jejum os dentes, mal saído da cama. Eu fazia e obedecia. Sabe-se — aqui no planeta por ora tudo se processa com escassa autonomia de raciocínio. Mas, naquela ingrata época, disso eu ainda nem desconfiava. Faltavam-me o que contra ou pró a geral, obrigada escovação.

Ao menos as duas vezes por dia? À noite, a fim de retirar as partículas de comida, que enquanto o dormir não azedassem. De manhã…

Sobre a escova e a dúvida   187

Até que a luz nasceu do absurdo.

De manhã, razoável não seria primeiro bochechar com água ou algo, para abolir o amargo da boca, o mingau-das-almas? E escovar, então, só depois do café com pão, renovador de detritos?

Desde aí, passei a efetuar assim o asseio. Durante anos, porém, em vários lugares, venho amiúde perguntando a outros; e sempre com já embotada surpresa. Respondem--me — mulheres, homens, crianças, médicos, dentistas — que usam o velho, consagrado, comum modo, o que cedo me impunham. Cumprem o inexplicável.

Donde, enfim, simplesmente referir-se o motivo da escova.

VI

"Problemas há, Liberális excelente, cuja pesquisa vale só pelo intelectual exercício, e que ficam sempre fora da vida; outros investigam-se com prazer e com proveito se resolvem. De todos te ofereço, cabendo-te à vontade decidir se a indagação deve perseguir-se até ao fim, ou simplesmente limitar-se a uma encenação para ilustrar o rol dos divertimentos."

SÊNECA.

Tenho de segredar que — embora por formação ou índole oponha escrúpulo crítico a fenômenos paranormais e em princípio rechace a experimentação metapsíquica — minha vida sempre e cedo se teceu de sutil gênero de fatos. Sonhos premonitórios, telepatia, intuições, séries encadeadas fortuitas, toda a sorte de avisos e pressentimentos. Dadas vezes, a chance de topar, sem busca, pessoas, coisas e informações urgentemente necessárias.[6]

---

[6] Meu colega amigo Dayrell, do Serro-Frio, faz tempo contaram-me que isso, transposto do inglês, chamar-se-ia "soroptimícia". Num hotel, fio que no Baglioni de Florença, li numa porta "Soroptimist Club" e vi-me em reunião de sociedade internacional, espécie de Rotary feminino. Só mais tarde, no *Brewers Dictionary of Phrase & Fable*", encontrei o nome: SERENDIPITY. "Feliz neologismo cunhado por Horace Walpole para designar a faculdade de fazer por acaso afortunadas e inesperadas "descobertas". Numa carta a Mann (28 de janeiro de 1754) ele diz tê-lo tirado do título de um conto de fadas, "*Os Três Príncipes de Serendip*" que — "estavam sempre obrando achados, por acidente ou sagacidade, de coisas que não procuravam".

No plano da arte e criação — já de si em boa parte subliminar ou supra-consciente, entremeando-se nos bojos do mistério e equivalente às vezes quase à reza — decerto se propõem mais essas manifestações. Talvez seja correto eu confessar como tem sido que as estórias que apanho diferem entre si no modo de surgir. À Buriti (NOITES DO SERTÃO), por exemplo, quase inteira, "assisti", em 1948, num sonho duas noites repetido. Conversa de Bois (SAGARANA), recebi-a, em amanhecer de sábado, substituindo-se a penosa versão diversa, apenas também sobre viagem de carro-de-bois e que eu considerara como definitiva ao ir dormir na sexta. A Terceira Margem do Rio (PRIMEIRAS ESTÓRIAS) veio-me, na rua, em inspiração pronta e brusca, tão "de fora", que instintivamente levantei as mãos para "pegá-la" como se fosse uma bola vindo ao gol e eu o goleiro. Campo Geral (MANUELZÃO E MIGUILIM) foi caindo já feita no papel, quando eu brincava com a máquina, por preguiça e receio de começar de fato um conto, para o qual só soubesse um menino morador à borda da mata e duas ou três caçadas de tamanduás e tatus; entretanto, logo me moveu e apertou, e, chegada ao fim, espantou-me a simetria e ligação de suas partes. O tema de O Recado do Morro (NO URUBUQUAQUÁ, NO PINHÉM) se formou aos poucos, em 1950, no estrangeiro, avançando somente quando a saudade me obrigava, e talvez também sob razoável ação do vinho ou do conhaque. Quanto ao GRANDE SERTÃO: VEREDAS, forte coisa e comprida demais seria tentar fazer crer como foi ditado, sustentado e protegido — por forças ou correntes muito estranhas.

Aqui, porém, o caso é um romance, que faz anos comecei e interrompi. (Seu título: A Fazedora de Velas). Decorreria, em fins do século passado, em antiga cidade de Minas Gerais, e para ele fora já ajuntada e meditada a massa de elementos, o teor curtido na ideia, riscado o enredo em gráfico. Ia ter, principalmente, cenário interno, num sobrado, do qual — inventado fazendo realidade — cheguei a conhecer todo canto e palmo. Contava-se na primeira pessoa, por um solitário, sofrido, vivido, ensinado.

Mas foi acontecendo que a exposição se aprofundasse, triste, contra meu entu-siasmo. A personagem, ainda enferma, falava de uma sua doença grave. Inconjurável, quase cósmica, ia-se essa tristeza passando para mim, me permeava. Tirei-me, de sério medo. Larguei essa ficção de lado.

O que do livro havia, e o que a ele se referia, trouxou-se em gaveta. Mas as coisas impalpáveis andavam já em movimento.

Daí a meses, ano, ano-e-meio — adoeci; e a doença imitava, ponto por ponto, a do Narrador! Então? Más coincidências destas calam-se com cuidado, em claro não se comentam.

Sobre a escova e a dúvida   189

Outro tempo após, tive de ir, por acaso, a uma casa — onde a sala seria, sem toque ou retoque, a do romanceado sobrado, que da imaginação eu tirara, e decorara, visualizado frequentando-o por ofício. Sei quais foram, céus, meu choque e susto. Tudo isto é verdade. Dobremos de silêncio.

E saiu, por fim, de Gilberto Freyre, "DONA SINHÁ E O FILHO PADRE", livro original, inovador, importante. Inaugura literariamente gênero a que chama de semi-novela. Diria eu: por outro lado, uma binovela. Direi — sesquinovela, no que propõe o que vou sussurrar.

Começa com o autor contando que ia contar uma estória — já se vê, inventada — em que figuraria uma Dona Sinhá; e que foi convidado à casa de certa Dona Sinhá, verdadeira, existente, a qual, lendo em jornal notícia do apenas ainda planejado romance, acusa-o de abusar-lhe o nome. Diz-se, pasmoso caso:

> "Pois o que vinha acontecendo comigo era uma aventura inesperada e única. Onde e com quem já acontecera coisa igual ou semelhante? Nos meus livros ingleses sobre fatos chamados pelos pesquisadores modernos de fenômenos psíquicos, de supranormais, eu não deparara com a relação de um fenômeno que se parecesse com aquele: com aquela Dona Sinhá real a me dar provas de que era a mesma figura de minha concepção romanesca."

Tudo isto, bem, podia não mais ser que ladino artifício, manha de escritor para entabular já empolgantemente o jogo; além de logo abrir símbolo temático: a personagem duplicada de imaginária e exata, por superposição, meio a meio — tal qual a própria "seminovela", em si. Assim foi que pensei. Já, hoje, muito duvido. Sei que o autor, ademais de cauto, tem, para o mais-que-natural, finas úteis antenas. E, a meu ver, ou o quiasma, ainda que talvez não completamente, se passou mesmo com Gilberto Freyre, ou ele o intuiu, hipótese plena, de outro plano, havido ou por haver. Alguma coisa se deu.

Prossigo; porque — e para mim é o que entranhadamente importa — houve o "francês". Concite-se:

> "Não pude deixar de levantar-me, espantado, assombrado. Até o 'francês'! Isto é, um terceiro personagem que eu pretendia inventar e que era um brasileiro

afrancesado conhecido, entre seus antigos colegas de escola, no Recife, por 'o francês'.

....

"Mais: havia o 'francês'. O 'francês' eu acreditava ser uma pura invenção minha, baseada, é certo, no fato de alguns rapazes da época da mocidade de Dona Sinhá, terem feito, como um irmão, que eu ainda conhecera, do Cardeal Joaquim Arcoverde, os estudos na Bélgica ou na França."

Aqui então revelo, afianço, declaro: tais o sobressalto e abalo, não fui adiante; fechei o livro, que só mais tarde conquisto ler, com admiração e gosto. Porque, no meu supradito projeto de romance, A Fazedora de Velas, *devia aparecer também um personagem, que, brasileiro, vivera anos em França e para lá retornara, apelidado "o Francês". Que crer? Vê-se, isto sim, em* "Dona Sinhá e o Filho Padre":

"Haveria uma verdade aparentemente inventada — a da ficção — parecendo independente da histórica, mas, de fato, verdade histórica, a qual, solta no ar — no ar psíquico — a sensibilidade ou a imaginação de algum novelista, mais concentrado na sua procura de assunto e de personagens, a apreendesse por um processo meta--psíquico ainda desconhecido?"

O meu "francês" seria, no romance, meio torvo, esfumado, esquivo, quase sinistro. O de Gilberto Freyre realizou-se simpático, sensual, sensível; plausivelmente algo bio- e autobiográfico?

E como foram possíveis coincidências de ordem tão estapafa? Eu não sabia coisa nem alguma do livro de Gilberto Freyre, e ele migalhufa coisinha não poderia saber do meu "Francês"; jamais confidenciado a ninguém, nem murmurado, ficado no limbo, antes e depois do inverno de 1957 (ou 1958? — agora estou em dúvida), quando ele quis comparecer ao ecrã do meu perimaginar.

Só sei que há mistérios demais, em torno dos livros e de quem os lê e de quem os escreve; mas convindo principalmente a uns e outros a humildade. A Fazedora de Velas, *queira Deus o acabe algum dia, quando conseguir vencer um pouco mais em mim o medo miúdo da morte, etc. Às vezes, quase sempre, um livro é maior que a gente.*

Sobre a escova e a dúvida 191

VII

"Se descreves o mundo tal qual é, não haverá em tuas palavras senão muitas mentiras e nenhuma verdade."

TOLSTÓI.

"Agora, que já mostramos seguir-se a tranquilidade à suspensão de julgamento, seja nossa próxima tarefa dizer como essa suspensão se obtém."

SEXTUS EMPIRICUS.

A gente de levante, a boiada a querer pó e estrada, melindraram-se esticando orelhas os burros de carguejar, ajoujados já com tralha e caixotes. Alguém disse: — Dr. João, na hora em que essa armadilha rolar toda no chão, que escrita bonita que o sr. vai fazer, hein? *Os vaqueiros dos Gerais riem sem dificuldade. Zito só observou:* — O sr. está assinando aí a qualquer bobajada? *Antes apreciara minha caderneta atada a botão da camisa por cordel que prendia igual o lápis de duas pontas:* — Acho bom vosso sistema... *Mas montava agora muar de feia cor e embocava o berrante, vindo assumir sua vanguarda. Saía-se, na alva manhã, subia-se a Serra.*

Zito podia bem dar opinião, de escrevedor, forte modo nascido, marcado. Lá, em ermo, rancharia longe entre capins e buritizais, agrestidão, soubera mesmo prover-se do pobrezinho material usável. Mostrou-me, tirado da bolsa do arreio de campeio, um caderno em que alistava escolhidos nomes de vacas.[7] Vi depois: que sendo entre os dali a um tempo o cozinheiro melhor mais o maior guieiro — e dado em poeta. Não a aviar desafios, festejos, mas para por enquanto quieto esconder seus versos. Isto — e escuro franzino, arqueadas pernas, pequeninotezinho debaixo do de extensas abas chapéu courino — de ordinário levaria a nele fazerem pouco. O que porém não, na prática. Rapaz, que vem que espalhando senso-de-humor e vera benevolência, e homem esperto, oficioso, portava-se quera resolvido também: à cinta o carga-dupla 38, niquelado, cano longo. De maneira que da que fosse poesia não se falava, feito um segredo ajudado a guardar; a sua parava uma fama áptera. Todos respeitantemente gostando de Zito.

---

[7] *Eis alguns: "Farofa, Despedida, Carvoeira, Barqueira, Cerveja, Brasileira, Susana, Rosada, Boneca, Cordeira, Esposinha, Carta Branca, Meia-Lua, Bizarria, Cabaceira, Fantasia, Cristalina, Limeira, Consulta, Invejosa, Vila Rica, Nevoeira, Duquesa, Balança, Giboia, Casinha, Paquinha, Violeta, França, Revista, Palmeira, Roseta, Conquista." Ainda, lindo grafados, menos comuns: "Luminada, Luarina, Noroama, Caxiada, Searença, Pranici, Deploma, Orora, Goveia, Barona, Charóa (Charrua?), Orvalada, Metrage, Mazuca, Ganabara, Sembléia, Mageira, Roxona, Mascarina, Barbilona, Suberana."*

Durante os rodeios, da ajunta do gado bravo, ele não me animara a acompanhar a boiada — *conforme firme tenção para pagar meus votos. Seja que predisse:* — Aquilo é um navio de trabalhos! *De fato, aqui, em lentíssima marcha turbulenta, por altiplanícies, definito o mormaço meridiano, a gente penava e perigava. Zito contudo entendia então agora para mim os remédios da beleza: apontava o avulto do mundo de bois ondulando no crepitar de colmeião, um touro que feroz e outro marmoreado adiante, o buriti fremente, o tecnicolorido das veredas* — *os pássaros!* — *aquele horizonte amarrotado.* — Tudo o que é ruim é fora de propósitos... — *poetava?*

Só não recitava trovas. *Aquiles, Bindoia, o próprio Manoelzão, outros, faziam isso, nômades da monotonia. Iam, enquanto não lidavam ou aboiavam, citando alto cada avistada coisa, pormenor* — *ave e voo, nuvem, morro, riacho, poeira, vespa, pedregulho, pau de flor, ou nada* — *toadamente. Tudo enumeravam com vagar, comentavam, como o quirguiz, o tropeiro, o barqueiro sãofrancisco; preenchiam, repetido em redondilha. De raro, quadra aceitável formava-se, aprendiam-na os companheiros, achava fortuna; todas consoante módulo convencional, que nem o dos cancioneiros e segréis. Logrei eu mesmo uma ou duas, já ora viradas talvez folclore, e conforme sertanejo direito, graças aos dezesseis meus quatravós. Zito não procedia assim, apenas se dava que pensava, à sua parte, sustido tangido o berrante com surdos diversos sons. Ele vai guiava.*

Também em todo o caso uma hora tendo de deixar a guiação a outro, e adiantar--se à boiada, puxado adestro o burro dos trens, rumo ao ponto-de-pouso, aonde cozinhar o jantar. Vezes, preferi ir junto, fora da fadigosa lentidão, do rebanho, poeiranhama, rude sensível o movimento lado a lado do traseiro na sela, a qual se bota quente pelo demais. Mole se conversava então, equiandantes, ele gostava de ouvir arte. Influindo-o qualquer porção de proseio ou poema, a quanto aquilo queria acatrimar-se, ainda ao que não entendendo. Aprovava maneira maior: arrancos, triquestroques, teúdas imagens, o chio de imitar as coisas, arrimada matéria, machas palavras. Do jeito, seu ver, devia de ser um livro — *para se reler, voz aberta, mesmo no meio de barafa, galopes, contra o estrépito e eco dos passos dos bois nos anfractos da serrania.*

Acampar outrossim pedia respeito à topografia: — Aqui não senhor, só da banda de lá do riacho... — *por regra enxuta. Pois, no tempo-das-águas, qualquer enchente podia num átimo de noite se engrossar; e porque:* — Mesmo um corguinhozinho estrito não estorva mas amiúde distrai o boi de arribar, põe a rês em dúvida se dá ou não dá para trás... — *Ia-se apanhar logo água?* — Não vê, é a derradeira providência, senão bicho, porco, pode o diabo jurar, derruba chaleiras, latas... *E buscar lenha, não?* — Só que a catada, goiabeira, araçá, ardentes de queimar, extratas. Do barbatimão, por

Sobre a escova e a dúvida

um exemplo, o sr. nem queira, faça jeito… *Assaz esperava-se enfim também chegar ao lugar a boiada, o ar no clássico balanço zefirino, piando as saracuras, invisibilíssimas, quando o sol reentra. Zito esquivava de assim agora a poesia, desde que a servir feijão e carne-seca.*

Depois é que de lavar e arrumar trenhama, o que seja, acendia lamparina. Os outros jogavam truque ou pauteavam; ele também. Mas, estendido de bruços num couro vacum, rabiscava com toco de lápis num Caderno Escolar — dezoito folhas, na capa azul dois passarinhos e o Pertence a "João Henriques da Silva Ribeiro / Selga 19-5-52", *em retro o Hino Nacional Brasileiro e o Hino à Bandeira — tenho-o comigo. Mas, o que Zito, xará, nele lançava, não eram contas de despensa ou intendência:*

> "No dia 19
> saimo do sertão
> o zio no consolo
> Joaquim no lampião
>
> Manoelzão do Pedez
> Joazito na Balaica
> De hoje a 3 dia
> Nos chegamo no reachau das Vacas
>
> Quando sai de minha terra
> Todo mundo ficou chorando
> Sebastião no Barao
> O preto no Cabano.
>
> A Deus todos meios amingo
> a te para o ano nesta vila
> O retrato com cangaia
> O colchete com a muchila"
> ....

Destarte entrante a obra, diário de nossa vem-vinda. Havendo que — Retrato, Pedrês, Colchete, Balalaica, Cabano, Barão, Lampião, Consolo *etc. — os nomes das montadas, equinos adestrados de campear ou mulos que aguêntam a montanha. Tais no sertão os* epos *das boiadas, relato ou canto, se iniciam com o elenco amável dos cavalos espiantes e dos vaqueiros sobressentados.*

Sob rotina de aberto céu e vocação, Zito tarde ainda versejava, miudeadamente, também, proporções líricas, outras faces. De jeito mesmo desatentava nos astros — Vésper a Iaci-tatá-uaçú, *Sírius a pino, Aldebarã grã brasa — de com que se conviver. Deixava-lhes, de rir para dormir, as palavras. Dormíamos com a Lua. Extorquidos se espichavam e encolhiam-se os vaqueiros, ao friofrio, relento, paralelos como paus de jangada; até às sarjas da aurora. Zito, já à mão o caldeirão, surpreendia-o a estrela boieira. Comia-se com escuro. Entornava-se de árvores o orvalho, jarras, cantaradas. Continuávamos em cavalgar.*

Um a par do outro, quiproquamos, foi entre a Vereda-do-Catatau e o Riacho das Vacas. Dava eu de prenarrar-lhe romance a escrever — estória com grátis gente e malapropósitos vícios, fatos. Ele, de embléia, arriou o berrante: — O sr. tem de reger essas noções... *Pelo que pensava, um livro, a ser certo, devia de se confeiçoar da parte de Deus, depor paz para todos, virtude de enganar com um clareado a fantasia da gente, empuxar a coragens. Cabia de ir descascando o feio mundo morrinhento; não se há de juntos iguais festejar Judas e João Gomes.*

— E a verdade? — *fiz.*

Zito olhou morro acima, a sacudir os ombros e depois a cabeça. — O sr. ponha perdão para o meu pouco-ensino... — *olhava como uma lagartixa.* — A coisada que a gente vê, é errada... — *queria visões fortificantes* — Acho que... O borrado sujo, o sr. larga na estrada, em indústrias escritas isso não se lavora. As atrapalhadas, o sr. exara dado desconto, só para preceito, conserto e castigo, essas revolias, frenesias... O que Deus não vê, o sr. dê ao diabo.

Ora, pois, o que no sertão só se pergunta: — Que é o que faz efeito e tem valença? *Zito contou-me estórias, das Três Moças de Trás-as-Serras, o Cavalo-que- -não-foi-achado, da Do-Carmo. Deu de adir:* — A gente não quer mudança, e protela, depois se acha a bica do resguardado, menino afina para crescer, titiago-te, a bicheira cai de entre a creolina e a carne sã... *O que, com o dito ademais, vertido compreender-se-ia mais ou menos:* O mal está apenas guardando lugar para o bem. O mundo supura é só a olhos impuros. Deus está fazendo coisas fabulosas. *Para onde nos atrai o azul?* — *calei-me. Estava-se na teoria da alma.*

— Zito, me empresta o revólver, para eu te dar um tiro! — *eu disse, propondo gracejo, um que ele apreciava; que até hoje andante o esteja a repetir, humoroso.*

Sobre a escova e a dúvida   195

Glossário

afgã: do Afganistã; natural ou habitante do Afganistã.

afgânico: referente ao Afganistã.

afta: ulceraçãozinha na boca.

alquímia (quí): ciência-arte iniciática das transmutações.

antinômia (nô): oposição recíproca; coisa contrária; oposição de uma regra ou lei a outra; contradição entre duas leis ou princípios.

artelho (ê): dedo do pé. (Cf. *toe*, *Zehe*, *orteil*.)

boemia (í): vida farrista, vida airada; estúrdia.

calcáreo: que contém carbonato de cálcio; etc.

crâneo: caixa da cabeça e miolos.

croar: gritar (o pavão).

discreção: qualidade de discreto.

discrição: liberdade ampla de uso; talante.

dobro: saco em que o vaqueiro leva suas roupas e objetos de uso pessoal.

ensosso: com pouco ou nenhum sal; enjoado, insípido, insulso, sem tempero.

especiária: droga aromática do Oriente, principalmente das que servem de tempero.

eça: catafalco, porta-ataúde, estrado mortuório.

gavioa: fêmea do gavião, o mesmo que gaviã.

gru: ave pernalta, também chamada *grou*.

impúdico (ú): sem pudor; libertino; lascivo.

jaboti: quelônio terrestre; espécie de kágado.

jaboticaba: fruta da jaboticabeira; *fruta*, *fruita*.

lampeão: utensílio alumiador.

logística: lógica baseada nos símbolos matemáticos; a lógica formal.

lojística: especialidade militar dos suprimentos, transporte e alojamento das tropas.

magérrimo: superlativo absoluto sintético de *magro*, o mesmo que *macérrimo*.

maquinária (ná): conjunto de máquinas.

maquinaria (rí): arte de maquinista.

maquinário (ná): relativo a *máquina*.

misântropo (ân): inimigo da humanidade; o que detesta a convivência com os semelhantes; homem arredio e solitário; que sofre de misantropia, macambúzio.

Oceania (í): a quinta parte do mundo.

omoplata (s.m.): osso da parte de trás do ombro.

pavã: fêmea do pavão, o mesmo que *pavoa*; relativa ao pavão.

púdico (ú): com pudor; casto.

pupilar: ostentar os ocelos da cauda (o pavão).

rúbrica (ú): anotação a um texto; subtítulo de verba orçamentária; nota, comentário; sinal indicativo, indicação de matéria a ser tratada; firma; sinal.

seródio (ó): tardio, que vem tarde.

sossobrar: afundar; afundar-se, naufragar.

tutameia: nonada, baga, ninha, inânias, ossos-de-borboleta, quiquiriqui, tuta--e-meia, mexinflório, chorumela, nica, quase-nada; *mea omnia.*

Yayarts: autor inidentificado, talvez corruptela de oitiva. Não é anagrama. (Pron. *iáiarts*.) Decerto não existe.

Sota e barla

SEI ONDE, EM MAIO, EM MINAS, O CÉU SE VÊ AZUL. Feio é, todo modo, passar-se do sertão uma boiada, estorvos e perigos dos dois lados, por espaço de setenta léguas. Doriano, de gibão e jaleco, havendo de repartido olhar, comandava dependuradamente aquilo. Destino às porteiras do patrão e dono, Seo Siqueira-assú, Fazenda Capiabas, movia para o sul o trem de vaqueiros lorpas patifes e semi-selvagens bois.

Marinheiro de primeira nem de última viagem, moço maltratado e honrado pela vida, não confiava nas passadas experiências. Só esmava três-metades os azares, em mente a noção geralista: *Tudo, o que acontece, é contra a gente.* Mas não queria errar de próprio querer.

E estava-se na marcha do quinto dia, tomado o vento da banda da mão esquerda. Tem o gado de ir demais moroso, respeitado, por não achacar, não afracar, não sentir. Vêm de propósito pelos espigões as estradas boiadeiras.

Doriano exigia de si, de redobramento, rédeas endurecidas. Fiava nem-menos no comum dos vaqueiros, rabujos; só, o tanto, no amistoso cozinheiro, Duque, e no esteira Seistavado, dos tristonhos. Desordeiro sarnava por exemplo um Rulimão, de pôr-lhe abrolhos; tão-tudo, diligente destro. Esses, quais, descareciam de apurar ramos de cruz, nem preferir real ou ceitil. Dá é na cabeça, a dor das coisas.

E havida segunda boiada, que também de Seo Siqueira-assú, à vara dum Drujo, porfiador, três vezes rival, desamigo; não se tendo ora estima de por onde andasse, de rebuço, senão que vinda navegando igual passo — atrás, adiante, a par — resvés.

Doriano pegara defluxo. O vento rebulia, frio, apesar do destempo de calor. O gado estranhava. Dali ainda a longe, etapas, rumo-a-rumo, ao vice e versa da estrada, viviam aquelas em que Doriano cuidava, as duas, amores contrários, que a esperarem seu resolver. A Aquina e a Bici.

Antes, aqui os tropeços se antojavam, um a um, o mau diário bastante. Forçoso sendo guiar-se frentemente a boiada, o possível, inteira e sã, até às Capiabas, currais de bem, casa edifícia. Doriano protelava o pensar, não devendo encurtar ânimo nem abusar com a sorte. Tudo consigo não falava. Sofria só a dificuldade: a de escolher.

Foi no noveno dia, faltava água. Em o Laranjado, o Buriti-de-Dentro, o Se-Mexido, as esperadas grotas se acharam secadas. Rixavam os vaqueiros, queixosos, grossa parda de poeira cada cara, só fora os vermelhos beiços. O gado berrava. Doriano, chefe, perrengue trotava, a de-cá a de-lá e da guia à culatra, nessa confusão e labirinto, sem certeza do melhor e pior.

Entupia-o o constipado, apertada a testa, de nulo espírito do que fazer. Se em esvio do direito roteiro se botava, desladeado, desta ou da outra parte — água aí sobejasse, avonde, no campo baixo. Mas, por porém: iria tortear caminhos, sem a certa conhecença, mais uma boiada pesada de vagarosa, desdobradamente, ao retraso transtornoso. À Capiabas com ela chegar, não depois da do Drujo, competente, virava o que valia, nem um boi perdido, adoecido ou estramalhado. O nenhum encalacro.

Trepou a um outeiro alto, constante a cavalo. Espiou o poente: nem nada. Erguido firmado nos estribos, espiou o nascente. Por cima de cerradão, se enxergava bolo de poeira, suspendida, que o vento rebate e desairada se esfaz. Delatava boiada costumada, que orçasse, já a-de-longe. Fosse o Drujo, estando de fortuna? Doriano disse: — *"Deus te e me leve!"* Por enfrouxecido.

Temeu que também os vaqueiros vissem a poeireira, nem nuvem conforme abelhas enxames, lhe dando dúvida. Tão então, se isso dos outros receava, não era sinal de que devia somente continuar a seguir, por diante, aquela própria serra diretiva, como pelas apagadas linhas de um documento? Obedecendo a segredas coisas assim o espiritado da boiada — o balanceio.

Seus vaqueiros lhe vinham às costas, de enrufo, a xingos, reardendo. Malsinavam-se. Reinava o Rulimão, ladino no provocar o Seistavado, costaneiro-espontador. A quanto e quando moderar esses rebelamentos?

Mas, só até — de estupefa! — já à dôida melhoria. As grotas se topavam com água, no Buriti-Formoso, no Buriti-da-Cacimba. Os vaqueiros abriam a natureza, cantavam letrilhas. Doriano quis esquecer o Drujo, e se lembrar daquelas, demais, a Bici, a Aquina; no mastigar da carne-seca, que o Duque assava gordurenta.

Tinha de travar plano; e o coração não concordava. Aquina, ociosa meretriz, na Caçapa, banda da mão direita. A Bici, moça para ser nôiva, à beira da lagoa Itãs, do lado do outro lado. Ele espontâneo se gemeu, mediante pragalhão, que meio puxava pelo nariz. Decidir logo formava danada ação;

as verdades da vida são sem prazos. E o Drujo, invejador, que essas, uma e outra, por garapa e mel, também cobiçava!

Doriano caçasse do fino do ar a resolução; na sela, no calor do dia. Só o vento zazaz e as tripas lhe doendo na barriga. A iazinha Bici, flor de rososo jardim, de brancura, palhacinho de lindeza, água em moringa. A feitiçosa Aquina, no sombreado, relembrada, xodó e chamego, uso vezo. E a gente sem folga sujeito ao que puxa, ombro e ombro, homem nunca tem a mente vazia.

Devia tomar sentido no do Drujo, tramoias. Ter mão no Rulimão. Buscar os duvidados pastos, para se estanciar, o pernoite. Estimava os bois, juntos, o mexente formato, que ajuda a não razoar. A boiada cruzava um aniquilo de paragens, sem o que quase comer, em nhenhenhenha cafundura.

Pois vieram, ao Buritis-Cortados, senão onde, de um fazendeiro Pantoja.

Aquele estava à porteira, muito alto magro, de colete sem paletó e chapéu aboso. Se tinha um pasto, não alugava: por promisso com outro, de pronto chegar. Dava de ser o Drujo! Doriano não se coçou. Tomou bom fôlego. Lhe disse: — *"O sr. no seu se praz…"* — e tem-te se arredou, para se ver acontecer. Fez o gesto de cansado; pensaram que era o de forte decisão. Saía, espirrando e cuspindo, como todo boiadeiro tem medo de gostar dos bois.

Porém o fazendeiro Pantoja se adiantou, segredado compondo: que possuía outro pasto, o reservo melhor, a quarto-de-légua, seja se a três tiros de espingarda. Falou: — *"Se vê, o sr. não precisa de ninguém. Por isso, merece e convém ter ajuda!"* — assim ele desempatava.

Toque.

Vezes outras jornadas, o rumo no chão, gado e gente, nem tanto à várzea nem tanto à serra. Doriano o mole pensava. Aí embora até ao não delongável; da véspera para o dia. Iam pousar onde, de onde, as duas diversas moravam, banda a banda. Socapo, leleixento, não havia o Drujo de, de tresnoitação, tretear e caçar de se tremeter com a alguma delas, a qual? — em brio ele temeu. E viu, tangendo o cargueiro, o Duque, amigo. Disse-se: — *"Tudo tem capacidade…"*

Tranqueou o cavalo. Mandou. Ir o Rulimão fosse, mão direita, à Aquina, à Caçapa, com dinheiro, o alforrio; quisesse, lá ficasse, os três tempos, por espalhar o bofe, dias e mais — e desmoderado brabo renhir qualquer vindiço… Sorriu, com boa maldade.

Mas, empunhando arma contra quem intruso ali aparecesse, ir o Seistavado à Itãs, mão canhota, com a sua palavra de homem: de que, breve, ele

Sota e barla   201

Doriano, nas praxes, visitava a Bici moça e a Mãe e Pai, pelo pedido, finitivo. Tudo desvirava do incerto, remoído bem, depois das núncias e arras.

Tão o primeiro, quite, trouxe a boiada conduzida, ao Seo Siqueira--assú, afinal, em Capiabas, sem arribada, sem dano. Tossisse, a barba grada, no empoeiramento, condenado nisso, mais uns vaqueiros esfalfados. E já de noite: enchida a lua. Então, apalpou de repente no coração a Bici, que notou que amava; que o amor menos é um gosto para se morder que um perfume, de respirar. Tinha o nome dela, levantado sozinho, feito prendida no tope do chapéu branquinha flor.

Desapeava e olhando para trás em frente olhava, Doriano e tal, some-nos espantado — do vão do sertão donde viera, a rota nada ou pouco entendida — nem sabendo o que a acontecer. Tendo a perfeita certeza.

Tapiiraiauara

Dera-se que Iô Isnar trouxera-me a caçar a anta, na rampa da serra. Sobre sua trilha postávamo-nos em ponto, à espera, por onde havia de descer, batida pelos cães. Sabia-se, a anta com o filhote. Acima, a essa hora, ela pastava, na chapada.

Vistosa, seca manhã, entre lamas, a fim de assassinato; Iô Isnar se regozijava, duro e mau como uma quina de mesa. Eu olhava os topos das árvores. Fizera-me vir. Era o velho desgraçado.

— *"A carne é igual à da vaca: lombo, o coração, fígado…"* Matava-a, por distração, suponha-se; para esquecer-se do espírito. Iô Isnar tinha problema. — *"Ecô"!* — deu a soltada dos cachorros, aplicados rumo arriba.

— *"Mora no beira-córrego, em capão de mato. Faz um fuxico, ali, uns ramos; nesse enredado, elas dormem."* A anta, que ensina o filhote a nadar: coça-o leve com os dentes, alongando o trombigo.

— *"Sai dos brejos, antes do sol. Sobe, para vir arrancar folhas novas de palmeiras, catar frutinhas caídas, roer cascas do ipê, angico, peroba…"*

O problema de Iô Isnar era noutro nível, de dó e circunstância, viril compungência. Seu filho achava-se em cidade, no serviço militar. — *"Haverá mais guerra? O Brasil vai?"*… perguntara, muito, expondo a balda.

A anta, e o filhote — zebrado riscado branco como em novos eles são — tão gentil.

— *"Ah, o couro é cabedal bom, rijo, grosso. Dá para rédeas, chicotes, coisas de arreios…"*

Sobre lá, a mil passos, a boa alimária fuçava araticuns e mangabas do chão, muricis, a vagem da faveira. Ao meio-dia buscava outros pântanos, lagoas, donde comia os brotos de taquaril e rilhava o coco do buriti, deixada nua a semente. Com pouco ia desastrar-se com os cães, feia a sungar a afilada cabeça, sua cara aguda, aventando-lhes o assomar.

Eram horas episódicas.

De tocaia, aqui, no rechego, a peitavento, Iô Isnar comodamente guardava-a, rês, para tiro por detrás da orelha, o melhor, de morte. Dava osga, a desalma. Moeu-me. Merecia maldição mansamente lançada. Iô Isnar, apurado, ladino no passatempo.

Havendo que o obstar?

Levantavam-na quiçá já os cães anteiros afirmados, cruza de perdigueiros e cabeçudos. Acossada, prende às vezes o cachorro com o pé, e morde-o; despistava-os?

— *"É peta, qualquer cachorrinho prático segura uma anta!"*

Valesse-lhe, nem, andar escondida nos matos, ressabiando os descampados. Sem longe, sem triz, ao grado de um Iô Isnar, em sórdido folguedo: condenada viva.

Mas, que, então, algum azar o impedisse — Anhangá o transtornasse!

Só árvores através de árvores. Doer-se de um bicho, é graça. De ainda aurora, a anta passara fácil por aqui, subindo do rio, de seu brejo-de-buritis, dita vereda. Marcava-se o bruto rastro: aos quatro e três dedos, dos cascos, calcados no sulco fundo do carreiro, largo, no barro bem amarelo, cor que abençoa.

Havia urgência.

Podia-se uma ideia.

À mão de linguagem. A de meneá-lo, agi-lo, nesse propósito, em farsamento, súbito estudo, por equivalência de afetos, no dói-lhe-dói, no tintim da moeda! Iô Isnar, carrasco, jeito abjeto, temente ao diabo. A pingo de palavras, com inculcações, em ordem a atordoá-lo, emprestar-lhe minha comichão. Correr aposta.

Ponteiro menor, a anta; ponteiro grande, os cães.

E dependi daquilo.

— *"Sim, o Brasil mandará tropas…"* — deixei-lhe; conforme à teoria. Sem o fitar: mas ao raro azul entre folhagens de árvores.

— *"Cruz!?"* — ele fez, encolhera elétrico os ombros.

Eu, mais, numa ciciota: — *"É grave…"* Luta distante, contra malinos pagãos, cochinchins, indochins: que martirizavam os prisioneiros, miudamente matavam. Guerra de durar anos…

Iô Isnar, voz ingrata, já ele em outras oscilações: — *"Deveras?"* — coçou a nuca, conquanto. Acelerava seu sentir; pôs-se cinco rugas na testa, como uma pauta de música. Vi o capinzal, baixas ervas, o meigo amarelo do lameiro, uma lama aprofundada. Ele era um retrato.

Tomei uns momentos.

Devagar, a ministrar, com opinião de martelo e prego: — *"Seu filho único…"* Disse. Do ominoso e torvo, de desgraçados sucessos, o parar em morte, os suplícios mais asiáticos. — *"Se a sorte sair em preto…"* — o tema fundamental.

Iô Isnar — a boca aberta ainda maior, porque levantara a cabeça — e um olhar homicida. Malhava-me fogo?

Só futuras sombras não logravam porém o desandamento de um cru caçador, seu coração a desarrazoar-se. Talvez a menção prática de providências vingasse sacudi-lo: — *"Ajudo-o… Mas tem de vir comigo à cidade…"* — propinei.

Iô Isnar sumiu a cor do rosto, perdera o conselho; o queixo trêmulo. Valha-o a breca! Operava, o método. Vinha-lhe ao extremo dos dedos o pânico, das epidermes psíquicas. Ele estava de um metal. Ele era maquinalmente meu. Obra de uns dez minutos.

No súbito.

A alarida, a pouco e pouco, o re-eco — trupou um galope, em direitura, à abalada, dava vento.

E foi que: mal coube em olhos: vulto, bruno-pardo, patas, pelo estreito passadouro — tapiruçu, grã-besta, tapiira… — o coto de cauda. Com os cães lhe atrás.

Iô Isnar falhara, a cilada, o tiro; desexercera-se de mãos, não afirmara a vista.

Travavam-se, em estafa, os cães, com latidos soluçados.

Embaixo, lá a anta soltara o estridente longo grito — de ao se atirarem à água, o filhote e ela — de em salvo.

Refez-se a tranquilidade.

Iô Isnar rezava, feito se moribundo, se derrubado, tripudiado pelo tapir, que defeca mesmo quando veloz no desembesto: seu esterco no chão parecia o de um cavalo.

Tapiiraiauara   205

Tresaventura

… no não perdido,
no além-passado…

Mnemônicum.

Terra de arroz. Tendo ali vestígios de pré-idade? A menina, mão na boca, manhosos olhos de tinta clara, as pupilas bem pingadas. Só a tratavam de Dja ou Iaí, menininha, de babar em travesseiro. Sua presença não dominava 1 / 1.000 do ambiente. De ser, se inventava: — *"Maria Euzinha…"* — voz menor que uma trova, os cabelos cacho, cacho.

Ficava no intato mundo das ideiazinhas ainda. Esquivava o movimento em torno, gente e perturbação, o bramido do lar. — *"Eu não sei o quê."* Suspirinhos. Sabia rezar entusiasmada e recordar o que valia. A abelha é que é filha do mel; os segredos a guardavam.

Via-se e vivia de desusado modo, inquieta como um nariz de coelhinho, feliz feito narina que hábil dedo esgravata. — *"Dó de mim, meu sono?"* — gostava, destriste, de recuar do acordado.

Antes e antes, queria o arrozal, o grande verde com luz, depois amarelo ondeante, o ar que lá. Um arrozal é sempre belo. Sonhava-o lembrado, de trazer admiração, de admirar amor.

Lá não a levavam: longe de casa, terra baixa e molhada, do mato onde árvores se assombram — ralhavam-lhe; e perigos, o brejo em brenha — vento e nada, no ir a ver…

Não dava fé; não o coração. Segredava-se, da caixeta de uma sabedoria: o arrozal lindo, por cima do mundo, no miolo da luz — o relembramento.

Tapava os olhos com três dedos — unhas pintadas de mentirinhas brancas — as faces de furta-flor. Precisava de ir, sem limites. Não cedia desse desejo, de quem me dera. Opunha o de-cor de si, fervor sem miudeio, contra tintim de tintim.

— *"O ror…"* — falava o irmão, da parte do mundo trabalhoso. Tinha de ali agitar os pássaros, mixordiosos, que tudo espevitam, a tremeter-se, faziam o demônio. Pior, o vira-bosta. Nem se davam do espantalho…

Dja fechava-se sob o instante: careta por laranja azeda. Negava ver. Todo negava o espantalho — de amordaçar os passarinhos, que eram só do céu, seus alicercinhos. Rezava aquilo. O passarinho que vem, que vem, para se pousar no ninho, parece que abrevia até o tamanho das asas… Devia fazer o ninho no bolso velho do espantalho!

— *"A água é feia, quente, choca, dá febre, com lodo de meio palmo…"*

Mas: — *"Não-me, não!"* — ela repetia, no descer dos cílios, ao narizinho de rebeldias. Renegava. Reza-e-rezava. A água fria, clara, dada da luz, viva igual à sede da gente… Até o sol nela se refrescava.

— *"Tem o jararacuçu, a urutu-boi…"* — que picavam. O sapo, mansinho de morte, a cobra chupava-o com os olhos, enfeitiço: e bote e nhaque…

Iaí psiquepiscava. Arrenegava. Apagava aquilo: avesso, antojo. Sapos, cobras, rãs, eram para ser de enfeite, de paz, sem amalucamentos, do modo são, figuradio. E ria que rezava.

Sempre a ver, rever em ideia o arrozal, inquietinha, dada à doença de crescer. — *"Hei-de, hei-de, que vou!"* — agora mesmo e logo, enquanto o gato se lambia. Saíra o dia, a lápis vermelho — pipocas de liberdade. Soltou-se Iaí, Dja, de rompida, à manhã belfazeja, quando o gato se englobava.

Sus, passou a grande abóbora amarela, os sisudos porcos, os cajus, nus, o pato do bico chato, o pato com a peninha no bico, a flor que parecia flor, outras flores que para cima pulavam, as plantas idiotas, o cão, seus dislates. Virou para um lado, para o outro, para o outro — lépida, indecisa, decisa. Tomou direitidão. Vinha um vento vividinho, ela era mimo adejo de ir com intento.

Os pássaros? Na fina pressa, não os via, o passarinho cala-se por astúcia e arte. Trabalhavam catando o de comer, não tinham folga para festejo. Fingiam que não a abençoavam?

E eis que a água! A poça de água cor de doce-de-leite, grossa, suja, mas nela seu rosto limpo límpido se formava. A água era a mãe-d'água.

Aqui o caminho revira — no chão florinhas em frol — dali a estrada vê a montanha. Iaí pegou do ar um chamado: de ninguém, mais veloz que uma voz, ziguezagues de pensamento. Olhou para trás, não-sei-por-quê, à indominada surpresa, de pôr prontos olhos.

O mal-assombro! Uma cobra, grande, com um sapo na boca, estrebu-chado… os dois, marrons, da cor da terra. O sapo quase já todo engolido, aos porpuxos: só se via dele a traseirinha com uma perna espichada para trás…

Dja tornou sobre si, de trabuz, por pau ou pedra, cuspiu na cobra. Atirou-lhe uma pedrada paleolítica, veloz como o amor. Aquilo desconcebeu--se. O círculo ab-rupto, o deslance: a cobra largara o sapo, e fugia-se assaz, às moitas folhuscas, lefe-lefe-lhepte, como mais as boas cobras fazem. De outro lado, o sapo, na relvagem, a rojo se safando, só até com pouquinho pontinho de sangue, sobrevivo. O sapo tinha pedido socorro? Sapos rezam também — por força, hão-de! O sapo rezara.

Djaiaí, sustou-se e palpou-se — só a violência do coração bater. A mãe, de lá gritando, brava ralhava. Volveu. Travestia o garbo tímido, já de perninhas para casa.

E o arrozal não chegara a ver, lugar tão vistoso: neblinuvens. — *"A bela coisa!"* — mais e mais, se disse, de devoção, maiormente instruída.

Disse ao irmão, que só zombava — *"Você não é você, e eu queria falar com você…"* — Maria Euzinha.

Ia dali a pouco adormecer — *"Devagar, meu sono…"* — dona em mãozinha de chave dourada, entre os gradis de ouro da alegria.

Tresaventura   209

— Uai, eu?

SE O ASSUNTO É MEU E SEU, LHE DIGO, LHE CONTO; que vale enterrar minhocas? De como aqui me vi, sutil assim, por tantas cargas d'água. No engano sem desengano: o de aprender prático o desfeitio da vida.

Sorte? A gente vai — nos passos da história que vem. Quem quer viver faz mágica. Ainda mais eu, que sempre fui arrimo de pai bêbedo. Só que isso se deu, o que quando, deveras comigo, feliz e prosperado. Ah, que saudades que eu não tenha… Ah, meus bons maus-tempos! Eu trabalhava para um senhor Doutor Mimoso.

Sururjão, não; é solorgião. Inteiro na fama — olh'alegre, justo, inteligentudo — de calibre de quilate de caráter. Bom até-onde-que, bom como cobertor, lençol e colcha, bom mesmo quando com dor-de-cabeça: bom, feito mingau adoçado. Versando chefe os solertes preceitos. Ordem, por fora; paciência por dentro. Muito mediante fortes cálculos, imaginado de ladino, só se diga. A fim de comigo ligeiro poder ir ver seus chamados de seus doentes, tinha fechado um piquete no quintal: lá pernoitavam, de diário, à mão, dois animais de sela — prontos para qualquer aurora.

Vindo a gente a par, nas ocasiões, ou eu atrás, com a maleta dos remédios e petrechos, renquetrenque, estudante andante. Pois ele comigo proseava, me alentando, cabidamente, por norteação — a conversa manuscrita. Aquela conversa me dava muitos arredores. Ô homem! Inteligente como agulha e linha, feito pulga no escuro, como dinheiro não gastado. Atilado todo em sagacidades e finuras — é de *fímplus!* de *tintínibus…* — latim, o senhor sabe, aperfeiçoa… Isso, para ele, era fritada de meio ovo. O que porém bem.

Não adulo; me reponho. Me apreciava, cordial. Me saudava segurando minha mão — mão de pegar o pão. Homem justo — de medidinhos de termômetro, feito sal e alho no de comer, feito perdão depois de repreensão. Mesmo ele me dizendo, de aliás: — "*Jimirulino, a gente deve ser: bom, inteligente e justo… para não fincar o pé em lamas moles…*" Isso! Aprender com ele eu querendo ardentemente: compaixões, razões partes, raposartes… Ele, a cachola; eu a cachimônia.

Assim a gente vinha e ia, a essas fazendas, por doentes e adoecidos. Me pagava mais, gratificado, por légua daquelas, às-usadas. Ele, desarmado, a não ser as antes ideias. Eu — a prumo. Mais meu revólver e o fino punhal. De cotovelo e antebraço, um homem pode dispor. Sou da laia leal. Então, homem que vale por dois não precisa de estar prevenido?

Pois, por exemplo: o dia deu-se. Foi sendo que.

Meu patrão se sombreava? — o que nem dava a perceber. Mas, eu, sabendo. As coisas em meus ombros empoleiradas. Dos inimigos dele: os que a gente não quer, mas faz. Havia súcia. Os miasmas, os três: Chico Rebuque, por muito mingrim, tão botocudo; um Chochó, que por dinheiro dava a vida alheia; e o que mandava, seo Sá Andrades Paiva, espírito sem bicarbonato.

Doutor Mimoso abria os olhos para os óculos, não querendo ver o mal nem o perigo. Inteligente, justo e bom! — muito leve no caso. Eu, já cortado com aquilo. A gente na vem-vinda — de casos de partos. A gente conversava constituidamente, para recuidar, razões brancas. Eu escutava e espiava só as sutilezas, nos estilos da conversação. Aquelas montanhas de ideias e o capim debaixo das vacas.

— *"Jimirulino, o que esses são: são é os meliantes..."* muito me dizendo, ele, de uso de suspiro — *"... pobres ignorantes... Quem menos sabe do sapato, é a sola..."* Alheava os olhos, cheio de bondades. Assim não gastava a calma, regente de tudo — do freio à espora. Eu: duro, firme, de lei — pau de ipê, canela-do-brejo. Eu estava à obediência, com a cabeça destampada.

Moderado então ele me instruiu: — *"A gente preza e espera a lei, Jimirulino... Deus executa!"* — e não era suspiro, não, eram arejos de peito, do brio fidalgo. Homem justo! Mais fornecido falou, palavras reportadas, nesse debate.

Eu, olhando para o silêncio, já com as beiradas duvidadas. Fui-me enchendo de vagarosamentes — o que estava me tremeluzindo. Meu destino ia fortíssimo; eu, anônimo de família. Daí, já em desdiferenças, ele veio: — *"Deixa, Jimirulino..."* — se a melhor luz faz o norte. — *"Deixa. Um dia eles pela frente topam algum fiel homem valente... e, com recibos, pagam..."* — afirmador, feito no florear com a lanceta. Disse, mas de enfim; tendo meigos cuidados com o cavalo. Que inteligência!

E peguei a ideia de que. Respirei respiração, entanto que para ásperas coisas, entre o pinote e o pensamento, enfim clareado. O mais era fé e brinquedo. Eu estava na água da hora beber onça... Me espremi para limonadas.

Saí, a reto, à rédea larga. A abreviar com aqueles três juntos — de oh-glórias! numa égua baia clara. E cheguei. Me perfiz, eu urgenciava. Atirei num: rente alvejável. Sem mais nem vens, desfechei noutro. Acertei o terceiro, sem más nem boas. Quem entra no pilão, vira paçoca! Nulho nenhum viveu, dos coitados.

Me prenderam — ainda com fôlegos restantes — quando acabou o acontecido. Desarranjação, a má-representação, o senhor sabe. O senhor, advogado.

Se o assunto é seu e nosso, lhe repito lhe digo: minha encaminhação, veja só, conforme comi, banana e casca. Fui a júri e condenado. Me ajudou o patrão a baixar a pena; ainda tenho uns três anos invisíveis. Aqui, com remorsos e recreios, riscado de grades. Mas o espírito do nariz em jardins, a gente se valendo de tempos vazios. Duro é só o começo da lei. Arrumaram para mim folga, de pensar, estes lazeres, o gosto de segunda metade.

Acho que achei o erro, que tive: de querer aprender demais depressa, no sofreguido. Inda hei porém de ser inteligente, bom e justo: meu patrão por cópia de imagem. Hei de trabalhar para o Doutor Mimoso!

— Uai, eu?

Umas formas

TARDE, PARA O LUGAR: FECHADA QUIETA A IGREJA, sua frontaria de cem palmos; o adro mesmo ermo — com o cruzeiro e coqueiros — o céu desestrelado.

Era a matriz antiga, nela jazendo mortos, sob lajes, gastos os tituleiros: "Comendador Urbano Affonso de Rojões Parente... benfeitor... venerado..." — mementos sem recordação. "Monsenhor Euzébio da Matta... *praeclarus vir inclytus praelatus...*" Outro tempo o levara. "Dídia Doralena Almada Salgoso... na mocidade... dorme..."

Dez da noite e lua nova. O padre, rápido, magro como se a se emboscar, metera-se lá dentro.

Viram-no só os dois homens, o maçom e o sacristão, escondidos em cima, no coro. Os habitantes evitavam a desoras a rua. De meses, o absurdo frequentava a cidade. Um fantasma, primeiro; depois, o monstro.

O padre, nervoso moço, ficava pequenino no meio da nave — e se sentia ainda mais assim, canônica e teologicamente. O mundo, vão de descomedir-se, mofoso confuso removendo-se. Vinha ele, sacerdote, porém, de derrotar o demônio, fervorava-se tal de fiúza e virtude, repleto. Entretanto, a não ser a frouxa lâmpada vermelha do Sacramento, em escuro a igreja repassava-se.

Ora, nada. Sacristão e maçom, trafeitos surpresos, do alto espiavam.

O fantasma tinha sido de mulher. Dessueta nos trajes, sem gestos — os tardos passantes assombrando-se — aparecera em toda a parte. Não a pudera o padre vislumbrar. *Temem-na, mais, por mirável, formosa?* — cogitara, em espécie instintiva de tristeza. Sempre visões deviam referir o horrendo — do lado dos mortos, que, com permissão, retornam.

Entanto em encanto ninguém falasse, surdo só ele imaginando-a: outro lume, morosa, obstinado seu aspecto de criatura. *Desde que origem?* O padre tapava-se o espírito, de mais.

Mas fitava qualquer papel: e tremente nele projetava-se um que-retrato, quase, obediente impressão, imagem feitiça. Moça — mulher — já qual na mente se lhe representara, enlevo incaptável, nem consolação; antes; e de distraído alvitre: *Doralena... Dídia...* — relido lido em lápide.

Todos vinham queixar-se do extra-humano. Nunca houvera ali tais fenômenos, no século!

Virava-se o padre, a bracejar, rezar. Voltava-se porém para a parede: e em tela se dava, formando-se fugindo-se, o simulacro. De que prévios traços, parcelas, recolhidas aqui, onde e lá, que datas? Não carregava a excessiva realidade de pessoa — a beleza desordenada.

Visagem. Apavoravam-se os créus. — *"Nem há! e tem de acabar!"* — queria o maçom, amigo. Tomava água benta — *"Cruz'-que!"* — o sacristão. Não sabia o padre que fortíssimo tremia, dos punhos da sotaina ao cadarço das ceroulas.

Ele se resguardava casto sob o tiro de tentações, orçava-lhes os embates. O diabo pintava dentro dele? Teve de espertado temer então os próprios pensamentos, e palavras.

Não se reviu a moça, espectro, desaparecidamente de esquecer-se; enquanto diligia o padre, que nem que em cerdoso burel, óculos pretos, penitente inteiriço — a expelir oxalá de si o mal, inaprofundável. Ele atravessava o mundo — calcadas as cabeças de Leviatã. Capacitava-se; e, contudo.

Sendo outro o turno, o obnóxio repetia-se. Torpitude sacrílega: de duas vezes, na lua nova, afrontosamente a toalha do altar amanhecera rasgada. Dada meia-noite, os cães uivassem. E alguém avistara, entre adro, e presbitério, ignóbil animal vulto.

Tramados para ver, maçom mais sacristão se cachavam ora na igreja — fechada concisa, na noite comum, o céu despoento — de novo no novilúnio. Cuidavam em malfeitor maluco, ímpio fulano, cujo desmando e ultraje de destruírem-se as alfaias, conspurcadas. Achavam de proteger o padre — o sandeu sacristão e o maçom paroquiano.

Deserto de fiéis — e paço de resignada angústia ou ardida esperança — o sagrado botava-se enorme, sussurro nenhum ou tosse partindo de recanto, aos cheiros de cera e incenso. Os dois consultavam as horas. Viram o padre entrar; ele e eles ali ignoravam-se.

Ateou no altar o padre as sete velas, viera por ato imperado. Teso, salmeou — contra os poderes do abismo, subidores: potências-do-ar, o maligno e o medonho. Maçom e sacristão não tinham parecer; de que valiam lanterna e revólver? Só inaudíveis morcegos, asas calafrias; súbitos os estalos de madeirame, a se encolher ou espichar; e o silêncio, em seus alvéolos.

O padre inaplacado orante — tempo sequente. Ele se ajoelhara, em cruz os braços, lá onde estariam enterrados os corpos — *hic situs est... exstinctus...* — sem figuras, só pó, no dormir infrene, sob pedras que muito se pisavam. Todas as noites não rojam uma igual profundeza. Cá o sacristão também se prosternou, junto ao harmônio. Recuara o maçom, até à parede, ao grande olho gradeado.

Sendo meia-noite. Sopitados, os três. Tanto o padre torporava?

No repente!

O padre — caído — dele se afastava, gerara-se, quadrúpede, formidando, um ente... O maçom e o sacristão, em esgazeio de estupor, viam o que tresviam. Sombração.

A porca preta! — desdominada, massiva, peluda — pulava o gradil, para a abside, galgava os degraus do altar, vindo estraçalhar a toalha, mantel puríssimo de linho... Mas, empinada, relanceou para cima — fogo, em pez e fauces. Vai e virou foi que desceu, em tropelão, a nenhum urro, ao longo da nave desembestada, pegou enfim para subir a escada do coro.

Sacristão e maçom ouviam-lhe o peso e trepar, fusca massa, nos escalões de madeira velha... Até que soltaram-se a gritar: chega um deles pendurado puxava pelo sino, à desbadalada. Acordavam de todo sono a cidade.

A porca porém saltara janela, avejão, no abstruso espaço — declarou o maçom. Ou tornou a baixar, rente ao padre entranhando-se — só disse o sacristão — no cavo chão da tara e da larva.

Madrugada, o povo invadia a matriz de Nossa-Senhora-do-Parto, dando com os três, que patetas corriam lá dentro, beira paredes, em direções diversas, num incessar. Só a custo assoporaram-se.

Maçom e sacristão duvidavam, como ainda hoje, cada vez, daquilo, de que sempre um pouco mais se esquecem: imaginação, aparição, visão. Nada o padre explicasse, do estranhifício.

Todavia, desde a data, ele se transformara — afinado, novo diáfano, reclaro, aí se sorrindo — parecia deixado de toda matéria. Também, e tão velhinho moço, depois logo morreu, suave, leve, justo, na sacristia ou no jardim, de costas para tudo.

Umas formas   217

Vida ensinada

Aí, quando se pegou a supradita estrada, da serra, nos neblinões, que era a desses esforçados trabalhos, o gado jurou descrido mais sabiado, a gente teve de aboiar de antigamente; para a ideia não se tendo prazo, em tanto caminho das terríveis possíveis sortes. A memória da gente teve medo. Mas o nosso bom São Marcos Vaqueiro, viageiro, ajudou: primeiro mandou forte desalento; depois, então, a coragem. Deu um justo lugar de paragens, refresquinhas novas águas de brota, roteiro mais acomodado, capim pelo farto, mais o gado tendo juízo. Assim, de manhã cedo à tarde, tudo se inteirou num arredondamento. Tão certo como eu ser o vaqueiro Martim, o de muitos pecados, mas com eles descontentado. Sem embargos se adormecemos. Na descambada da serra, ainda ventava, a gente cuidando em nós e neste mundo de agora — o que são matérias de tempo adiante.

Da OUTRA BOIADA URUCUIANA,
Jornada penúltima.

AQUI NO POR AQUI.

Um reboo, poeira, o surgibufe: de frente, desenvoltada de curva, a boiada, geral, aquele chifralhado no ar. Avante à cavalga o ponteiro-guieiro soa trombeta de guampo; dos lados os cabeceiras — depois os costaneiras e os esteiras — altos se avistam, sentados quer que deslizados sobre rio cheio; mas, atrás, os culatras, entre esses timbutiando um vaqueiro da cara barbada, Sarafim, em seu cavalo cabeçudo.

Ele desdiz do rumor feroz, despertence ao arrojo do cortejo. Se há-de saudar, tira o chapéu roído de solão e chuvas; queria ter um relógio e arranja jeito de se coçar o fio das costas, estava sempre meio com fome. Sozinho às vezes se diverte no cantarolativo, chão adiante.

Sarafim vira nesse dia dez gaviões.

Escasso falava, pela língua começa a confusão; mesmo pensar, só quase repensa o conhecido, resumido por todos ou acontecido. Muitas coisas deixava para o ar — a gente tem de surto viver aos trechos — a alegria não é sem seus próprios perigos, a tristeza produz à-toas cansaços. Tomara ele que o escolhessem para ponteiro, tocar o berrante, So Lau mandasse.

Mas isso nem devendo dar a saber, de desejo, por não parecer ralasso madraço ou frouxo, a culatra impõe as responsabilidades.

So Lalau aparecia ali. Vaqueiro bom, ou o quê, Sarafim; costumeiramente bobo. Que modo podia ter matado outro e ainda com a viúva se ajuntado? So Lalau não olhava, mas pensava.

E, nessa, Inácia, sua esposa adotiva, também Sarafim aqui lembrava constante — passada a Fazenda Sidreira, região do Urubu-do-Gado, baixão — sem certeza na matéria. Estava vivendo mais quente, gostava dela todas as vezes. Ela, pondo o tempo, havia de igual querer a ele — saliente guieiro algum dia à testa de boiadas de Seo Drães, seu favorecedor. Devagar e manso se desata qualquer enliço, esperar vale mais que entender, janeiro afofa o que dezembro endurece, as pessoas se encaixam nos veros lugares.

Aquilo? feio começo, se dera por si, ainda às tortas.

Só foi que desesperado o Roxão lhe entregando garrucha: — *Juntos, vamos resistir, aos que vêm!* — e ele Sarafim a par de nenhum rixar, nem de armas, a garrucha soltada caiu e disparou, aí o Roxão morto, quente, largava filhos e mulher, por eterno.

Vindo mesmo prestes os que com os soldados: — *Você ajudou? merece paga…* Mas, outro, sem louvor: — *Se atirou sem querer, então é panigudo, comparsa!* Roxão tinha sido perseguido criminoso. Inda um disse: que por meros motivos ele Sarafim decerto aproveitara para obrar assassinato.

Sarafim, de seu nariz ignorante, olhando porção de movimentos, em pão de nada. Vá alguém somar o que está doendo na cabeça de todos. *Ver a ver…* — até hoje, o qual cabimento do caso não achava.

Senão que o Seo Drães o livrara de prisão. *Pois, olhe…* O cachorro, cão gadeiro, ia no trotejo, sabia que So Lau assoviava era por espairecer, não para o chamar.

Sarafim quase sem erro procede; as faces do que há é que reviram sempre para espanto.

Todos na cruz da ocasião o instavam: — *Tem de costear os meninos e a viúva!* Ele começou a nada dizer. Não queria nem cobiçava; o apertaram mais. E a mulher havia de se conceder?

Ela segurava com duas mãos a peneira de arroz: — *Seo meu vaqueiro… O senhor era estimado do falecido…* Amigo? Campeiro companheiro, se tanto, feito os dedos das mãos, desirmãos. Em tal reparou que era bonita; toda a vida não sabendo que a notara assim?

Curto para não complicar, contratou-se com ela, a tinha em maior valia. Agouraram então: — *Pode ser para vinganças...* — ora. Mal por mal, se casou. *Por isso e que...*

So Lau na sela se soleva, vê o que adiante, se escuta o too do ponteiro. Sarafim produz: — *Outro tempo o berrante se tangia mais perfeitamente...* — repetindo coração, culatreiro capaz, sobre seu cavalo-de-campo.

Só que secas regalias Inácia lhe regateara, as três, duas vezes, no princípio, de amostra. Desde o que, ficado de remissa, ele olhava o pote e as alpercatas. Logradeira não era, mas por refrieza, amuada, mesmo mulher de ninguém.

Sarafim escorava o descaso, sem queixa nem partes, sem puxar a mecha — quem calca, não conserva — até que quietassem as ideias das coisas. Dia viria. Melhor a tratava, conforme facho de flores. Ia e retornava, para essas retardadas boiadas, consertando o caráter, como um boi não se senta. Em mãos dela deixava inteira a jorna, até o com que se pita e bebe. Suspirava arreando e desarreando o cavalo.

Desentendia remoques — quando o quanto aqui se estava, beira riacho, parados para repouso e dando um capim ao gado — palavras mangativas, conversas de café quente. Mais prezasse o guiador, confronte quem se acocorava. Redizia: — *Correta obrigação...* — a barba não o obstando de inchar bochechas.

Mesmo somente o voltar indenizava-o, ainda que por dia ou dois, ela o recebendo quase com enfeite. Deixava: ele gostar dela. Fosse por um costume — o passado faz artes — o próprio para render confiança. Mas, no restante, outra vez embezerrava, negada, irosa. E então ele no postiço, em torcido estado, se chuchava, só com o cochilar bem-merecido. Um boi boiadeiro remói andando, aquele se babar que se mexe qual que sem dentes.

— *S'Lalau, se'o' vem, vê...* — mas Sarafim, emperro, se detém de mostrar: por culpa que de descuido do ponteiro, erravam com a boiada pela estrada enganada piorada, das que vêm-se retorcendo entre enfadonhos morros, o figuradio. Tirou um lembrar — que o Roxão, também, marcado o marido, navegara com boiadas: no coice, não, mas tocador da buzina, guia-guieiro.

Seja que os primeiros dias, das tornadas, davam para ela Inácia gastar o pouquinho de saudade que o voo do tempo juntara. Tanto o valor de

Vida ensinada   221

canseiras e lenteza, fazendo marcha, desestimado, atrasado em amor. Mas, ah, então: e se as viagens pudessem ser persistidas ainda mais longe, do durado de muitos meses — às boiadas de além-gerais — remotamente?

— *Sarafim, eh* — ouviu e se esteve pronto. — *Eh, Sarafim...* sustendo ele rente a So Lau o cavalo quebralhão. — *Você vai de ponteiro* — dá-que.

So Lalau determinava — o de quem me dera! De repente, só o faz-se-que, vem, um dia, tudo do ar, não seja a dúvida, debaixo do pé da palavra, nesse menos, mais, ninguém fazia questão... Agora — e ele, até aí sem saber que era, que podia ser assim — a fácil surpresa das coisas. Tempo para se pasmar não lhe sobrasse, com o quê e quanto. Traçou a correia do instrumento.

Tomou o ponto, refinito montado, à frente daquela exata boiada, de So Lau, sendo que do Seo Drães. Sarafim via a estrada vasta miudamente.

Mas era de tarde, ao puro da aragem, do sol já só o rabo, por essa altura de horas. Inda não ia tocar imponente o berrante, pois que vindo o gado vagarado, sem porquanto dar nem percisão nem azo, e impedido ele de bobeação, qualquer brinquedo. Do que não haviam de rir, nesse debalde, nem o reprovar. — *Boi adiante...*

Ao Te-Quentes, velho lugar de pastura e aguada, onde deviam sentar bivaque e o cozinheiro já estaria cozinhando o feijão e torresmos.

Ali lá chegavam — davam com cavalos e barracas, de uns ciganos — de encontroo.

"Se caminhando uma rês
vinte passos por segundo,
me diga, sendo profundo:
quanto ela anda em um mês?"

Copla viajadora.

Resposta:
O que ela anda, pouco faz,
seja para trás ou para diante:
a rês caminha o bastante
indo para diante ou para trás.

(Simples hipógrafe.)

Zingarêsca

Sobrando por enquanto sossego no sítio do dono novo Zepaz, rumo a rumo com o Re-curral e a Água-boa, semelhantes diversas sortes de pessoas, de contrários lados, iam acudir àquela parte.

A boiada, do norte.

Antes, porém, os ciganos de roupagem e de linguagem, tribo de gente e a tropa cavalar. Zepaz se irou, ranhou pigarro. Mas esses citavam licença, o ciganão Vai-e-Volta, primaz, sacou um escrito, do antigo sitiante. Tinham alugado ali uma árvore! — o que confirmou o preto Mozart, servo morador: dês que sepultado debaixo do oiti um deles, só para sinalarem onde, ou com figuração pagã, por crerem em espíritos e nas fadas; e pago o preto Mozart para, durado de semana, verter goles de vinho na cova.

E agora desaforados mandavam vir o Padre? Já armavam barracas, em beira da lagoa, por três dias com suas noites. Então, pagassem, justo uso, o capim para os animais e o desar e desordens. Até o cozinheiro-boiadeiro, que acendia fogo, além, cerca do riacho, apontou neles garrucha. Se sabia, também, no meio de tais, um peão amansador, cigano nenhum, grinfo e mudo surdo.

A boiada apareceu e encheu as vistas. Era de tardinha. A ciganada se inçando, os vaqueiros repeliam esses malandantes, sofreavam as bridas, sem vez de negócio nem conversação. O Padre deu viva, arrecadou o rosário em algibeira. Zepaz mandou a mulher se recatar, ela saiu da porta, dada formosa risada.

So-Lau, o capataz, se propôs, rente o cachorro cor de sebo, e mais outro, vaqueiro com a buzina de corno, Serafim, visonho ainda tristão, jocoso de humildades. Seo Lau, Ladislau, impunha pasto plantado, por afreguesada regalia, não tolerava o gado em rapador. Serafim, aquele, só certo figurava, em par com as chefias e os destinos.

Zepaz estava com o juízo quente. E que quais vinham lá aqueles dois: o cego, pernas estreitas de andar, com uma cruz grande às costas; o guia — rebuço de menino corcunda, feio como um caju e sua castanha. — *Menino é a mãe!* — ele contestou, era muito representado. Era o anão Dinhinhão. Retornava para sertões, comum que o dinheiro corre é nas cidades? Dizendo que por vontade própria o cego carregava a cruz: — *Penitências nossas…* — se assoviava. — *Pois dizem que matei um homem, precipitado…* — ora, ô. *Ele? porque cego nasceu, com culpas encarnadas.*

O Padre não desdisse: tinha cedido de vir — pela espórtula dos ciganos, os que com fortes quantias, decerto salteado por aí algum fazendeiro. Dinhinhão leve encaminhava o cego atrás deles, para festivo esmolar, já acham que ele é profeta, espia com sem-vergonhez as ciganas. A mulher de Zepaz piscava outra vez, na janela, primorosa sem rubôres. O cego, sentado, não se desabraçava da cruz.

O chefe cigano vem a So Lalau, pé à frente, mãos para trás, subindo fingidas ladeiras, faz uns respeitos: — *Meu dono…* — se chamava era o cigano Zé Voivoda, tinha os bigodes do rei de copas. Mais o cigano velho Cheirôlo, beijaram a mão do Padre, religião deles é remedada. Convidavam todos para ceia. So Lau e os vaqueiros rejeitam, cobram seu feijão atoucinhado. O Padre aceitou; antes, prova cachaça, de Zepaz, cá fora.

O Padre bebe ou reza, por este mundo torto, diz-se que ele bebe particular. Dinhinhão não deixa o cego adormecer de barriga vazia, vai enxerir no ouvido do vaqueiro Serafim igualamento: — *Só o pobre é que tem direito de rir, mas para isso lhe faltam os fins ou motivos…*; o enxotaram. O preto Mozart se praz do variar de tanta gente ajuntada. De dentro, a mulher de Zepaz canta que o amor é estrelas. Zepaz tranca portas. Do lugar, o Te-Quentes, ele trocara nome para Rancho-Novo. Inda bem que ia ser lua cheia.

A lua subida sobresselente. Vozeiam os ciganos, os sapos, percebem para si a noite toda. Dão festa. Aí o peão surdo-mudo: guinchos entre rincho e re-rincho — de trastalastrás! Fazem isto sem horas, doma de cavalos e burros, entanto dançam, furupa, tocam instrumentos; mesmo alegres já tristes, logo de tristes mais alegres. Tudo vêm ver, às máscaras pacíficas, caminhando muito sutilmente, um solta grito de gralha; senão o rãzoar, socó, coruja, entes do brejo, de ocos, o ror do orvalho da aurora. — *Sei lá de ontem?* — a parlapa, cigano Manjericão, cigano Gustuxo. Andante a lua. — *O amanhã não é meu…* — o cigano Florflor. O Padre, folgaz, benzeu já o oiti, pau do mato? Se diz — não seja — que as moças ficam nuas, ante o cego, se banham na lagoa. Por frestas espiará a mulher de Zepaz o mundo prateado. Dinhinhão, o anão, é quem vigia o que não há e imoralmente aprende. Zepaz tem o sono grosso. Dormem todos — cá os vaqueiros bambos de em meio de viagem — dão mão à natureza. Até o luar alumiava era por acaso.

224   *João Guimarães Rosa*

Até que o sol fez brecha, o alvorecer já pendurado. A manhãzinha passarava.

É já que: nem um cigano!

Idos, a toque, para o norte, sem a barulhada que sempre fazem, antes de descamparem. Só refere o preto Mozart: em testa, em fé, em corcel, o Padre sopesava a cruz…

— *Ah!* — impagável, vociferoz, Zepaz, com feio gesticulejo. Dinhinhão destorce a cabeça enorme, como quando o gato acorda e finge que não; o cego sobraçado a uma de suas pernas. *Aah…* — brabo Zepaz, já griséu. Vote o de arrendar bentas árvores! — caçava machado. A boiada reaparecia, buscada de rocios e verdes. De risos, os vaqueiros sacodem os redondos chapéus-de--couro. O cachorro mija gentil no oitizeiro. — *Ai, a minha cruz!?* — o cego alastra braços, à tactura. Dinhinhão de olhos meio em ponto: — *Tem-te, irmão, a cruz emprestei…* Ora, ô. Urra o cego, enfeixa capins em cada mão, cava o chão. A cruz continha um vazio, nem seu guia soubesse disso, ali ele ocultava o lucro das esmolas. Dinhinhão rejeita o desabuso, declara, de pé, capaz de cair de qualquer lado: — *O rico é um buraco, o pobre é um pedregulho!* — ele furtou um flautim dos ciganos, capaz de qualquer arlequinada. — *Sou um pecador de Deus…* — se volta para todos, para louvor. O que não produz nem granjeia. Reprovado, aqui então pula no centro, expõe boas coisas: que o Padre rezou a inteira noite, missionário ajoelhado num jornal; mulher de Zepaz, com o cigano Vai-e-Volta, se estiveram, os dois debaixo de um mantão… Zepaz, sim? ouviu, de vermelho preteou, emboca em casa, surrando já a mulher, no pé da afronta, até o diabo levantar o braço. So-Lau entanto só quer: urgente, cá, Zepaz, imediato, para receber a paga do gado pernoitado. Dinhinhão toca o flautim, regira, xis, recruza tortas pernas — diante dele o cego credos desentoa. Zás, em fogos, Zepaz, deixou trancada a mulher, pelo dinheiro vem, depois vai terminar de bater. Não. Zepaz torna a entrar, e gritos, mas, então: sovava-o agora a cacete era a mulher, fiel por sua parte, invesmente. Segundo o preto Mozart: — *Só assim o povo tem divertimento.* Se disse: sem beber, o Padre aguentasse remir mundo tão em desordenância? Inda se ouvindo um galo que cantava sem onde. A boiada se abanava. So-Lau decide: — *São coisas de outras coisas…* Dá o sair. Se perfaz outra espécie de alegria dos destrambelhos do Rancho-Novo. Serafim sopra no chifre — os sons berrantes encheram o adiante.

Zingarêsca   225

terceiras estórias (tutameia)

"Já a construção, orgânica e não emendada, do conjunto, terá feito necessário por vezes ler-se duas vezes a mesma passagem."

SCHOPENHAUER.

Índice de releitura

PREFÁCIOS:

Aletria e hermenêutica 25

Hipotrélico 91

Nós, os temulentos 131

Sobre a escova e a dúvida 179

OS CONTOS:

Antiperipleia 35

Arroio-das-Antas 39

A vela ao diabo 43

Azo de Almirante 47

Barra da Vaca 51

Como ataca a sucuri 55

Curtamão 59

Desenredo 63

Droenha 67

Esses Lopes 71

Estória nº 3 75

Estoriinha 79

Faraó e a água do rio 83

Hiato 87

Intruge-se 97

João Porém, o criador de perus 101

Grande Gedeão 105

Reminisção 109

Lá, nas campinas 113

Mechéu 117

Melim-Meloso 121

No Prosseguir 127

O outro ou o outro 135

Orientação 139

Os três homens e o boi 143

Palhaço da boca verde 147

Presepe 151

Quadrinho de estória 155

Rebimba, o bom 159

Retrato de cavalo 163

Ripuária 167

Se eu seria personagem 171

Sinhá Secada 175

Sota e barla 199

Tapiiraiauara 203

Tresaventura 207

— Uai, eu? 211

Umas formas 215

Vida ensinada 219

Zingarêsca 223

O pequeno "sertão" de *Tutameia**

Como ainda não tive tempo para escrever estas anotações, publico-as como foram lidas e explicadas no seminário do Centro Murilo Mendes da Universidade Federal de Juiz de Fora.

O título que dei às notas do seminário é formado por um decassílabo que faz alusão ao *Grande sertão: veredas* (na antítese com "pequeno") e explicitamente ao último livro de Guimarães Rosa (*Tutameia*), ficando no centro do verso a palavra-chave — sertão —, que aponta para o grande romance e também para a matéria real e ficcional de toda a obra do escritor. É dele, do sertão, que saem os temas, o vocabulário e a técnica oralizante da fala do brasileiro sertanejo. É dele, da sua substância real e mítica, que provêm as narrativas de *Sagarana*, assim como é dos contos de *Sagarana* e das novelas ("poemas") de *Corpo de baile* que vai sair a convença para a grande narrativa de Riobaldo: o *Grande sertão: veredas* pode ser comparado ao rio São Francisco, para onde fluem os córregos, ribeirões e rios das narrativas (contos e novelas) que formam *Sagarana* e *Corpo de baile*. Sabe-se que o *Grande sertão: veredas* foi publicado seis meses depois de *Corpo de baile*. Mas não resta dúvida de que os dois mais volumosos livros do autor foram gerados concomitantemente nos dez anos que os separam de *Sagarana*, inclusive com alguns contos retirados deste livro.

Por outro lado, tomando-se agora como ponto de partida o ponto culminante que é o *Grande sertão: veredas*, a mais alta construção literária elaborada por Guimarães Rosa, todo esse material cultural e literário vai-se fracionando, desdobrando-se e ramificando-se em pequenos *contos*, melhor dizendo, em *estórias*, em pequenas narrativas, em muitas das quais o que

---

[*] Texto publicado originalmente na revista *Navegações*, v. 2, n. 2, p. 109-115, em julho--dezembro de 2009.

menos se conta é a *fábula*, a *estória,* mas a maneira de narrá-la, com a ênfase inteira posta no processo, no modo de narrar, numa sintaxe fragmentada, mais nominal que verbal, como é o que se dá com *Primeiras estórias*, e chega ao outro ponto culminante, agora invertido, do grande para o pequeno, totalmente documentado no seu último livro em vida, em *Tutameia*, lugar do "pequeno", das miseriazinhas humanas, dos "ossos-de-borboleta", na expressão do próprio autor.

Neste sentido, toda a obra de Guimarães Rosa pode ser vista na imagem de um perfeito losango: os dois ângulos agudos formados por *Sagarana* (A) e *Tutameia* (E), do conto à estória (ou anedota), começo e fim de toda a produção literária em vida do escritor; e os dois ângulos obtusos formados por *Corpo de baile* (B) e *Grande sertão: veredas* (C), das novelas ao romance, o espaço de maior desenvolvimento das ações narrativas; e, do meio das quais, na direção de *Tutameia*, se compuseram as *Primeiras estórias* (D). Apurando a imaginação, o leitor consegue ver esse losango estendido, de sul a norte, de Cordisburgo a Salinas, sobre o espaço geográfico por onde circulam as personagens de seus contos, novelas e romance. No meio, entre os triângulos obtusos, está o núcleo maior do que o escritor via como sertão: entre as suas várias definições, destaco "O sertão está em toda parte", "O sertão é do tamanho do mundo" ou, ainda: "O senhor vê aonde é o sertão? Beira dele, meio dele?..." No fundo, é como se as suas obras representassem o losango da bandeira brasileira estendida simbolicamente pelos traços culturais dos estados de Minas, de Goiás e da Bahia. Por aí continuam a passar e a agir as suas personagens.

De *Sagarana* a *Corpo de baile* e *Grande sertão: veredas*, o escritor foi abrindo as suas asas, ampliando o seu poder de narrador, passando do *conto* à *novela* e desta à monumentalidade do *romance*, realmente de natureza épica. Depois, como se estivesse esquecido de narrar as pequenas coisas do sertão, empreende, não a desconstrução, mas a construção de *contos*, de *estórias*, como em *Primeiras estórias,* até chegar ao mínimo múltiplo comum da arte de contar, chegar à síntese do conto, ao esboço de temas, a traços de lembranças fragmentadas, mistura de ficção e metaficção, na ânsia de dizer e mostrar logo como dizer. É por aí que o obsessivo tema do sertão se vê fragmentado em subtemas orográficos, hidrográficos, fitográficos e demográficos, como se Guimarães Rosa o estivesse filmando: primeiro no *zoom* dos grandes planos, depois na descrição minuciosa de todos os detalhes, os mais insignificantes, coisas à toa, tutameias.

Falamos no início desta apresentação que o título da conferência formava um decassílabo: O PEQUENO "SERTÃO" DE *TUTAMEIA*. Claro que isto não é gratuito: alude à fraseologia de Guimarães Rosa, geralmente ritmada por decassílabos, como em *Sagarana, Brincar remoça... Isso é saber viver* (Traços biográficos de Lalino Salãnthiel, p. 77), *Maria Irma riu, com rimas claras* (Minha gente, p. 179), *Nem goiano, porque não é andejo...* (A hora e vez de Augusto Matraga, p. 323). Ou como em *Grande sertão: veredas,* com inúmeros exemplos, entre os quais: *Viver nem não é muito perigoso* (p. 37, uma das inúmeras variantes da famosa expressão de Guimarães Rosa), *feito entre madrugar e manhecer* (p. 43), *os pássaros de rios e lagoas (id.), sufusa uma aragem dos acasos* (p. 44), *todo o mundo sonhado satisfeito (id.)* e *primeiro por campinas de brejais (id.)*, para ficar aqui só nessas citações do início do livro. Eis agora as notas que lemos no seminário e que serão mais desenvolvidas oportunamente.

Aspectos descritivos

Do ponto de vista da quantidade de livros editados, a obra de Guimarães Rosa pode ser considerada pequena, neste sentido é comparável à de Graciliano Ramos, que só escreveu quatro romances. Guimarães Rosa estreou tarde, aos 38 anos. Deixou apenas cinco livros (entre contos, novelas e romance) publicados em vida. Depois de sua morte, em 1967, apareceram mais dois volumes: *Estas estórias* (contos, 1969) e *Ave, palavra* (1970, livro misto de vários gêneros). Além de *Magma* (1936), que só foi editado em 1997. Para efeito deste estudo, contam-se apenas os cinco livros publicados em vida.

Olhada em perspectiva de *tempo* e de *gênero*, a sua produção começa em 1946 com *Sagarana*, livro publicado com nove grandes contos. O original, concluído em 1937, tinha o título de *Sezão* e era composto de doze contos. Para concorrer ao Prêmio Humberto de Campos, da Livraria José Olympio, o autor mudou-lhe o título para *Contos*, e usou o pseudônimo

O pequeno "sertão" de Tutameia   231

de Viator. No momento da publicação, encontrou o belo título de *Sagarana*. O curioso é que, nos originais, anunciava-se o próximo livro com o nome de *Tutameia*, o que significa que a ideia de um "pequeno sertão", um sertão como lugar de pequenas coisas, já o atormentava desde o início de sua carreira literária.

Dez anos depois publica, em janeiro de 1956, os dois volumes de *Corpo de baile*, contendo sete novelas (que ele chamava de "poemas"). A partir de 1972 esta obra passou a ser dividida em *três volumes*:

- O primeiro tem o título de *Manuelzão e Miguilim* e contém dois textos: CAMPO GERAL (a história de Miguilim), no final do livro mencionada como "Romance"; e UMA ESTÓRIA DE AMOR (Festa de Manuelzão), indicada no final como "Conto". [Esta ordem é alterada no "sumário" final, assim como ele vai fazer mais tarde com *Tutameia*.]
- O segundo, *No Urubuquaquá, no Pinhém*, contém três textos — dois contos: O RECADO DO MORRO e "CARA-DE-BRONZE", assim, entre aspas e com hífens; e o "romance" A ESTÓRIA DE LÉLIO E LINA, que no "sumário" final [também invertido] aparece apenas como LÉLIO E LINA.
- O terceiro, *Noites do sertão*, contém dois "Romances": DÃO-LALALÃO (O devente) e BURITI, também em ordem invertida no "sumário" final.

No mesmo ano, em maio de 1956, publica *Grande sertão: veredas*, romance de tonalidades épicas, com 594 páginas.

Seis anos depois (agosto de 1962) aparece um livro de contos com o título de *Primeiras estórias*, composto de 21 narrativas que ele chamou de estórias e que, além dos títulos, são também numeradas com algarismos arábicos. Cria-se com isto a particularidade lúdica de denominar-se a estória nº 11 de "O espelho".

Cinco anos depois, em junho de 1967, publica-se o seu último livro em vida, *Tutameia*, com o subtítulo entre parênteses de "Terceiras estórias". O livro é composto de 40 pequenas estórias (minicontos ou miniestórias), quatro prefácios intercalados entre as estórias, dois sumários (um no início, outro no fim do livro) e duas epígrafes, também no início e no fim.

Tutameia saiu cinco meses antes de sua morte. É um livro da plena maturidade criadora de Guimarães Rosa. Um livro que deve ser entendido em relação ao conjunto do que escreveu em 21 anos. O seu título já estava anunciado nos originais de *Sagarana* como o próximo livro a ser publicado, mas o projeto acabou ficando para o fim. O leitor pressente o sentido geral de tutameia nos aspectos descritivos das outras narrativas. Por isso é fácil relacioná-lo com a primeira e uma das últimas palavras de *Grande sertão: veredas*: *nonada* é o mesmo que *tutameia*, isto é, coisa à toa, sem importância. Tem a ver com o primeiro conto de *Tutameia* ("Antiperipleia", isto é, contrário à fala complicada) e com uma figura da retórica, o disfemismo.

Estratégias para as possíveis interpretações

Pretendemos, portanto, mostrar que o grande romance *Grande sertão: veredas* e as pequenas estórias de *Tutameia* (subintituladas de "Terceiras estórias") estão sob o signo do disfemismo, estratégia discursiva (ou figura de pensamento) que consiste em substituir uma *expressão dura, vulgar* ou *grosseira* por outra suave ou elegante. Tem algo da *dissimulação* de Machado de Assis. Ao contrário do conhecido eufemismo existe o pouco divulgado mas muito praticado disfemismo: maneira de dizer que consiste em nomear uma realidade, mas de modo a degradá-la. Tem a ver com uma moda bem atual de introduzir o feio e o vulgar na literatura. Ex.: dizer Venha à minha "choupana", quando se trata de uma bela casa; meus "trapos", em lugar de roupas finas, e assim por diante. Eis algumas dessas "estratégias":

1. Leitura crítica

Uma leitura crítica inicial da obra de Guimarães Rosa deve ser de ordem externa e cronológica e deve levar em conta o tempo de amadurecimento do escritor entre um livro e outro, no período de 21 anos de sua produção — do 1º para o 2º e 3º livros = 10 anos; do 3º para o 4º = 6 anos; do 4º para o 5º = 5 anos. Isto significa que nada foi feito às pressas, de afogadilho. Houve tempo de leituras literárias, linguísticas, religiosas, esotéricas, filosóficas e antropológicas. Ampliando-se a sua visão da vida e do mundo, assim como houve tempo de pesquisa para o seu trabalho, de amadurecimento, de seleção de temas sertanejos, de experimentação de

O pequeno "sertão" de Tutameia   233

novas técnicas de narrar, de aprimoramento do estilo, com a substituição de palavras, de frases e a introdução de ludismos, sempre em busca da *originalidade* de livro a livro, atingindo-se assim uma linguagem própria — o estilo *rosiano*, que vem influenciando toda uma geração de novos escritores no Brasil e em países de língua portuguesa.

2. Leitura histórico-literária

Este tipo de leitura, também de ordem externa, põe ênfase na transformação do gênero narrativo ao longo dos livros de Guimarães Rosa. Verificar o nome do gênero ou da espécie literária que deu à sua narrativa (conto, novela, "poema", romance e estória) e ver se a denominação está compatível com o texto narrado ou se se trata de um jogo, de uma "brincadeira" literária fácil de ser percebida como preferência do escritor. A sua obra começa com os grandes contos de *Sagarana* (60 páginas), passa às novelas (ou "poemas") de *Corpo de baile* (mais de 120 páginas) e chega ao romance *Grande sertão: veredas* (590 páginas) para retornar aos contos (migalhas) que ele agora chama de estórias (*Primeiras estórias*) e terminar a sua produção literária com os *minicontos* ou pequenas estórias de *Tutameia* (2 a 3 páginas). Há, como se vê, um sentido de experimentação narrativa dentro do mais canônico dos gêneros literários. Essa mudança acompanha mesmo a transformação cultural do escritor? Teria feito parte de seu projeto de escritura?

3. Leitura analítica 1

Essa mudança progressiva do conto para a novela e desta para o romance, ponto culminante de uma escalada literária, assinala a progressão do escritor na criação da narrativa maior, na direção de uma macrovisão do Sertão, em que história é mostrada em plano cinematográfico, superpondo--se ao discurso: os acontecimentos prendem o leitor e o ajudam na travessia do discurso. Depois dessa escalada, o plano narrativo inclina-se e se desce do romance ao conto, que começa a ser percebido agora como estória (como causo e até como anedota), dado o teor de oralidade que se vai impondo no discurso. (Cf. *Primeiras estórias* e *Tutameia*, principalmente no seu primeiro prefácio.) Percebe-se uma concentração, uma contração dos elementos da narrativa no sentido de um texto curto de natureza oral apropriado para captar os elementos mínimos de uma microvisão do Sertão, cujo ponto extremo de fragmentação é o livro *Tutameia*, título — repetimos — indicado nos originais de *Sagarana* e escolhido para fechar a obra e ao mesmo tempo a vida do escritor. É como se Guimarães Rosa passasse toda a sua vida literária pensando, por modéstia e disfemismo, que toda a sua obra literária, tão exaltada pela crítica, não passava de "tutameia".

Em 1990, em *A crítica e o romance de 30 no Nordeste*, já havíamos escrito sobre essa dupla visão (grande e pequena do sertão), vendo uma oposição entre a vanguarda de *Macunaíma* e o tradicional do romance *A bagaceira,* ambos de 1928. E anotamos que é dessa

> dialética que nasce a moderna narrativa brasileira, de onde sairá a *grande síntese* de Guimarães Rosa. E acrescentei: Mais do que ninguém ele compreendeu o jogo de formas entre o romance, destinado aos grandes acontecimentos, e o conto, que se ajustava à expressão da *cor local*. Para dar uma ideia do sertão como lugar de latifúndios e epopeias, ele escreveu o romance *Grande sertão: veredas*, publicado em 1956; e, para mostrar a pequenez, as "miseriazinhas" das personagens perdidas no vasto mundo sertanejo, escreveu o livro de contos *Tutameia*, de 1967, espécie de "grande sertão" fracionado em pequenas narrativas. A nonada do romance encontra o seu paralelismo nas ninharias de Tutameia, nos ossos-de-borboletas do livro de contos. Neste sentido, a função histórico-literária de Guimarães Rosa na literatura brasileira é semelhante à de Machado de Assis, pois os dois escritores cultivaram, com igual zelo, o romance e o conto. Machado traçou os grandes e pequenos acontecimentos da cidade; e Guimarães Rosa voltou-se inteiramente para o grande e para o pequeno mundo do sertão. O mundo que, para Drummond, é ao mesmo tempo grande e pequeno, pois é o *mundo na linguagem.*

4. Leitura analítica 2

Outro tipo de leitura de *Tutameia* deve levar em consideração que o livro é formado de quarenta miniestórias e quatro prefácios, além de duas epígrafes tomadas a Schopenhauer e de dois sumários: um no início com os textos em ordem alfabética, a fim de meter aí as iniciais de seu nome — JGR; outro no fim, com prefácios reunidos num grupo diferente das estórias. Coisa até parecida com o que ele vinha fazendo nos livros desmembrados de *Corpo de baile*, como já anotamos nos Aspectos Descritivos. Há, portanto, no livro o diálogo entre a *linguagem* das 40 estórias e a *metalinguagem* dos quatro prefácios, como se o autor quisesse deixar claro para o leitor que tudo se junta na criação literária e que a crítica dos prefácios (ou a teoria neles implícita) é também uma forma especial de narrativa dentro do livro de narrativas. É curioso anotar que Guimarães Rosa nunca prefaciou nenhum de seus livros anteriores. Quando preparava os originais de *Sezão* (título anterior de *Sagarana*), ele escreveu, não um prefácio, mas um posfácio que se chamou "Porteira de fim de estrada", retirado da edição de *Sagarana*. De acordo com Sônia Maria van Dijck Lima (em "Reconstituição e gênese de *Sagarana*", *Revista Philológica*, 1998), o autor declarou nesse posfácio que *reviu o original do livro, e nele mexeu, na forma, mínimas modificações: nenhum acrescimento, quase que supressões somente* [...] *muitas moita má* [...] *melhor rende deixar quieto o mato velho, e ir plantar roça noutra grota*. Voltando aos prefácios de *Tutameia*, eles podem ser estudados separadamente ou em relação às estórias. Separadamente, eis como estão sintetizados:

O primeiro prefácio se denomina "Aletria e Hermenêutica" e discute logo de início a oposição entre *História* e *estória*, abrindo os olhos do leitor para a intromissão do popular nas suas narrativas e pregando a utilização de todo o tipo de matéria para o conto e para a poesia. Diz ele que:

> *A estória não quer ser história. A estória, em rigor, deve ser contra a História. A estória, às vezes, quer-se um pouco parecida à anedota.*
>
> *A anedota, pela etimologia e para a finalidade, requer fechado ineditismo. Uma anedota é como um fósforo: riscado, deflagrada, foi-se a serventia. Mas sirva talvez ainda a outro emprego a já usada, qual mão de indução ou por exemplo instrumento de análise, nos tratos da poesia e da transcendência. Nem será sem razão que a palavra "graça" guarde os sentidos de* gracejo, *de* dom sobrenatural, *e de* atrativo. No terreno do humour, imenso em confins vários, pressentem-se mui hábeis pontos e caminhos. E que, na prática de arte, comicidade e humorismo atuem como catalisadores ou sensibilizantes ao alegórico espiritual e ao não-prosáico, é*

verdade que se confere de modo grande. Risada e meia? Acerte-se nisso em Chaplin e em Cervantes. Não é o chiste rasa coisa ordinária; tanto seja porque escancha os planos da lógica, propondo-nos realidade superior e dimensões para mágicos novos sistemas de pensamento.

Depois de discutir os vários aspectos da realidade na anedota (na estória), tal como, no *Crátilo*, fez Platão com a linguagem, Guimarães Rosa conclui o seu primeiro prefácio dizendo:

Por onde, pelo comum, poder-se corrigir o ridículo ou o grotesco, até levá-los ao sublime; seja daí que seu entre-limite é tão tênue. E não será esse um caminho por onde o perfeitíssimo se alcança? Sempre que algo de importante e grande se faz, houve um silogismo inconcluso, ou, digamos, um pulo do cômico ao excelso.

Toda uma teoria que cobre as duas vertentes do conto: a erudita e literária e a popular e oral, como nas *Formas simples*, de André Jolles.

O segundo prefácio, intitulado "Hipotrélico", prega a liberdade de expressão na criação dos neologismos e no uso da gíria. Traz passagens interessantes sobre a língua e a linguagem, como a definição que aparece no início:

Para a prática, tome-se hipotrélico querendo dizer: antipodático, sengraçante imprizido; ou, talvez, vice-dito: indivíduo pedante, importuno agudo, falto de respeito para com a opinião alheia. Sob mais que, tratando-se de palavra inventada, e, [...] embirrando o hipotrélico em não tolerar neologismos, começa ele por se negar nominalmente a própria existência.

Somos todos, neste ponto, um tento ou cento hipotrélicos? Salvo o excepto, um neologismo contunde, confunde, quase ofende. [...] saia todo-o-mundo a empinar vocábulos seus, e aonde é que se vai dar com a língua tida e herdada? Assenta-nos bem à modéstia achar que o novo não valerá o velho; ajusta-se à melhor prudência relegar o progresso no passado.

É interessante acompanhar as reviravoltas do pensamento de Guimarães Rosa: ora ataca o neologismo, ora o defende e faz a sua apologia com certa ironia, como no texto a seguir:

Sobre o que, aliás, previu-se um bem decretado conceito: o de que só o povo tem o direito de se manifestar, neste público particular. Isto nos aquieta. A gente pensa em democráticas assembleias, comitês, comícios, para a vivíssima ação de desenvolver o idioma; senão que o inconsciente coletivo ou o Espírito Santo se exerçam a ditar a vários populares, a um tempo, as sábias, válidas inspirações. Haja para. Diz-se-nos também, é certo, que tudo não passa de um engano de arte, leigo e tredo:[1] que quem inventa palavras é sempre um indivíduo, elas, como as criaturas, costumando ter um pai só; e que a comunidade contribui apenas dando-lhes ou fechando-lhes a circulação. Não importa. Na fecundidade do araque apura-se vantajosa singeleza, e a sensatez da inocência supera as excelências do estudo. Pelo que, terá de ser agreste ou inculto o neologista, e ainda melhor se analfabeto for.

No pós-escrito, termina com a citação de uma sentença de Quintiliano, em latim, que ele mesmo traduz. Só não indica o lugar nas *Institutionis oratoriae*. A sentença é sobre o uso das palavras velhas e novas. Quintiliano é taxativo ao dizer: *O mais seguro é usar as usadas, não sem um certo perigo cunham-se novas. Porque, aceitas, pouco louvor ao estilo acrescentam, e, rejeitadas, dão em farsa. Ousemos, contudo; pois, como Cícero diz, mesmo aquelas que a princípio parecem duras, vão com o uso amolecendo.*

O terceiro prefácio tem o nome de "Nós, os temulentos" e enaltece a embriaguês (*temulentus*, em latim) como incentivo à inspiração. Diz-se que um escritor está inspirado quando, além da sua capacidade criadora, crê-se que o move uma força superior que interfere na sua obra. Platão, no *Íon*, foi o primeiro que examinou este problema. E chega a dizer que mesmo um poeta sem mérito pode produzir excelente poesia, desde que esteja inspirado. Seu livro foi conhecido no Renascimento como *De furore poetica*. Aristóteles, na sua *Poética*, 17, fala também da *loucura*. E assim todos os estudiosos e grandes poetas, pagãos e cristãos, se dizem relacionados com a inspiração. Diz García Lorca: *Se é verdade que sou poeta pela graça de Deus — ou do demônio — também é verdade que o sou pela graça da técnica e do esforço.* E o nosso João Cabral de Melo Neto fala "na inspiração e no trabalho de arte". É bem conhecida a frase de Valéry, segundo o qual os deuses nos dão o primeiro verso: cabe a nós fazer o segundo (e corrigir também o primeiro, acrescentou Onestaldo

---

[1]   Cf. Camões: "Naquele engano da alma, ledo e cego", III, 120.

O pequeno "sertão"
de *Tutameia**

Como ainda não tive tempo para escrever estas anotações, publico-as como foram lidas e explicadas no seminário do Centro Murilo Mendes da Universidade Federal de Juiz de Fora.

O título que dei às notas do seminário é formado por um decassílabo que faz alusão ao *Grande sertão: veredas* (na antítese com "pequeno") e explicitamente ao último livro de Guimarães Rosa (*Tutameia*), ficando no centro do verso a palavra-chave — sertão —, que aponta para o grande romance e também para a matéria real e ficcional de toda a obra do escritor. É dele, do sertão, que saem os temas, o vocabulário e a técnica oralizante da fala do brasileiro sertanejo. É dele, da sua substância real e mítica, que provêm as narrativas de *Sagarana*, assim como é dos contos de *Sagarana* e das novelas ("poemas") de *Corpo de baile* que vai sair a convença para a grande narrativa de Riobaldo: o *Grande sertão: veredas* pode ser comparado ao rio São Francisco, para onde fluem os córregos, ribeirões e rios das narrativas (contos e novelas) que formam *Sagarana* e *Corpo de baile*. Sabe-se que o *Grande sertão: veredas* foi publicado seis meses depois de *Corpo de baile*. Mas não resta dúvida de que os dois mais volumosos livros do autor foram gerados concomitantemente nos dez anos que os separam de *Sagarana*, inclusive com alguns contos retirados deste livro.

Por outro lado, tomando-se agora como ponto de partida o ponto culminante que é o *Grande sertão: veredas*, a mais alta construção literária elaborada por Guimarães Rosa, todo esse material cultural e literário vai-se fracionando, desdobrando-se e ramificando-se em pequenos *contos*, melhor dizendo, em *estórias*, em pequenas narrativas, em muitas das quais o que

---

* Texto publicado originalmente na revista Navegações, v. 2, n. 2, p. 109-115, em julho--dezembro de 2009.

epígrafe de Sêneca, que, tratando de sonhos paranormais, chega a seu *plano de criação literária,* em forma de depoimento. Vale a pena a transcrição dessa página:

> *Tenho de segredar que — embora por formação ou índole oponha escrúpulo crítico a fenômenos paranormais e em princípio rechace a experimentação metapsíquica — minha vida sempre e cedo se teceu de sutil gênero de fatos. Sonhos premonitórios, telepatia, intuições, séries encadeadas fortuitas, toda a sorte de avisos e pressentimentos. Dadas vezes, a chance de topar, sem busca, pessoas, coisas e informações urgentemente necessárias.* [Cita em nota de rodapé a palavra SERENDIPITY.]
>
> *No plano da arte e criação — já de si em boa parte subliminar ou supraconsciente, entremeando-se nos bojos do mistério e equivalente às vezes quase à reza — decerto se propõem mais essas manifestações. Talvez seja correto eu confessar como tem sido que as* **estórias que apanho** *diferem entre si no modo de surgir. À Buriti (NOITES DO SERTÃO), por exemplo, quase inteira, "assisti", em 1948, num sonho duas noites repetido. Conversa de Bois (SAGARANA), recebia-a, em amanhecer de sábado, substituindo-se a penosa versão diversa, apenas também sobre viagem de carro-de-bois e que eu considerara como definitiva ao ir dormir na sexta. A Terceira Margem do Rio (PRIMEIRAS ESTÓRIAS) veio-me, na rua, em inspiração pronta e brusca, tão "de fora", que instintivamente levantei as mãos para "pegá-la" como se fosse uma bola vindo ao gol e eu o goleiro. Campo Geral (MANUELZÃO E MIGUILIM) foi caindo já feita no papel, quando eu brincava com a máquina, por preguiça e receio de começar de fato um conto, para o qual só soubesse um menino morador à borda da mata e duas ou três caçadas de tamanduás e tatus; entretanto, logo me moveu e apertou, e, chegada ao fim, espantou-me a simetria e ligação de suas partes. O tema de O Recado do Morro (NO URUBUQUAQUÁ, NO PINHÉM) se formou aos poucos, em 1950, no estrangeiro, avançando somente quando a saudade me obrigava, e talvez também sob razoável ação do vinho ou do conhaque. Quanto ao GRANDE SERTÃO: VEREDAS, forte coisa e comprida demais seria tentar fazer crer como foi ditado, sustentado e protegido — por forças ou correntes muito estranhas.* [grifo meu]

A partir daí o prefácio continua em forma de relato e do diálogo do Dr. João [Guimarães Rosa] com os tropeiros e boiadeiros. Um deles, o Zito, diz-lhe no início da viagem com a boiada: "— Dr. João, na hora em que essa armadilha rolar toda no chão, que escrita bonita que o sr. vai fazer, hein?" No final do prefácio, quando o narrador em primeira pessoa começa a falar dos "epos *das boiadas*", "*prenarrar-lhe romance a escrever*", é esse mesmo Zito quem lhe diz:

> O sr. ponha perdão para o meu pouco-ensino... — *olhava como uma lagartixa.* — A coisada que a gente vê, é errada... — *queria visões fortifi-cantes* — Acho que... O borrado sujo, o sr. larga na estrada, em indústrias escritas isso não se lavora. As atrapalhadas, o sr. exara dado desconto, só para preceito, conserto e castigo, essas revolias, frenesias... O que Deus não vê, o sr. dê ao diabo. [...]

E conclui: "O mundo supura é só a olhos impuros. Deus está fazendo coisas fabulosas".

É aí que aparece o "Glossário" onde se lê a definição de "*tutameia*: nonada, baga, ninha, inânias, ossos-de-borboleta, quiquiriqui, tuta-e-meia, mexinflório, chorumela, nica, quase-nada, *mea omnia*".

5. Leitura analítica 3

Um leitor de *Tutameia* precisa saber que o livro está estruturado por duas vertentes que se dialogam, se misturam e compõem um estilo de narrar atualizante, uma vez que, partindo das formas tradicionais da narrativa literária e incorporando as fórmulas protocolares da narrativa popular, atualizam a linguagem de Guimarães Rosa e o levam a uma estilística toda sua própria. Os casos (e causos), as anedotas, as sentenças e provérbios, os mitos e lendas, enfim, todas as formas simples estão presentes nesse livro. As técnicas de abertura e de fechamento dos contos passam do narrador ao leitor (ouvinte), como num sanduíche em que o elemento oral aparece para abrir e fechar o conto. É o que se pode ver em "Desenredo" e "Uma vela ao diabo", por exemplo. Só uma leitura analítica de cada texto pode dar conta de como a estória está espremida pelo discurso do narrador.

Além disso, o leitor de *Tutameia* tem de estar atento às pequenas suges-tões, como a do sentido reiterativo das duas epígrafes de Schopenhauer, uma no início, outra no fim do livro: ambas chamando a atenção para a necessidade

O pequeno "sertão" de Tutameia   241

de se fazer pelo menos duas leituras dos textos. Não deve esquecer do ludismo da ordem alfabética no primeiro Sumário.

Num sentido bem didático o que se deveria fazer era ver a relação dos prefácios com as estórias, dessas com a das *Primeiras estórias*, passando daí às novelas e destas ao romance. Só assim, se poderá definir os limites dos tipos e gêneros e das formas simples com as tradicionalmente literárias.

6. Conclusões propedêuticas

O problema que mais tem chamado a atenção dos estudiosos de *Tutameia* é o que diz respeito ao subtítulo do livro — *Terceiras estórias* —, sendo que houve as *Primeiras* e não houve as *Segundas*. Num artigo em *O Estado de S. Paulo*, em 1968, Paulo Rónai, falando a propósito do título do livro, se interroga: "Atribuiria ele realmente tão pouco valor ao volume? Ou terá adotado a fórmula como antífrase carinhosa e, talvez, até supersticiosa?" Paulo Rónai inclina-se para a última suposição. E conta que o escritor lhe segredou

> [...] que dava a maior importância a este livro [*Tutameia*], surgido em seu espírito como um todo perfeito não obstante o que os contos necessariamente tivessem de fragmentário. Entre estes havia inter-relações as mais substanciais, as palavras todas eram medidas e pesadas, postas no seu exato lugar, não se podendo suprimir ou alterar mais de duas ou três em todo o livro sem desequilibrar o conjunto.

A seguir Paulo Rónai explica a expressão latina *mea omnia* que Guimarães Rosa põe como sinônimo de *Tutameia* no glossário que já citamos. E diz que "Essa etimologia, tão sugestiva quanto inexata, faz de *tutameia* vocábulo mágico tipicamente rosiano, confirmando a asserção de que o ficcionista pôs no livro muito, se não tudo, de si".

A respeito do título, Rónai lhe pergunta: "— Por que *Terceiras estórias* — se não houve as segundas? — Uns dizem: porque escritas depois de um grupo de outras não incluídas em *Primeiras estórias*. Outros dizem: porque o autor, supersticioso, quis criar para si a obrigação e a possibilidade de publicar mais um volume de contos, que seriam então as *Segundas estórias*. — E o que diz o autor? — O autor não diz nada".

Quanto a mim, eu penso que os Prefácios se deixam ler como uma espécie de *Segundas estórias*, ao mesmo tempo de linguagem e metalinguagem, no meio dos quarenta contos do livro. Sem descartar o não dito supersticioso, prefiro ler os prefácios com o olhar autocrítico e teórico de Guimarães Rosa ao fechar a sua produção literária. É neste sentido que se pode olhar os prefácios como espécies de estórias, não só porque dentro deles há pequenas narrativas de casos e anedotas, de sentenças e provérbios, como também porque, entre as *Primeiras estórias* e *Tutameia* (*Terceiras estórias*), há o entrelugar, o espaço das "Segundas estórias" não ditas no título de um livro mas facilmente perceptíveis na hermenêutica da leitura. Os quatro tipos de metalinguagem dos prefácios encobrem muita linguagem de estórias, anedotas, casos, pequenas narrativas que nem chegam a ganhar o estatuto autônomo de "estória", mas que estão no bojo de acontecimentos que se dão entre o real e o imaginário. Essas "Segundas estórias", em forma de prefácio, finalizam, com *Tutameia*, a visão teórica de Guimarães Rosa: de um lado os minicontos, as pequenas estórias; do outro, os fragmentos de sua teoria da narrativa, ambos os lados amadurecidos e calados ao longo de toda a sua produção literária.

Numa carta que escreveu a seu tradutor alemão, Curt Meyer-Clason, a respeito de *Corpo de baile*, mas que, como afirma Paulo Rónai, "se refere a toda a sua obra", Guimarães Rosa diz que:

> O *Corpo de baile* tem de ter passagens obscuras. Isto é indispensável. A excessiva iluminação, geral, só no nível do raso, da vulgaridade. Todos os meus livros são simples tentativas de rodear e devassar um pouquinho o mistério cósmico, esta coisa movente impossível, perturbante, rebelde a qualquer lógica, que é chamada "realidade", que é a gente mesmo, o mundo, a vida. Antes o óbvio, que o frouxo. Toda lógica contém inevitável dose de mistificação. Toda mistificação contém boa dose de inevitável verdade. Precisamos também do obscuro.

Assim, não deixa de ser curioso que, num livro como *Tutameia*, haja a coincidência simbólica do número quarenta (40) na quantidade de contos do livro que se abre com quatro (4) prefácios. É fácil imaginar-se uma casa com seus quatro pilares (esteios, evangelhos), com a sua linguagem mágica

O pequeno "sertão" de Tutameia   243

e cabalística, tal como a que rodeia o número 40, que deve ser lido como "tempo de espera", de "atenção", de "preparação", "tempo de prova", de "castigo" e de "salvação". Os escritores bíblicos, conforme se pode ver no *Dictionnaire des symboles*, de Jean Chevalier e Alain Gheerbrant, "marcam a história da salvação assinalando os seus acontecimentos maiores com este número". Esta simbologia coincide na *Bíblia*, como em: *A* — Saul, David e Salomão reinaram 40 anos. *B* — A aliança de Noé, 40 dias no dilúvio. *C* — Moisés é chamado por Deus aos 40 anos e fica 40 dias no alto do Sinai. *D* — Os judeus erram 40 anos no deserto. *E* — Jesus é levado ao Templo 40 dias depois do seu nascimento. *F* — Jesus prega 40 meses. *G* — Tem 40 dias de tentação. *H* — Fica 40 horas enterrado. *I* — Aparece ressuscitado nos 40 dias que precedem a Ascensão.

Dentro desta perspectiva de imaginário esotérico e místico, é bom lembrar que em *Tutameia* o primeiro e o último conto (1º e 40º) exploram o tema do *cego*, talvez a sugerir ao leitor, como o Autor o fez nas epígrafes de Schopenhauer, a descoberta de outros sentidos, para além da língua, no universo da cultura geral que ecoa em todos os livros de Guimarães Rosa. O interessante é que as três palavras-chave da hermenêutica esotérica apontam para os sentidos de *cego*, *surdo* e *mudo*, "qualidades" que o iniciado deveria ter na convivência com os segredos do Grande Mistério. E não é à toa que a raiz indoeuropeia de mistério é *my-*, prefixo de tonalidade negativa presente em palavras como *míope* (*my* + *opsis* = olho em grego), *miotis* (*my* + *otis* = ouvido, doença do ouvido) e *mudo* (*my* + *um* = fazer ruído com a boca, daí não falar).

Como na *Bíblia*, a pronúncia de Deus (o faça-se a Luz) e o *Lógos* do evangelho de São João abrem e fecham todos os livros, assim também o *nonada* que abre o *Grande sertão: veredas* está em perfeita sintonização com a pulverização dos contos, das estórias no sertão de *Tutameia*, que é portanto o pequeno sertão em oposição de complementaridade com o *Grande sertão: veredas*. E, a recobrir todo o sentido de disfemismo, de modéstia que nos passa João Guimarães Rosa em toda a sua criação literária.

GILBERTO MENDONÇA TELES

Gilberto Mendonça Teles (1931-) possui Doutorado em Linguística e Letras pela Pontifícia Universidade Católica do Rio Grande do Sul (1969). Atualmente é professor pleno emérito da Pontifícia Universidade Católica do Rio de Janeiro, *Doutor Honoris Causa* da PUC Goiás, Professor Permanente do Programa de Pós-Graduação *Stricto Sensu* em Letras (Mestrado) — Literatura e Crítica Literária da Pontifícia Universidade Católica de Goiás; Professor Visitante para El Dictado del Seminario de Doctorado en la Escuela de Pos-Grado de la Facultad de Humanidades y Artes de la Universidad Nacional de Rosario, Argentina. Ocupa a cadeira nº 44 da Academia Brasileira de Filosofia. Tem experiência na área de Letras, com ênfase em Literatura Brasileira, atuando principalmente nos seguintes temas: poesia, literatura, lirismo, crítica e ficção. Entre seus livros de crítica e ensaios, encontra-se *Vanguarda europeia & Modernismo brasileiro* (1972).

Cronologia

1908
A 27 de junho, nasce em Cordisburgo, Minas Gerais. Filho de Florduardo Pinto Rosa, juiz de paz e comerciante, e de Francisca Guimarães Rosa.

1917
Termina o curso primário no grupo escolar Afonso Pena, em Belo Horizonte, residindo na casa de seu avô paterno, Luís Guimarães.

1918
É matriculado na 1ª série ginasial do Colégio Arnaldo, em Belo Horizonte.

1925
Inicia os estudos na Faculdade de Medicina de Minas Gerais, em Belo Horizonte.

1929
Em janeiro, toma posse no cargo de agente itinerante da Diretoria do Serviço de Estatística Geral do Estado de Minas Gerais, para o qual fora nomeado no fim do ano anterior.
No número de 7 de dezembro da revista *O Cruzeiro*, é publicado um conto de sua autoria intitulado "O Mistério de Highmore Hall".

1930
Em março, é designado para o posto de auxiliar apurador da Diretoria do Serviço de Estatística Geral do Estado de Minas Gerais.
Em 27 de junho, dia de seu aniversário, casa-se com Lygia Cabral Penna.
Em 21 de dezembro, forma-se em Medicina.

1931
Estabelece-se como médico em Itaguara, município de Itaúna.
Nasce Vilma, sua primeira filha.

1932
Como médico voluntário da Força Pública, toma parte na Revolução Constitucionalista, em Belo Horizonte.

1933

Ao assumir o posto de oficial-médico do 9º Batalhão de Infantaria, passa a residir em Barbacena.

Trabalha no Serviço de Proteção ao Índio.

1934

Aspirando a carreira diplomática, presta concurso para o Itamaraty e é aprovado em 2º lugar.

Em 11 de julho, é nomeado cônsul de terceira classe, passando a integrar o Ministério das Relações Exteriores.

Nasce Agnes, sua segunda filha.

1937

Em 29 de junho, vence o prêmio de poesia da Academia Brasileira de Letras com um original intitulado *Magma*. O concurso conta com 24 inscritos e o poeta Guilherme de Almeida assina o parecer da comissão julgadora.

1938

Sob o pseudônimo "Viator", inscreve no Prêmio Humberto de Campos, da Academia Brasileira de Letras, um volume com doze estórias de sua autoria intitulado *Contos*. O júri do prêmio, composto por Marques Rebelo, Graciliano Ramos, Prudente de Moraes Neto e Peregrino Júnior, confere a segunda colocação ao trabalho do autor.

Em 5 de maio, passa a ocupar o posto de cônsul-adjunto em Hamburgo, vivenciando de perto momentos decisivos da Segunda Guerra Mundial.

Na cidade alemã, conhece Aracy Moebius de Carvalho, sua segunda esposa.

1942

Com a ruptura das relações diplomáticas entre o Brasil e os países do Eixo, é internado em Baden-Baden com outros diplomatas brasileiros, de 28 de janeiro a 23 de maio. Com Aracy, dirige-se a Lisboa e, após mais de um mês na capital portuguesa, regressa de navio ao Brasil.

Em 22 de junho, assume o posto de secretário da Embaixada do Brasil em Bogotá.

1944

Deixa o cargo que exerce em Bogotá em 27 de junho e volta ao Rio de Janeiro, permanecendo durante quatro anos na Secretaria de Estado.

1945

Entre os meses de junho e outubro, trabalha intensamente no volume *Contos*, reescrevendo o original que resultaria em *Sagarana*.

1946

Em abril, publica *Sagarana*. O livro de estreia do escritor é recebido com entusiasmo pela crítica e conquista o Prêmio Felipe d'Oliveira. A grande procura pelo livro faz a Editora Universal providenciar uma nova edição no mesmo ano.

Assume o posto de chefe de gabinete de João Neves da Fontoura, ministro das Relações Exteriores.

Toma parte, em junho, na Conferência da Paz, em Paris, como secretário da delegação do Brasil.

1948

Atua como secretário-geral da delegação brasileira à IX Conferência Pan-Americana em Bogotá.

É transferido para a Embaixada do Brasil em Paris, onde passa a ocupar o cargo de 1º secretário a 10 de dezembro (e o de conselheiro a 20 de junho de 1949). Nesse período em que mora na cidade-luz, realiza viagens pelo interior da França, por Londres e pela Itália.

1951

Retorna ao Rio de Janeiro e assume novamente o posto de chefe de gabinete do ministro João Neves da Fontoura.

1952

Faz uma excursão a Minas Gerais em uma comitiva de vaqueiros.

Publica *Com o vaqueiro Mariano*, posteriormente incluído em *Estas estórias*.

1953

Torna-se chefe da Divisão de Orçamento do Itamaraty.

Em carta de 7 de dezembro ao amigo e diplomata Mário Calábria, relata estar escrevendo um livro extenso com "novelas labirínticas", que será dividido em dois livros: *Corpo de baile* e *Grande sertão: veredas*.

1955

Em carta de 3 de agosto ao amigo e diplomata Antonio Azevedo da Silveira, comenta já ter entregue o original de *Corpo de baile*, "um verdadeiro cetáceo que sairá em dois volumes de cerca de 400 páginas, cada um".

Cronologia   249

Na mesma carta, declara estar se dedicando com afinco à escrita de seu romance "que vai ser um mastodonte, com perto de 600 páginas", referindo-se a *Grande sertão: veredas*.

1956

Em janeiro, publica *Corpo de baile*.

Em julho, publica *Grande sertão: veredas*. A recepção da obra é calorosa e polêmica. Críticos literários e demais profissionais do mundo das letras resenham sobre o tão esperado romance do escritor. O livro conquista três prêmios: Machado de Assis (Instituto Nacional do Livro), Carmen Dolores Barbosa (São Paulo) e Paula Brito (Rio de Janeiro).

1962

Assume o cargo de chefe da Divisão de Fronteira do Itamaraty.

Em agosto, publica *Primeiras estórias*.

1963

Em 6 de agosto, é eleito membro da Academia Brasileira de Letras.

1965

Em janeiro, participa do I Congresso Latino-Americano de Escritores, realizado em Gênova, como vice-presidente.

Publica *Noites do sertão*.

1967

Em março, participa do II Congresso Latino-Americano de Escritores, realizado na Cidade do México, como vice-presidente.

Em julho, publica *Tutameia — Terceiras estórias*.

Em 16 de novembro, toma posse na Academia Brasileira de Letras.

Em 19 de novembro, falece em sua residência, no bairro de Copacabana, no Rio de Janeiro, vítima de enfarte.

1969

Em novembro, é publicado o livro póstumo *Estas estórias*.

1970

Em novembro, é publicado outro livro póstumo: *Ave, palavra*.

Conheça outros títulos de João Guimarães Rosa

Primeiro livro de Guimarães Rosa publicado, *Sagarana* é composto por nove contos que apesar de independentes estão entrelaçados entre si. Há semelhanças como os cenários característicos do sertão e as personagens que enfrentam um embate existencial entre o bem e o mal. Vemos o uso da escrita para transmitir mensagens universais, ao mesmo tempo em que bebem das narrativas tradicionais e alinham-se às experimentações da literatura moderna com a criação de expressões próprias, esses contos apresentam várias formas de narrativas arcaicas enraizadas no imaginário do sertanejo.

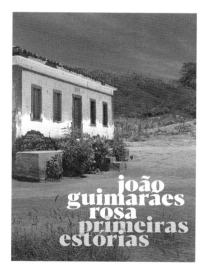

Em *Primeiras estórias*, Guimarães Rosa constrói narrativas curtas que tratam de matérias diversas da experiência humana, como a busca da felicidade, a necessidade do autoconhecimento e as maneiras de se conviver com a inevitável finitude da vida. Estórias tecidas com maestria, que se desenrolam em um território situado à margem da civilização moderna, compondo enredos que mesclam o real e a ficção, e que deixam espaço para os leitores refletirem sobre seus destinos.

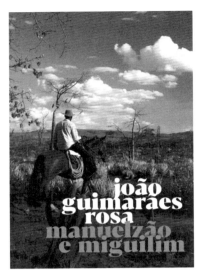

Manuelzão e Miguilim é composto pelas novelas "Campo geral" e "Uma estória de amor", que combinam com perfeição a oralidade do interior com temas filosóficos universais, como o crescimento e a lembrança dos acontecimentos passados da vida. São duas novelas que se complementam como histórias de um começo e de um fim de vida: a infância e a velhice.

Estas estórias reúne nove contos bastante diferentes entre si, com tons e estilos diversos, mas, com a busca de Guimarães Rosa por desvendar o grande sertão no olhar do outro, e com o outro. Essa aparente desvinculação entre os contos oferece ao leitor uma rica possibilidade de descobrir seu próprio caminho de leitura. São estórias em que prevalece a preferência por uma linguagem incomum e pelo insólito das situações narradas e por isso mesmo encantam.

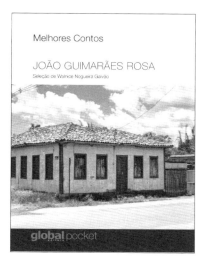

Essa coletânea inclui os principais contos do escritor mineiro João Guimarães Rosa, como "Meu tio o Iauaretê", "Desenredo", "A menina de lá", "A hora e vez de Augusto Matraga" entre outros. Além disso, traz como introdução o estudo "A voz da saga", no qual a pesquisadora Walnice Nogueira Galvão divide a obra em quatro eixos: a metalinguagem, a perquirição do outro, o humor e a progressão do narrador. Os contos, que abordam a vida sertaneja junto a inovações linguísticas e estéticas, estão distribuídos por eixo de modo a facilitar ao leitor o olhar para as linhas mais características de cada conto.

A infância é o tempo de descobertas. É a fase da vida em que o ser humano recebe e retribui os sentimentos à sua volta com maior vigor e integridade. Com Miguilim não é diferente. Os leitores de *Campo Geral* naturalmente se envolvem e se emocionam ao tomar contato com as impressões e conclusões do menino sobre o mundo que o cerca. O convívio familiar, o cultivo das amizades, a dura vida no sertão e a necessidade incontornável de encarar os desafios que a condição humana apresenta são elementos centrais desta narrativa.

Noites do sertão, originalmente lançado em 1956, reúne as novelas "Dão-Lalalão" e "Buriti". Em "Dão-Lalalão", o leitor acompanha o redemoinho de sentimentos de Soropita, homem rural que, em meio às aventuras na noite de sua cidade, acaba se apaixonando por Doralda, uma prostituta com quem decide se casar. A partir desse ponto, desenrola-se um dilema na vida do personagem. Já a novela "Buriti" traz as relações que se estabelecem entre membros de uma mesma família que residem na fazenda Buriti Bom.

No Urubuquaquá, no Pinhém apresenta os contos "O recado do morro", "Cara-de--Bronze" e "A estória de Lélio e Lina". Em "O recado do morro", o leitor acompanha Pedro Orósio, seo Alquiste, frei Sinfrão, seo Jujuca do Açude e Ivo de Tal em uma travessia que irá mudar a maneira como eles veem o mundo e a si mesmos. O conto "Cara--de-Bronze" traz a chegada à fazenda do Urubuquaquá um forasteiro que se esforça para compor o retrato do velho fazendeiro apelidado de Cara-de-Bronze. Em "A estória de Lélio e Lina", Lélio aporta ao Pinhém. Nessa fazenda, é com dona Rosalina que Lélio estabelece uma sincera e profunda amizade.

Em *O recado do morro*, o leitor acompanha a jornada de cinco homens — Pedro Osório, seo Alquiste, frei Sinfrão, seo Jujuca do Açude e Ivo de Tal — enquanto realizam uma travessia e encontram pelas estradas por onde passam e nas fazendas onde pedem abrigo, almoço e janta, pessoas que mudam a maneira como eles veem o mundo e a si mesmos. A caracterização dos personagens mostra, além da sensibilidade do autor, uma ligação bastante estreita com a alma humana: seus anseios, ambiguidades, ilusões e contradições.

Conto que encerra o livro *Sagarana*, *A hora e vez de Augusto Matraga* traz a história de um homem sertanejo acostumado a se impor pela força em seu cotidiano. Nhô Augusto é a perfeita síntese do mandonismo local que se fez presente em tantas cidades brasileiras durante o século XX. Manejando de forma magistral o dilema universal entre o bem e o mal, o autor construiu um enredo surpreendente, que leva os leitores a refletir acerca de seus instintos.

Impressão e Acabamento:

EXPRESSÃO & ARTE
EDITORA E GRÁFICA
www.graficaexpressaoearte.com.br